O PERFUME

HISTÓRIA DE UM ASSASSINO

PATRICK SÜSKIND

O PERFUME

HISTÓRIA DE UM ASSASSINO

EDITORIAL PRESENÇA

FICHA TÉCNICA

Título original: *Das Parfum*
Die Geschichte eines Mörders
Autor: *Patrick Süskind*

Tradução: *Maria Emília Ferros Moura*
Capa: © *2006 Constantin Film Produktion GmbH / Film & Entertainment VIP Medienfonds 4 GmbH & Co. KG / NEF Productions S.A. / Castelao Productions S.A.*
Fotocomposição, impressão e acabamento: *Multitipo — Artes Gráficas, Lda.*
1.ª edição, Lisboa, Dezembro, 1986
2.ª edição, Lisboa, Janeiro, 1987
3.ª edição, Lisboa, Novembro, 1987
4.ª edição, Lisboa, Fevereiro, 1989
5.ª edição, Lisboa, Fevereiro, 1990
6.ª edição, Lisboa, Outubro, 1991
7.ª edição, Lisboa, Dezembro, 1992
8.ª edição, Lisboa, Junho, 1994
9.ª edição, Lisboa, Julho, 1996
10.ª edição, Lisboa, Outubro, 1997
11.ª edição, Lisboa, Janeiro, 1998
12.ª edição, Lisboa, Março, 1999
13.ª edição, Lisboa, Novembro, 1999
14.ª edição, Lisboa, Junho, 2000
15.ª edição, Lisboa, Novembro, 2000
16.ª edição, Lisboa, Maio, 2001
17.ª edição, Lisboa, Outubro, 2001
18.ª edição, Lisboa, Novembro, 2001
19.ª edição, Lisboa, Abril, 2002
20.ª edição, Lisboa, Julho, 2002
21.ª edição, Lisboa, Setembro, 2002
22.ª edição, Lisboa, Dezembro, 2002
23.ª edição, Lisboa, Abril, 2003
24.ª edição, Lisboa, Outubro, 2003
25.ª edição, Lisboa, Dezembro, 2003
26.ª edição, Lisboa, Maio, 2004
27.ª edição, Lisboa, Outubro, 2004
28.ª edição, Lisboa, Fevereiro, 2005
29.ª edição, Lisboa, Setembro, 2005
30.ª edição, Lisboa, Novembro, 2005
31.ª edição, Lisboa, Maio, 2006
32.ª edição, Lisboa, Outubro, 2006
33.ª edição, Lisboa, Novembro, 2006
34.ª edição, Lisboa, Dezembro, 2006
35.ª edição, Lisboa, Dezembro, 2006
36.ª edição, Lisboa, Dezembro, 2006
37.ª edição, Lisboa, Dezembro, 2006
38.ª edição, Lisboa, Abril, 2007
Depósito legal n.º 258 446/07

EDITORIAL PRESENÇA
Estrada das Palmeiras, 59
Queluz de Baixo
2730-132 BARCARENA
Email: info@presenca.pt
Internet: http://www.presenca.pt

PRIMEIRA PARTE

1

No século XVIII viveu em França um homem que se inseriu entre os personagens mais geniais e mais abomináveis desta época que, porém, não escasseou em personagens geniais e abomináveis. É a sua história que será contada nestas páginas. Chamava-se Jean-Baptiste Grenouille e se o seu nome, contrariamente aos de outros grandes facínoras de génio, como, por exemplo, Sade, Saint-Juste, Fouché, Bonaparte, etc., caiu hoje em dia no esquecimento, tal não se deve por certo a que Grenouille fosse menos arrogante, menos inimigo da Humanidade, menos imoral, em resumo, menos perverso do que os patifes mais famosos, mas ao facto de o seu génio e a sua única ambição se cingirem a um domínio que não deixa traços na História: ao reino fugaz dos odores.

Na época a que nos referimos dominava nas cidades um fedor dificilmente imaginável para o homem dos tempos modernos. As ruas tresandavam a lixo, os saguões tresandavam a urina, as escadas das casas tresandavam a madeira bolorenta e a caganitas de rato e as cozinhas a couve podre e a gordura de carneiro; as divisões mal arejadas tresandavam a mofo, os quartos de dormir tresandavam a reposteiros gordurosos, a colchas bafientas e ao cheiro acre dos bacios. As chaminés cuspiam fedor a enxofre, as fábricas de curtumes cuspiam o fedor dos seus banhos corrosivos e os matadouros o fedor a sangue coalhado. As pessoas tresandavam a suor e a roupa por lavar; as bocas tresandavam a dentes podres, os estômagos tresandavam a cebola e os corpos, ao perderem a juventude, tresandavam a queijo rançoso, leite azedo e tumores em evolução. Os rios tresandavam, as praças tresandavam, as igrejas tresandavam e o mesmo acontecia debaixo das pontes e nos palácios. O camponês cheirava tão mal como o padre, o operário como a mulher do mestre artesão, a nobreza tresandava em todas as suas camadas, o próprio rei cheirava tão mal como um animal selvagem e a rainha como uma cabra velha, quer de Verão quer de Inverno. Isto porque neste século XVIII a actividade destrutiva das bactérias ainda não encontrara fronteiras e não existia, assim, qualquer actividade humana, quer fosse construtiva ou destrutiva, qualquer manifestação da vida em germe ou em declínio, que estivesse isenta da companhia do fedor.

E era, naturalmente, em Paris, que o fedor atingia o índice mais elevado, na medida em que Paris era a maior cidade da França. E no seio da capital existia um lugar onde o fedor reinava de uma forma particularmente infernal, entre a Rua aux Fers e a Rua de la Ferronerie, na realidade, o Cemitério dos Inocentes. Durante oitocentos anos, tinham-se transportado para lá os mortos do Hôtel-Dieu e os das paróquias vizinhas; durante oitocentos anos havia-se trazido até ali, dia após dia, em carroças, os cadáveres que eram atirados às dúzias para fundas valas; durante oitocentos anos, havia-se acumulado camadas sucessivas de ossos nas carneiras e ossuários. E foi só mais tarde, em vésperas da Revolução Francesa, quando algumas destas valas comuns se abateram perigosamente e o fedor deste cemitério a abarrotar desencadeou entre os habitantes das margens do rio não apenas protestos mas verdadeiros motins, que acabaram por encerrá-lo e esvaziá-lo, tendo sido os milhões de ossos e crânios empurrados à pá na direcção das catacumbas de Montmartre e construído um mercado, em sua substituição, neste local.

Aqui, no sítio mais fedorente de todo o reino, nasceu Jean-Baptiste Grenouille, a 17 de Julho de 1738. Foi um dos dias mais quentes do ano. O calor pesava como chumbo sobre o cemitério, projectando nas ruelas vizinhas o seu bafo pestilento, onde se misturava o cheiro a melões apodrecidos e a trigo queimado. Quando começou com as dores de parto, a mãe de Grenouille encontrava-se de pé, atrás de uma banca, na Rua aux Fers, a escamar as carpas que acabava de estripar. Os peixes, supostamente pescados no Sena nessa mesma manhã, já cheiravam pior do que um cadáver. A mãe de Grenouille não distinguia, no entanto, entre o cheiro a peixe e o de um cadáver, na medida em que o seu olfacto era extraordinariamente insensível aos cheiros, e, além disso, a dor que lhe apunhalava o ventre eliminava toda a sensibilidade às sensações exteriores. Apenas desejava que a dor parasse; desejava pôr termo o mais rapidamente possível a este repugnante parto. Era o seu quinto. Todos os outros se haviam verificado atrás desta banca de peixe e sempre se tratara de nados-mortos, ou quase, porque a carne sanguinolenta que dela se escapava não se diferençava grandemente das miudezas de peixe que juncavam o solo, e também não possuía, além disso, muito tempo de vida; à noite, tudo era varrido a trouxe-mouxe e levado nas carroças, em direcção ao cemitério ou ao rio. Era o que deveria passar-se, uma vez mais, naquele dia e a mãe de Grenouille, que ainda era jovem, vinte e cinco anos feitos, que ainda era bonita, que conservava quase todos os dentes e tinha ainda cabelos e que, independentemente da gota, da sífilis, e de uma leve tuberculose não sofria de qualquer doença grave, que esperava viver ainda muito tempo, talvez cinco ou dez anos, e talvez até mesmo casar um dia e ter verdadeiros filhos na qualidade de respeitável esposa de um artesão viúvo (por exemplo)... a mãe de Grenouille desejava que tudo já tivesse acabado. E quando as dores de parto se fixaram, agachou-se, deu à luz debaixo da sua banca de peixe tal como das vezes anteriores e cortou com a faca de peixe o cordão umbilical do recém-nascido. Em seguida, porém, e devido ao calor e ao mau cheiro que ela não apercebia como tal mas como algo de insuportável e estonteante — um campo de lírios ou uma divisão demasiado pequena a transbordar de junquilhos —, desmaiou e caiu para o lado e rolou debaixo da banca até ao meio da rua, onde ficou estiraçada com a faca na mão.

Gritos, correrias, a multidão de basbaques à roda e alguém que vai chamar a Polícia. A mulher mantém-se prostrada no chão com a faca na mão e volta lentamente a si.

Perguntam-lhe o que se passou.

— Nada.

E o que faz ali com a faca?

— Nada.

E de onde vem o sangue que lhe corre por baixo das saias?

— Dos peixes.

Ela levanta-se, atira a faca para o lado e afasta-se para se lavar.

Mas eis que, contra todas as expectativas, a coisa por baixo da banca de peixe põe-se a chorar. As pessoas acorrem, e, sob um enxame de moscas, no meio das tripas e cabeças cortadas de peixe, descobre-se e liberta-se o recém-nascido. As autoridades entregam-no a uma ama e a mãe é presa. E dado que ela não hesita em confessar que certamente teria deixado morrer o fedelho como já fizera, aliás, com os outros quatro, abrem-lhe um processo, é condenada por vários infanticídios, e, algumas semanas mais tarde, cortam-lhe a cabeça na Praça de Grève.

Nesta altura, a criança já tinha mudado três vezes de ama. Nenhuma delas quisera conservá-la mais do que uns dias. Afirmavam que ele era guloso demais, mamava por dois, tirava o leite da boca dos outros recém-nascidos e o pão da boca das amas, na medida em que uma amamentação rentável era impossível com um único recém-nascido. O oficial da polícia encarregado deste caso, um tal La Fosse, começava a ficar farto e já estava disposto a mandar a criança para um centro de reagrupamento de enjeitados e órfãos, situado ao fundo da Rua Saint-Antoine, de onde partiam diariamente bandos de crianças destinadas ao grande orfanato estatal de Ruão. Na medida, porém, em que estes transportes eram efectuados por carregadores de cestos de ráfia, onde, para uma maior rentabilidade, se metiam até quatro recém-nascidos; (como, por conseguinte, a taxa de falecidos pelo caminho era extraordinariamente elevada) como, por este motivo, os carregadores tinham por missão preocuparem-se somente com os recém-nascidos que fossem baptizados e estivessem munidos de um bilhete de transporte conforme as leis e que devia ser visado à chegada a Ruão, mas como a criança Grenouille não era baptizada nem, aliás, possuidora de um nome que pudesse constar num bilhete de transporte conforme a lei, e como, por outro lado, era inimaginável que a Polícia abandonasse anonimamente uma criança, colocando-a à porta do centro de reagrupamento, o que seria a única maneira de eliminar as restantes formalidades, numa palavra, devido a toda uma série de dificuldades burocráticas e administrativas que a expedição do bebé aparentemente levantava, e porque, além disso, o tempo urgia, o oficial de polícia La Fosse optou por renunciar a pôr em prática a sua primeira decisão e deu instruções para que se entregasse esse rapazinho a qualquer instituição religiosa, a troco de um recibo, para que o baptizassem e tomassem decisões quanto ao seu futuro. Conseguiram depositá-lo no Convento de Saint-Merri, na Rua Saint-Martin. Recebeu o baptismo e o nome de Jean-Baptiste. E dado que, nesse dia, o prior se encontrava de bom humor e dispunha ainda de fundos para as obras de caridade, a criança não foi enviada para Ruão, mas ficou às custas do convento. Confiaram-na, assim, a uma ama chamada Jeanne Bussie na Rua Saint-Denis, e, até nova ordem, concederam três francos por semana a essa mulher.

2

Algumas semanas mais tarde, Jeanne Bussie apresentou-se com um cesto debaixo do braço, à porta do Convento de Saint-Merri.

— Aqui tem! — dirigiu-se ao padre Terrier, um monge calvo e cheirando um pouco a vinagre, que veio abrir-lhe a porta.

E pousou o cesto na soleira da porta.

— O que é isto? — questionou Terrier, ao mesmo tempo que se inclinava sobre o cesto e cheirava, supondo tratar-se de víveres.

— O bastardo da infanticida da Rua aux Fers!

O padre remexeu no cesto, até pôr a descoberto o rosto do recém-nascido adormecido.

— Está com bom aspecto! — observou. — Com as faces rosadinhas e bem alimentado.

— Porque engordou à minha custa. Porque me chupou e sugou até aos ossos. Agora, no entanto, acabou-se. Podem continuar a alimentá-lo com leite de cabra, papas, sumo de cenoura. Este bastardo devora tudo.

O padre Terrier era um homem pacífico. Cabia-lhe a responsabilidade da gestão dos fundos para obras de caridade do convento e da repartição de dinheiro pelos pobres e necessitados. Em troca, apenas desejava ouvir um «obrigado» e que, quanto ao resto, o deixassem em paz. Tinha horror aos pormenores técnicos, porque os pormenores significavam sempre dificuldades e as dificuldades significavam sempre uma perturbação da sua tranquilidade de espírito, o que lhe era impossível suportar. Sentiu-se irritado por ter vindo abrir a porta. Desejava que esta pessoa pegasse no cesto, voltasse a casa e deixasse de o importunar com os problemas do recém-nascido. Endireitou-se lentamente e aspirou o odor a leite e a lã de ovelha que a ama exalava. Era um odor agradável.

— Não compreendo o que queres — retorquiu o padre. — Não compreendo onde queres chegar. Acho que era melhor que o recém-nascido ficasse ainda um bom pedaço de tempo a ser amamentado por ti.

— Para ele sim, mas não para mim — redarguiu a ama num tom áspero. — Emagreci cinco quilos, e, no entanto, como por três. E tudo a troco de três francos por semana!

— Ah! Agora entendo! — exclamou Terrier, quase aliviado. — Estou a ver. É de novo uma questão de dinheiro.

— Não! — objectou a ama.

— Sim. É sempre uma questão de dinheiro — contrapôs o padre. — Quando se bate a esta porta é sempre por uma questão de dinheiro. Sonho abrir, um dia, a porta a alguém que venha falar-me de outra coisa. Alguém, por exemplo, que me traga uma pequena lembrança. Por exemplo, fruta ou umas nozes. Não faltam coisas deste género, que possam trazer-se no Outono. Flores, talvez. Ou podia, simplesmente, aparecer alguém que me dissesse num tom amável: «Deus o abençoe, padre Terrier! Um bom dia para si!» Contudo, morrerei sem que isso aconteça. Quando não é um mendigo, é um comerciante, e se não é um comerciante é um artesão e quando não pede esmola, apresenta uma factura. Já nem sequer posso pôr um pé na rua. Mal saio, não consigo dar três passos sem ser abordado por indivíduos que querem dinheiro.

— Não é esse o meu caso! — replicou a ama.

— Contudo, vou dizer-te uma coisa: não és a única ama na paróquia. Há centenas de mães adoptivas de primeira qualidade, que se bateriam por ter o direito de, a troco de três francos semanais, amamentar este encantador recém-nascido ou alimentá-lo a papas, sumo de frutas ou qualquer outra comida...

— Então, dê-o a uma delas!

— ... Por outro lado, não é aconselhável passar, assim, uma criança para outros braços. Quem sabe se irá dar-se tão bem com um leite que não seja o teu? Está habituada ao odor dos teus seios e, é necessário que o entendas, ao bater do teu coração.

E o padre voltou a aspirar longamente esse bafo quente que se desprendia da ama.

— Vais levar esta criança para tua casa — acrescentou, tomando consciência de que as suas palavras não provocavam qualquer efeito sobre a ama. — Falarei deste assunto ao prior. Vou propor-lhe que, doravante, te pague quatro francos por semana.

— Não! — recusou a ama.

— Bom. Digamos cinco, então!

— Não!

— Mas, afinal, quanto é que queres mais? — gritou-lhe Terrier. — Cinco francos é imenso dinheiro como paga deste trabalho insignificante que consiste em alimentar uma criança!

— Não quero dinheiro nenhum — redarguiu a ama. — Só quero o bastardo fora da minha casa.

— Mas porquê, boa mulher? — replicou Terrier e voltou a remexer no cesto com as pontas dos dedos. — É uma criança adorável. Tem as faces rosadinhas, não chora, dorme bem e está baptizado.

— Está possuído pelo Diabo!

Terrier apressou-se a retirar a mão do cesto.

— Impossível! — exclamou. — É totalmente impossível que um recém-nascido esteja possuído pelo Diabo. Um recém-nascido não é um ser humano, mas apenas um esboço e a sua alma ainda não se encontra formada. Não oferece, consequentemente, qualquer interesse para o Diabo. Ele já fala? Tem convulsões? Faz deslocar os objectos no quarto? Exala mau cheiro?

— Ele não cheira absolutamente a nada — observou a ama.

— Estás a ver? Isso é um sinal importante. Se fosse possuído pelo Diabo, teria que cheirar mal!

E, a fim de tranquilizar a ama e de pôr à prova a sua própria coragem, Terrier levantou o cesto e colocou-o debaixo do nariz.

— Não me cheira a nada de especial — declarou, após ter fungado uns instantes. — Absolutamente a nada de especial. Parece-me, no entanto, que há qualquer coisa nas fraldas que deita cheiro — acrescentou, ao mesmo tempo que estendia o cesto à mulher para obter a confirmação das suas palavras.

— Não é disso que falo — redarguiu a ama secamente, afastando o cesto. — Não estou a falar-lhe do que há nas fraldas. É claro que as suas fezes deitam cheiro. Mas é ele, o bastardo, que não tem odor.

— Porque está de boa saúde! — ripostou Terrier — Não tem odor porque tudo corre bem. Só as crianças doentes têm odor. Toda a gente sabe que uma criança com bexigas cheira a bosta de cavalo; que se tiver a escarlatina cheira a maçãs sorvadas e que, quando sofre de tuberculose, cheira a cebolas. Esta está de boa saúde e nada mais tem. Querias que cheirasse mal? Os teus próprios filhos cheiram mal?

— Não — retorquiu a ama. — Os meus filhos têm o odor que pertence aos filhos do homem.

Terrier voltou a pousar, cuidadosamente, o cesto no chão, dado que começava a sentir os primeiros indícios de raiva que a teimosia dessa mulher lhe inspirava. Não era de excluir a hipótese de que a continuação desta disputa lhe exigisse o uso dos dois braços para gesticular mais à vontade e não queria que o recém-nascido fosse afectado. Então, cruzou as mãos atrás das costas, empinou a barriga proeminente na direcção da ama e só depois retomou a palavra.

— Estás, portanto, certa de saber a que deve cheirar o filho do homem que é também um filho do bom Deus?... Apesar de tudo, gostaria de te recordar que a criança está baptizada, — retrucou.

— Sim — asseverou a ama.

— E se ele não tem o odor que tu, a ama Jeanne Bussie, da Rua Saint-Denis, achas que deve ter, isso significa que é um filho do Diabo?

O padre retirou a mão esquerda de trás das costas e brandiu-a, ameaçadoramente, sob o nariz da ama com o indicador curvado e semelhante a um ponto de interrogação. A ama reflectiu. Não lhe agradava que a conversa assumisse a forma de um interrogatório teológico, em que ela ficaria, obviamente, numa situação de inferioridade.

— Não foi isso que eu quis dizer — replicou ela, fazendo marcha atrás. — É o senhor que deve decidir se este caso tem ou não a ver qualquer coisa com o Diabo, padre Terrier, pois eu não tenho competência para isso. Apenas sei que este recém-nascido me horroriza, porque não cheira ao que devem cheirar as crianças.

— Ah, ah! — exclamou Terrier satisfeito, voltando a deixar pender o braço. — Recuemos, pois, quanto a esta história do Diabo. Ora, muito bem! Contudo, queres ter a bondade de me explicar a que cheira um recém-nascido, quando possui o odor que achas que deve ter? Hein?

— Cheira bem — esclareceu a ama.

— O que significa isso de «cheirar bem»? — gritou-lhe Terrier. — Há muitas coisas que cheiram bem. Um ramo de alfazema cheira bem. O caldo de carne cheira bem. Os jardins da Arábia cheiram bem. Gostava de saber a que cheira um recém-nascido!

A ama hesitou. Conhecia, obviamente, o odor dos recém-nascidos, conhecia-o perfeitamente. Não era em vão que os tinha amamentado, cuidado, embalado, beijado às dúzias... Seria capaz de os descobrir, de noite, apenas pelo odor e, naquele mesmo instante, tinha exactamente o odor do recém-nascido debaixo do nariz. Nunca o havia, porém, definido por palavras.

— Então? — rugiu Terrier, ao mesmo tempo que estalava os dedos de impaciência.

— É que... é que... — balbuciou a ama — ... não é muito fácil de explicar, porque... eles não cheiram todos ao mesmo, embora todos cheirem bem, está a compreender, senhor padre? Os pés, por exemplo, cheiram a um seixo liso e quente; ou, então, a queijo branco... ou manteiga... ou manteiga fresca, sim é isso mesmo: cheiram a manteiga fresca. E o resto do corpo cheira... cheira a uma bolacha que se molhou no leite. E a cabeça, lá atrás, onde os cabelos formam um remoinho, lá, padre, onde o senhor já nada tem... — Tocou com as pontas dos dedos na careca de Terrier que, ante esta torrente de imbecilidades, inclinara docilmente a cabeça, sem fazer comentários. — ... É aí, exactamente aí que cheiram melhor. Aí cheiram a caramelo, aí têm um odor tão bom e maravilhoso, que não pode sequer imaginar, padre! Quando uma pessoa os cheira nesse sítio, passa a amá-los, quer sejam seus filhos ou dos outros. E é desta maneira e não de outra que devem cheirar as crianças. E quando não cheiram assim, quando lá atrás, na cabeça, não cheiram a nada, ainda menos do que o ar frio, como este, o bastardo, então... pode arranjar a explicação que quiser, padre, mas eu... — Cruzou resolutamente os braços debaixo dos seios e deitou um olhar muito enojado ao cesto pousado no chão, como se ele contivesse sapos.

— ... Eu, Jeanne Bussie, não voltarei a levá-lo comigo para casa!

O padre Terrier ergueu lentamente a cabeça e passou várias vezes o dedo sobre a careca, como se pretendesse alisar os cabelos, após o que colocou, como que por mero acaso, o dedo sob o nariz e o cheirou com um ar pensativo.

— A caramelo?... — inquiriu, tentando recobrar o tom de voz severo. — Caramelo! O que conheces tu do caramelo? Já alguma vez o provaste?

— Não propriamente — replicou a ama. — No entanto, estive um dia num grande hotel da Rua Saint-Honoré e vi fazerem-no com açúcar em ponto e natas. Era um odor tão bom, que nunca o esqueci.

— Está bem. Está bem! Chega! — exclamou Terrier, afastando o dedo do nariz. — E, agora, faz o favor de te calares. É muito cansativo para mim continuar a falar contigo a este nível. Sejam quais forem os motivos, verifico que te recusas a continuar a amamentar o recém-nascido Jean-Baptiste Grenouille, que te foi confiado, e o devolves a partir de agora ao seu tutor provisório, o Convento de Saint-Merri. Considero o facto lamentável, mas acho que nada posso fazer. Podes ir embora.

Posto isto, agarrou no cesto, aspirou mais uma baforada à lã e ao leite que iam afastar-se e bateu com a porta. Em seguida, subiu ao seu gabinete.

3

O padre Terrier era um homem culto. Não só tinha estudado Teologia, mas lera também os filósofos e interessava-se acessoriamente por botânica e alquimia. Depositava alguma confiança no seu espírito crítico. Não iria decerto ao ponto, como alguns o haviam feito, de pôr em questão os milagres, os oráculos ou a verdade dos textos da Sagrada Escritura, se bem que, estritamente falando, eles não pudessem explicar-se apenas pela razão e muitas vezes se lhe opusessem. Preferia não se imiscuir neste género de problemas; achava-os demasiado inquietantes e apenas teriam servido para o mergulhar na mais desconfortável insegurança e inquietação, ao passo que, para se poder utilizar a razão, se necessitava precisamente de segurança e calma. Combatia, no entanto, da forma mais decidida, as ideias supersticiosas do povo: bruxaria e cartomancia, uso de amuletos, mau-olhado, exorcismos e rituais da lua cheia, em resumo, tudo o que se encontrava ligado a este género de coisas. Tornava-se pungente verificar que tais costumes pagãos não haviam sido eliminados, decorrido mais de um milénio sobre a sólida instalação da religião cristã! Também a maior parte dos casos de pseudopossessão demoníaca acabava por se revelar, quando examinada de mais perto, como um monte de superstições. Terrier não iria, na realidade, ao ponto de negar a existência de Satanás e colocar em dúvida os seus poderes; para resolver tais problemas, que se referiam às bases da Teologia, havia outras entidades mais competentes do que um simples monge. Tornava-se, por outro lado, claro como o dia que, quando uma pessoa tão simples como esta ama afirmava ter decoberto um fenómeno demoníaco, era impossível que o Diabo tivesse a ver com o caso, fossem quais fossem as circunstâncias. O próprio facto de esta mulher acreditar tê-lo descoberto constituía uma prova indubitável de que nada existia de diabólico, na medida em que o Diabo não seria tão idiota que se deixasse desmascarar pela ama Jeanne Bussier. E, além do mais, com o nariz! Com o rudimentar órgão de olfacto, o menos nobre de todos os sentidos! Como se o Inferno cheirasse a enxofre e o Paraíso a incenso e a mirra! A mais detestável das superstições, como na época mais sombria do antigo paganismo, em que os homens ainda viviam como animais, não possuíam uma vista experimentada, desconheciam as cores, mas acreditavam poder cheirar o sangue, imaginavam diferençar o inimigo do amigo através do odor, sentiam-se farejados por lobisomens e ogres gigantescos, e sacrificavam, pelo fogo, vítimas fedorentas e fumegantes aos pés dos seus abomináveis deuses. Que horror! Consta que o louco vê mais com o nariz do que com os olhos e a luz que nos foi concedida por Deus teria indubitavelmente que brilhar mil anos mais, antes que os últimos resquícios das crenças primitivas pudessem ser afugentados.

— Ah! Esta pobre criancinha! Este ser inocente — dizia de si para si. — Está ali deitado no seu cesto a dormir e sem fazer a mínima ideia das repugnantes suspeitas que se levantam a seu respeito. Aquela desavergonhada ousa afirmar que não cheiras ao que devem cheirar os filhos dos homens. O que vamos pensar disto? Guli-guli!

E o padre balouçava suavemente o cesto nos joelhos, acariciando com o dedo a cabeça do recém-nascido e pronunciando os seus «guli-guli», uma expressão que, do seu ponto de vista, actuava de uma forma calma e terna sobre as crianças.

— Segundo parece, devias cheirar a caramelo? — continuou. — Que absurdo! Guli-guli!

Ao cabo de um momento, retirou o dedo, levou-o ao nariz, cheirou, mas apenas sentiu o odor da couve-roxa que comera ao meio-dia.

Hesitou um instante, olhou em volta a certificar-se de que ninguém o observava e levantou o cesto, nele mergulhando o seu enorme nariz. Chegou-se tanto ao craniozinho que os parcos cabelitos ruivos do recém-nascido lhe fizeram cócegas nas narinas e procurou, inutilmente, aspirar qualquer odor. Ignorava, com exactidão, ao que deve cheirar uma cabeça de recém-nascido. Decerto que não a caramelo, tal era óbvio, dado que o caramelo era açúcar derretido e como poderia cheirar a açúcar derretido um recém-nascido, que, até essa altura, só bebera leite? Poderia cheirar a leite, o leite de ama. Contudo, não cheirava a leite. Teria podido cheirar a cabelos, a cabelos e à pele e talvez um pouco a suor de bebé. E Terrier continuou a cheirar e a tentar detectar um odor a pele, a cabelos e a suor de criança. Não sentia, porém, qualquer odor. Nem com a melhor das boas vontades. «Talvez um recém-nascido não cheire a nada», pensou. «Deve ser isso mesmo. Desde que se mantenha um recém-nascido limpo, ele não deita cheiro, da mesma maneira que não fala, não anda, nem escreve. Trata-se de coisas que só vêm com a idade. Estritamente falando, o ser humano apenas desprende odor, quando atinge a puberdade. É assim e não de outra maneira. Horácio não escrevia já: «O efebo cheira a homem e a virgem ao desabrochar, emana um perfume a narciso branco...»? E também os Romanos eram algo entendidos no assunto! O odor humano é sempre carnal e é, por conseguinte, um odor de pecado. Como é, assim, possível que um recém-nascido tenha um odor, ele que nem sequer em sonho conheceu o pecado da carne? A que poderia cheirar? Guli-guli! A nada!»

O padre tinha colocado o cesto em cima dos joelhos e embalava-o com suavidade. A criança continuava profundamente adormecida. O punho direito, pequeno e rosado, saía por baixo da roupa e agitava-se por vezes, enternecedoramente, contra a face. Terrier sorriu e sentiu-se, de súbito, muito reconfortado. Pelo espaço de um momento, permitiu-se sonhar que era ele o pai da criança. Que não se tornara monge, mas era um cidadão normal, talvez um íntegro artesão, que desposara uma mulher quente e cheirosa a leite e algodão, com a qual teria feito um filho, que embalava agora nos joelhos, o seu próprio filho... O pensamento conferia-lhe uma sensação de bem-estar. Era uma ideia muito bem enquadrada na ordem das coisas! Um pai embalando o filho nos joelhos era uma cena com a idade do mundo e enquanto o mundo existisse seria uma cena renovada e perfeita. Ah, sim! Terrier sentia-se emocionado e uma onda de calor inundava-lhe o coração.

Foi então que a criança acordou. O seu despertar começou pelo nariz. O minúsculo nariz mexeu-se, contraiu-se e fungou. Este nariz aspirava o ar em curtas lufadas, que se assemelhavam a espirros contidos. Depois o nariz franziu-se e a criança abriu os olhos. Os olhos eram de uma cor indefinida, entre um cinzento de ostra e um branco cremoso e opalino, pareciam velados por uma espécie de névoa e eram ainda manifestamente incapazes de ver. Terrier teve a sensação de que estes olhos não apercebiam a sua presença. O mesmo não se passava em relação ao nariz. Enquanto os olhos sem brilho da criança se perdiam no vago, o nariz parecia fixar um alvo determinado, e Terrier foi invadido pela estranha sensação de que esse alvo era ele, Terrier, a sua própria pessoa. As minúsculas asas destas minúsculas narinas, a meio do rosto da criança, dilatavam-se como uma flor a desabrochar. Ou melhor, como as corolas dessas pequenas plantas carnívoras que se viam no jardim botânico do rei. E também ele desprendia, tal como estas plantas, uma emanação inquietante. Terrier tinha a impressão de que a criança o olhava com as narinas, o examinava sem complacência, mais implacavelmente do que poderia fazê-lo com o olhar, como se absorvesse pelo nariz algo que emanava de Terrier e que ele próprio era incapaz de reter ou dissimular... Esta criança sem odor passava impudentemente em revista os odores dele. Era bem isso! Farejava-o dos pés à cabeça! E Terrier sentiu-se repentinamente fedorento, a tresandar a suor e vinagre, a couve-roxa e a roupas sujas. Teve a sensação de se encontrar em toda a sua nudez e fealdade, perscrutado pelo olhar de alguém que o fixava sem nada revelar de si. Era como se esta exploração olfactiva lhe atravessasse a pele e lhe devassasse o íntimo.

Os seus mais puros sentimentos e os mais impuros pensamentos encontravam-se expostos diante deste narizinho guloso que ainda não era verdadeiramente um nariz, mas apenas uma protuberância, um minúsculo órgão com dois buracos, que não cessava de se franzir, encarquilhar e estremecer. Terrier sentiu um calafrio.

Invadiu-o uma sensação de repugnância. Chegara, agora, a sua vez de torcer o nariz como perante algo malcheiroso e com o qual nada queria ter a ver.

Não ficara qualquer rasto da atraente ideia de que pudesse tratar-se da sua própria carne e do seu sangue. Evaporara-se a cena idílica e comovedora do pai e do filho e de uma mãe cheirosa. Era, numa palavra, como se se tivesse rasgado essa cortina de pensamentos agradáveis em que se envolvera com a criança. O que tinha nos joelhos era um ente estranho e frio, um animal hostil; e, caso não fosse dotado de um temperamento tão ponderado e regido pelo temor a Deus e pela luz da razão, tê-lo-ia atirado para bem longe de si com igual repugnância com que trataria uma aranha.

Terrier levantou-se de um salto e pousou o cesto sobre a mesa. Queria desembaraçar-se daquela coisa o mais rapidamente possível, sem tardar, nesse mesmo instante.

E foi então que a coisa começou a chorar. Franziu os olhos, escancarou as goelas rosadas e soltou gritos tão assustadoramente agudos, que Terrier sentiu o sangue gelar-se-lhe nas veias. Com o braço estendido, sacudiu o cesto, gritando «guli-guli» para fazer calar a criança, mas esta chorava com mais força ainda e o rosto adquiriu um tom azulado como se os pulmões fossem rebentar-lhe.

«Desembaraçar-me!», pensou Terrier. «É preciso desembaraçar-me imediatamente deste...» Ia a dizer «diabo», mas controlou-se e absteve-se de pronunciar a palavra. «... deste monstrozinho, desta criança insuportável!» Como fazê-lo, no entanto? Conhecia uma dúzia de amas e de orfanatos do bairro, mas todos se situavam demasiado próximo para o seu gosto, demasiado próximo da sua pele. Era preciso que esta coisa fosse para mais longe, suficientemente longe para que deixasse de se ouvir e não pudessem voltar a pô-la, a qualquer momento, diante da sua porta; impunha-se colocá-la numa outra paróquia, de preferência situada na outra margem do rio, e, melhor ainda, extramuros, em Saint-Antoine! Claro. Era essa a solução! Era para lá que iria aquele chorão, bem longe, para leste, do outro lado da Bastilha, onde à noite se fechavam os portões.

E, erguendo a sotaina, Terrier pegou no cesto onde os berros não paravam e correu, correu através do emaranhado de ruelas, chegou à Rua du Faubourg-Saint-Antoine, subiu-a na direcção leste até sair da cidade e atingiu, bem longe dali, a da Charonne, que percorreu quase na totalidade; e lá, junto ao Convento de Sainte-Madeleine-de-Trenelle, foi bater à porta da casa de uma tal Madamme Gaillard que ele sabia tomar à sua guarda pequenos pensionários de todas as idades e de todo o tipo, desde que alguém estivesse disposto a pagar. Foi nesta casa que depositou a criança, que continuava a chorar, e, após ter pago um ano adiantado, voltou a fugir de regresso à cidade onde, mal entrou no convento, arrancou as roupas do corpo como se estivessem contaminadas, lavou-se dos pés à cabeça e refugiou-se no leito do seu quartinho. Benzeu-se uma série de vezes, orou longamente e acabou por adormecer, reconfortado.

4

Apesar de ainda não ter feito trinta anos, Madame Gaillard era uma mulher com experiência de vida. Por fora, o seu aspecto correspondia à idade, e, ao mesmo tempo, parecia duzentas ou trezentas vezes mais velha, como a múmia de uma mulher nova; e, por dentro, há muito que estava morta. Quando era ainda uma menina, o pai batera-lhe com um atiçador na fronte, mesmo por cima do começo do nariz e ela perdera o olfacto, juntamente com toda a noção do calor ou da frieza humanos e de paixão em geral. Essa pancada fizera, igualmente, com que a ternura se lhe tornasse tão desconhecida como a repulsa e a alegria, tão desconhecida como o desespero. Nada sentiu quando mais tarde dormiu com um homem, nem tão-pouco quando teve os filhos. Não chorava os que lhe morriam, como também não se alegrava com os que lhe restavam. Sempre que o marido lhe batia, não se mexia e não sentiu qualquer alívio quando ele morreu de cólera no Hôtel-Dieu. As duas únicas sensações que conhecia eram uma ligeira melancolia quando chegava a altura da menstruação e uma ligeira alegria quando a dita passava. À parte isso, esta mulher morta nada sentia.

Por outro lado, ou talvez exactamente por causa desta total ausência de emoções, Madame Gaillard possuía um sentido inexorável da ordem e da justiça. Não conferia uma posição privilegiada a nenhuma das crianças que lhe eram confiadas, nem desfavorecia qualquer delas. Distribuía três refeições por dia e nem uma migalha a mais. Mudava-lhes as fraldas três vezes por dia e apenas até fazerem dois anos. Em seguida, todos os que continuavam a fazer as necessidades nas calças, apanhavam um tabefe, sem qualquer palavra, e eram privados de uma refeição. Aplicava exactamente metade da pensão para a manutenção da criança e guardava a outra metade para si. Não procurava aumentar os lucros, sempre que o preço da comida baixava; mas, em tempos difíceis, não gastava um tostão a mais, nem que se tratasse de um caso de vida ou de morte. O negócio deixaria de ser rentável. Ela necessitava desse dinheiro. Fizera as contas com precisão. Quando a velhice lhe batesse à porta, queria passar a senhoria e possuir, além disso, meios para poder morrer em casa em vez de estoirar no Hôtel-Dieu, como acontecera ao marido. A morte desse indivíduo não a aquecera nem arrefecera. Contudo, esta agonia pública, partilhada com centenas de desconhecidos, horrorizava-a. Tencionava permitir-se uma morte privada e para tal necessitava da margem de lucro que as pensões lhe proporcionavam. E havia alguns invernos em que, das suas dúzias de pequenos pensionistas, lhe morriam três ou quatro. Era mesmo assim, visivelmente, um número inferior ao da maioria das casas das amas particulares e infinitamente menor do que o verificado nos grandes orfanatos públicos ou religiosos, cujas taxas de mortalidade se situavam, muitas vezes, em nove de cada dez. As vagas não tardavam a ser preenchidas. Paris produzia anualmente mais de dez mil crianças enjeitadas, bastardas e órfãs. Os desaparecimentos eram de imediato esquecidos.

Para o pequeno Grenouille o estabelecimento de Madame Gaillard foi uma dádiva dos céus. Não teria provavelmente sobrevivido em qualquer outro lugar. Contudo, ali, prosperou junto a essa mulher sem alma. Possuía uma robusta constituição física. Quem, como ele, havia sobrevivido ao próprio nascimento no meio do lixo, não cedia facilmente o seu lugar neste mundo. Era capaz de se aguentar dias a fio com caldos insípidos, alimentar-se do leite mais aguado e resistir aos legumes mais apodrecidos e à carne mais deteriorada. Ao longo da infância, sobreviveu às bexigas, à cólera, a uma queda num poço com seis metros de profundidade e a uma queimadura no peito com água a ferver. Ficaram-lhe, obviamente, cicatrizes, gretas e escoriações, além de um pé aleijado que o fazia coxear, mas conservou-se vivo. Tinha a resistência de uma bactéria obstinada e a frugalidade de uma carraça agarrada a uma árvore e que se alimenta de uma gota de sangue, que rapinou anos atrás. O seu corpo apenas necessitava de um mínimo de comida e de roupas. A sua alma de nada precisava. Os sentimentos de estabilidade, afecto, de ternura, de amor, ou lá como se chamam todas essas coisas que se afirma serem indispensáveis à criança eram, por completo, dispensáveis ao pequeno Grenouille. Parece-nos mesmo, pelo contrário, que a fim de conseguir viver, ele decidira simplesmente pô-las de lado desde sempre. O grito que se sucedera ao seu nascimento, o grito que soltara debaixo da banca de peixe, a fim de assinalar a sua existência e mandar ao mesmo tempo a mãe para o cadafalso, não fora um grito instintivo de exigência de compaixão e amor. Fora um grito deliberado, quase poderia dizer-se um pouco prematuramente deliberado e através do qual o recém-nascido tomara partido *contra* o amor, e, no entanto, *a favor* da vida. Cabe vincar que, dadas as circunstâncias, esta última só seria aliás possível sem o primeiro, e caso a criança tivesse exigido ambos, decerto não tardaria a morrer miseravelmente. É verdade que, naquele momento, poderia ter escolhido a segunda possibilidade que se lhe oferecia: calar-se e passar do nascimento à morte, sem fazer o percurso através da vida, poupando simultaneamente ao mundo e a si próprio uma série de infortúnios. Para se esquivar, no entanto, tão humildemente, teria necessitado de um temperamento submisso inato e isso era coisa que Grenouille não possuía. Foi, logo de início, um ser abominável. Apenas escolhera a vida por uma questão de desafio e pura malvadez.

Não a escolheu, naturalmente, como o faz um adulto, servindo-se da sua experiência e do maior ou menor índice racional quando se vê frente a duas opções distintas. Contudo, escolhera-a de uma forma vegetativa, à semelhança de um feijão que se deita fora e decide germinar ou prefere renunciar.

Ou ainda à semelhança da carraça na sua árvore, à qual, no entanto, a vida apenas tem a oferecer uma permanente hibernação. A pequena e feia carraça que confere ao corpo cor de chumbo a forma de uma bola, a fim de expor o mínimo de superfície possível ao mundo exterior; que alisa e endurece a pele para nada deixar filtrar e para que nada dela passe para o exterior. A carraça que se faz deliberadamente pequena e insignificante para que ninguém a veja nem a esmague. A carraça solitária, fechada e escondida na sua árvore, cega, surda e muda, e apenas ocupada durante anos a fio a farejar nos lugares à sua volta o sangue dos animais que passam e que jamais atingirá pelos seus próprios meios. A carraça podia deixar-se cair. Podia deixar-se tombar no solo da floresta, e, apoiada nas suas minúsculas seis patas, arrastar-se uns milímetros em qualquer sentido e dispor-se a morrer debaixo de uma folha, o que não constituiria uma perda, Deus bem o sabe! Contudo, a teimosa, obstinada e repugnante carraça permanece emboscada, vive e espera. Espera até que um acaso extremamente improvável lhe traga o sangue de um animal à sua árvore. E é apenas nessa altura que ela sai da sua reserva, se deixa cair, se pega, morde e mergulha nesta carne desconhecida...

A criança Grenouille era uma destas carraças. Vivia fechada sobre si própria numa espera de melhores tempos. Nada dava ao mundo dos seus excrementos: nem um sorriso, nem um grito, nem um brilho do olhar, nem mesmo o seu próprio odor. Qualquer outra mulher teria rejeitado aquela criança monstruosa, mas não Madame Gaillard. Ela não cheirava o que não cheirava a nada e não esperava colher qualquer emoção, na medida em que, por seu lado, tinha a alma selada.

As outras crianças, ao contrário, sentiram de imediato o que se passava com Grenouille. O recém-chegado provocou-lhes, logo de início, mal-estar. Afastaram-se da caixa onde ele estava deitado e juntaram mais as suas caminhas, como se o frio tivesse aumentado no quarto. Por vezes, os mais novos gritavam durante a noite: tinham a sensação de que uma corrente de ar atravessava a divisão. Outros sonhavam que algo lhes tirava a respiração. Uma vez, os mais velhos reuniram-se para o asfixiar. Taparam-lhe o rosto com trapos, cobertores e palha, e puseram telhas em cima do monte. Quando no dia seguinte Madame Gaillard o libertou, estava todo amassado, pisado e congestionado, mas vivo. Repetiram inutilmente a façanha por várias vezes. Não se atreviam a estrangulá-lo sem rodeios, apertando-lhe o pescoço com as próprias mãos, ou a tapar-lhe a boca ou o nariz, o que constituiria um método mais seguro. Não queriam tocar-lhe. Ele enojava-os como se fosse uma enorme aranha que se é incapaz de esmagar com as mãos.

Quando ele cresceu, renunciaram aos seus desígnios criminosos. Tinham-se, indubitavelmente, rendido à evidência: era impossível aniquilá-lo. Passaram, em vez disso, a evitá-lo, fugiam dele e não queriam de forma alguma tocar-lhe. Não o odiavam. Também não sentiam ciúmes dele nem lhe invejavam o que comia. Não havia lugar para este tipo de sentimentos na casa de Madame Gaillard. Era simplesmente a presença dele o que os incomodava. Não podiam cheirá-lo. Provocava-lhes medo.

5

E, no entanto, analisado objectivamente, ele nada tinha de assustador. A passagem dos anos não o tornou particularmente alto ou forte; era, sem dúvida, feio, mas não a ponto de causar um medo inevitável. Não era agressivo, nem arredio, nem fingido. Não provocava ninguém. Preferia manter-se isolado. O seu quociente intelectual também não parecia brilhante. Só começou a equilibrar-se nas duas pernas aos três anos e foi aos quatro que pronunciou a sua primeira palavra; foi a palavra «peixe» que lhe brotou dos lábios num momento de repentina excitação, como um eco, numa altura em que um vendedor de peixe subia, ao longe, a Rua de Charonne e apregoava a sua mercadoria com grande alarido. A esta seguiram-se as palavras «gerânio», «curral de cabras», «couve lombarda» e «Jacques l'Horreur», sendo esta última o nome de um ajudante de jardineiro do convento vizinho das Filhas da Cruz e que, então, executava em casa de Madame Gaillard os trabalhos pesados e as tarefas imundas e que tinha como particularidade jamais se haver lavado em toda a sua vida. Os verbos, adjectivos e advérbios não eram o seu forte. Exceptuando o «sim» e «não» (que, aliás, só muito mais tarde pronunciou pela primeira vez), proferia unicamente substantivos, de facto só nomes de coisas concretas, plantas, animais e seres humanos e apenas quando essas coisas, essas plantas, esses animais ou esses seres humanos lhe causavam subitamente uma forte sensação olfactiva.

Foi num belo dia de Março, em que se encontrava sentado numa pilha de toros de faia estalando ao sol, que pronunciou pela primeira vez a palavra «madeira». Já vira centenas de vezes a madeira anteriormente e escutara centenas de vezes a palavra. Compreendia-a, além disso, na medida em que o tinham mandado buscá-la, frequentemente, de Inverno. Contudo, nunca o objecto «madeira» lhe parecera com interesse bastante para que se desse ao trabalho de dizer o nome. Tal não aconteceu antes desse dia de Março, em que se encontrava sentado numa pilha de toros de faia. Amontoada ao abrigo de um telheiro, do lado sul da granja de Madame Gaillard, essa pilha formava como que um banco. Dos toros superiores desprendia-se um odor adocicado e a chamusco e do fundo subia um cheiro a musgo, e as paredes de madeira de pinheiro da granja emanavam, sob o calor, um penetrante odor a resina.

Grenouille estava sentado em cima desta pilha, com as pernas esticadas e as costas apoiadas no muro da granja; tinha fechado os olhos e conservava-se imóvel. Não via nada. Não escutava nem sentia nada. Chegava-lhe unicamente o cheiro da madeira que subia em seu redor e se mantinha retido sob o telheiro como que aprisionado numa touca. Ele bebia este cheiro, embriagava-se nele, impregnava-se por todos os poros até ao mais fundo de si, ele próprio se tornava madeira, prostrado como uma marioneta de madeira, como um Pinóquio em cima daquela pilha, como morto, e ao cabo de um longo momento, talvez uma meia-hora, expeliu finalmente a palavra «madeira». Como se estivesse entulhado de madeira até aos olhos, empanturrado de madeira até mais não poder, como se a madeira o enchesse desde a barriga à garganta e lhe chegasse ao nariz, e foi assim que vomitou a palavra. E este facto levou-o a voltar a si e salvou-o, pouco antes de a presença esmagadora da própria madeira, o seu odor, ameaçasse asfixiá-lo. Sacudiu-se, deixou-se escorregar de cima da pilha de toros e afastou-se, num passo inseguro, como se tivesse as pernas de madeira. Muitos dias depois ainda se encontrava marcado por esta intensa experiência olfactiva, e sempre que a sua recordação lhe despertava com força no íntimo, balbuciava a sós «madeira, madeira», a fim de a esconjurar.

Foi assim que aprendeu a falar. As palavras que não designavam objectos aromáticos e se referiam, consequentemente, a noções abstractas, sobretudo de ordem ética e moral, levantavam-lhe graves problemas. Era incapaz de as reter na memória, confundia-as, e, mesmo quando atingiu o estado adulto, continuava a usá-las de má vontade e muitas vezes erradamente: direito, consciência, Deus, alegria, responsabilidade, humildade, gratidão, etc., — tudo o que se expressava desta maneira constituía para si um mistério e assim se manteve.

Por outro lado, a linguagem corrente dificilmente lhe chegava para designar todas as coisas que tinha coleccionado a nível de conceitos olfactivos. Em breve deixou de se contentar em cheirar apenas a madeira; cheirava as essências de madeira, bordo, carvalho, pinheiro, ulmeiro, pereira; cheirava a madeira velha, nova, bolorenta, apodrecida, musgosa, cheirava mesmo um toro, aparas, serradura e era capaz de as distinguir melhor através do odor do que os outros poderiam fazê-lo com a vista. Passava-se o mesmo em relação a outras coisas. O facto de aquela beberagem branca que Madame Gaillard servia todos os dias aos seus pensionistas ser uniformemente designada como leite, ao passo que na perspectiva de Grenouille ela tinha todas as manhãs um odor diferente e um gosto diferente segundo a sua temperatura, a vaca de onde provinha, o que ela comera, a quantidade de nata que nela se havia deixado, etc.; o facto de o fumo, ou de uma composição olfactiva como o fumo do fogo, formada por cem elementos que a cada instante se voltavam a combinar para constituir um novo todo, tivesse precisamente apenas a designação de «fumo»...; o facto de a terra, a paisagem, o ar que, a cada passo e a cada baforada que se respirava, se encherem de outros odores e eram animados por identidades diferentes, apenas pudessem ser pretensamente indicados por estes três vocábulos ridículos... todas estas grotescas desproporções entre a riqueza do mundo apreendida pelo olfacto e a pobreza da linguagem levavam o rapaz a duvidar de que a linguagem tivesse um sentido; e somente acedia a utilizá-la quando a permuta com o próximo o exigia como imperativo.

Aos seis anos já havia explorado olfactivamente o mundo que o rodeava. Na casa de Madame Gaillard não existia um único objecto e na parte norte da Rua de Charonne não havia um lugar, um ser humano, um seixo, uma árvore, um arbusto ou uma paliçada, o mínimo pedaço de terreno que ele não conhecesse através do odor, reconhecesse e conservasse na memória com o que possuía de único. Tinha coleccionado, e à disposição, dezenas, centenas de milhares de odores específicos com uma tal precisão e facilidade, que não só os recordava quando voltava a cheirá-los, como os cheirava realmente ao recordar-se deles; conseguia, além disso, servir-de da imaginação para os combinar de formas novas e criar no seu íntimo odores que não existiam no mundo real. Era como se tivesse aprendido sem qualquer ajuda e estivesse de posse de um gigantesco vocabulário de odores, que lhe permitia construir uma quase infinidade de frases olfactivas — e isto numa idade em que as outras crianças, através das palavras que lhes haviam laboriosamente ensinado, apenas balbuciavam as suas primeiras frases convencionais para descrever imperfeitamente o mundo que as rodeava. O seu talento recordava talvez o do pequeno músico, género menino-prodígio que, com base nas melodias e harmonias, conseguiu separar a escala das notas simples e a partir de então compor ele próprio melodias e harmonias inteiramente novas, com a diferença, porém, de que a escala dos odores era muitíssimo mais vasta e diferenciada do que a das notas e a actividade do menino-prodígio Grenouille que se desenrolava, em exclusivo, no seu íntimo, sendo ele o único capaz de a entender.

Exteriormente, mostrava-se cada vez mais reservado. Preferia sobretudo vagabundear sozinho pela parte norte de Saint-Antoine, através dos pomares, das vinhas e dos prados. Por vezes não regressava à noite e desaparecia dias inteiros. O castigo com o cavalo-marinho que se seguia não lhe arrancava o mínimo grito de dor. Não modificava a sua conduta, nem sequer quando o fechavam em casa, o privavam de comida e o obrigavam a tarefas punitivas. Frequentou esporadicamente a escola paroquial de Notre-Dame-du-Bon-Secours durante um ano e meio, sem qualquer resultado notável. Aprendeu algumas letras, a escrever o nome e nada mais. O professor considerava-o atrasado.

Madame Gaillard encontrava-lhe, pelo contrário, certas capacidades e particularidades pouco vulgares, para não lhes chamar sobrenaturais. Parecia, por exemplo, desconhecer totalmente o medo do escuro e da noite que caracteriza as crianças. Podiam mandá-lo, fosse a que hora fosse, buscar qualquer coisa à cave, onde os outros dificilmente se arriscavam com um candeeiro, ou buscar madeira à granja no escuro da noite. E nunca levava qualquer luz, orientando--se, no entanto, perfeitamente e trazendo de volta o que lhe tinham pedido sem fazer um movimento em falso, sem tropeçar nem derrubar nada. Todavia, o que, a bem dizer, parecia ainda mais invulgar residia no facto de ser capaz, como Madame Gaillard julgava ter verificado, de ver através do papel, do tecido, da madeira, das paredes e de portas fechadas. Sabia quantos pensionistas havia no quarto e quais eram, sem precisar de entrar. Sabia que havia uma lagarta numa couve-flor, antes de a terem cortado ao meio. E um dia em que Madame Gaillard tinha escondido tão bem o seu dinheiro que nem ela própria sabia onde estava (mudava os esconderijos), ele indicou sem hesitações um lugar atrás da trave da chaminé, e, efectivamente, estava lá! Era mesmo capaz de prever o futuro, anunciando, por exemplo, um visitante muito antes de ele aparecer, ou profetizando infalivelmente a aproximação de uma tempestade, antes que a mais pequena nuvem se descortinasse no céu. O facto de ele não ver tudo isto com os olhos, mas o pressentir graças a um olfacto cada vez mais subtil e exacto (a lagarta na couve-flor, o dinheiro atrás da trave, as pessoas por detrás das paredes e a várias ruas de distância), era algo que jamais teria ocorrido a Madame Gaillard, embora a pancada com o atiçador não lhe tivesse afectado o nervo olfactivo. Estava convencida de que este rapazinho — atrasado mental ou não — era dotado de segunda visão. E dado saber que a segunda visão atrai a infelicidade e a morte, começou a achá--lo inquietante. Ainda mais inquietante e absolutamente insuportável era a ideia de viver debaixo do mesmo tecto com um ser capaz de descobrir, através de paredes e traves, o seu dinheiro cuidadosamente escondido; e após ter detectado este dom terrível em Grenouille, não descansou até se ver livre dele; e a ocasião não tardou a apresentar-se, dado que nessa mesma altura (Grenouille tinha oito anos), o Convento de Saint-Merri suspendeu os seus pagamentos anuais sem qualquer explicação. Madame Gaillard não apresentou qualquer reclamação. Esperou uma semana por uma questão de delicadeza e, dado que o dinheiro da dívida continuou por enviar, pegou na mão do rapazinho e dirigiu-se com ele à cidade.

Na Rua de la Mortellerie, junto ao rio, conhecia um curtidor chamado Grimal, que necessitava urgentemente de mão-de-obra jovem: não de verdadeiros aprendizes, nem de operários, mas de tarefeiros ao preço da chuva. Na realidade, a indústria de curtumes implicava tarefas (descarnar as peles em decomposição, misturar banhos e tintas tóxicas, vazar produtos corrosivos) que eram de tal maneira prejudiciais à saúde e perigosas, que um mestre de curtumes consciente das suas responsabilidades evitava, tanto quanto possível, fazê-las executar pelos seus operários e confiava--as à ralé desempregada, a vagabundos ou ainda a crianças que não pertenciam a ninguém e em relação às quais ninguém se inquietaria, se as coisas dessem para o torto. Madame Gaillard sabia, obviamente que, segundo os padrões de vida humanos, Grenouille não tinha a mínima hipótese de sobreviver nesta oficina de curtumes de Grimal. Não era, porém, mulher que se preocupasse com esse género de pensamentos. Não cumprira o seu dever? A sua missão de ama chegara ao fim. O futuro destino do seu pequeno pensionista não lhe dizia respeito. Se conseguisse escapar, tanto melhor; se morresse, paciência! O importante era que as coisas se passassem legalmente. O mestre Grimal teve assim de lhe certificar, por escrito, que ela lhe confiara a criança, tendo recebido em troca quinze francos, após o que regressou à sua casa da Rua de Charonne. Não sentia o mínimo remorso. Pensava, contrariamente, ter agido de uma forma não só legal, mas igualmente justa, na medida em que se continuasse a tomar conta de uma criança pela qual ninguém pagava, teria necessariamente prejudicado as outras crianças ou mesmo ela própria, comprometendo-lhes o futuro ou mesmo o seu, quer dizer, a sua própria morte, a sua morte privada e protegida que era tudo o que ainda desejava na vida.

Na medida em que chegados a este ponto da história abandonaremos Madame Gaillard e não voltaremos a encontrá-la, vamos descrever em poucas frases o fim dos seus dias. Embora esta senhora já estivesse interiormente morta desde a infância, teve a infelicidade de chegar a muito, muito velha. No ano de 1782, com quase setenta anos, abandonou a sua actividade, comprou o direito a uma renda como tinha previsto, e recolheu-se na sua casinha à espera da morte. Contudo, a morte não chegou. Em seu lugar, surgiu algo que ninguém no mundo poderia esperar e que jamais acontecera no país, ou seja, uma revolução, por outras palavras, uma transformação radical de todos os conceitos sociais, morais e transcendentais. De início, essa revolução não se reflectiu na vida pessoal de Madame Gaillard. Em seguida, porém — já tinha perto de oitenta anos —, o pagador da sua renda viu-se obrigado a emigrar, e confiscaram-lhe os bens que foram vendidos em leilão e readquiridos por um fabricante de calças. Durante mais algum tempo essa ocorrência não teve, aparentemente, efeitos fatais para Madame Gaillard, na medida em que o fabricante continuou a pagar-lhe pontualmente a renda. Chegou, no entanto, o dia em que deixou de tocar no seu dinheiro em moedas sonantes, mas passou a recebê-lo em pequenos pedaços de papel impresso, o que, materialmente, significou para ela o começo do fim.

Ao cabo de dois anos, a renda nem sequer chegava para pagar a lenha para se aquecer. Viu-se constrangida a vender a casa por um preço irrisório na medida em que, de súbito e ao mesmo tempo que ela, milhares de outras pessoas foram também forçadas a vender as suas casas. E também neste caso voltou a receber como pagamento aqueles inúteis papéis que, decorridos dois anos, nada valiam; e no ano de 1797 (ia então nos noventa anos), perdera na totalidade os bens que tinha acumulado, penosamente, durante quase um século e alojou-se num quartinho mobilado na Rua des Coquilles. E só então, com dez anos, com vinte anos de atraso é que a morte chegou; chegou sob a forma de uma prolongada doença cancerosa na garganta que primeiro lhe roubou o apetite e, em seguida, a voz, o que a impediu de pronunciar uma única palavra de protesto, quando a levaram para o Hôtel-Dieu; ali, colocaram-na numa divisão a abarrotar de centenas de doentes incuráveis onde o seu marido morrera, enfiaram-na numa cama juntamente com cinco outras velhas que desconhecia por completo e todas deitadas e encostadas umas às outras. E ali a deixaram morrer em público, ao longo de três semanas. Foi depois metida dentro de um saco, atirada às quatro horas da manhã para uma carroça com mais cinquenta cadáveres e transportada, ao som lúgubre de uma sineta, até ao cemitério que haviam recentemente inaugurado em Clamart, a um quilómetro e meio dos portões da cidade. Ali encontrou a sua última morada, numa vala comum, sob uma espessa camada de cal efervescente.

Corria o ano de 1799. Madame Gaillard não tinha, graças a Deus, a menor suspeita do destino que a aguardava, quando nesse dia de 1747 regressou a sua casa, deixando atrás de si a criança Grenouille e a nossa história. Caso contrário, poderia ter perdido a sua fé na justiça, e, em simultâneo, o único sentido que encontrava na vida.

6

Ao primeiro olhar que deitou a mestre Grimal (ou antes, à primeira baforada que inspirou da aura olfactiva do curtidor), Grenouille apercebeu-se de que estava na presença de um homem que o espancaria até à morte ao primeiro descuido. Doravante a sua vida passava a ter o valor do trabalho que fosse capaz de executar, dependia apenas da utilidade que Grimal lhe atribuísse. E, por conseguinte, Grenouille reduziu-se à expressão mínima e jamais tentou rebelar-se. De um dia para o outro voltou a encerrar no íntimo toda a energia de desafio e disputa que apenas utilizava para sobreviver, tal como a carraça, à era glaciária que ia atravessar: resignado, frugal e dócil, mantendo acesa a chama da esperança de viver mas cuidando ciosamente dela. Revelou-se, doravante, um modelo de submissão, sem qualquer exigência, e um trabalhador árduo, obedecendo cegamente e contentando-se com qualquer comida. À noite, deixava-se fechar corajosamente à chave num anexo da oficina onde se guardavam ferramentas e peles por curtir, tratadas com alúmen. Dormia sobre a terra batida. Durante o dia trabalhava até ao pôr do Sol, no Inverno, oito horas, e, no Verão, catorze, quinze, dezasseis horas; descarnava as peles que deitavam um cheiro horrível; lavava-as, tirava-lhes os pêlos, caiava-as, cauterizava-as, calcava-as, untava-as com sumagre, cortava lenha, descortiçava bétulas e teixos, descia às tinas cheias de vapores corrosivos e onde dispunha em camadas sucessivas as peles e curtumes segundo as instruções dos operários, estendia bugalhos esmagados e tapava esta pilha horrível com ramos de teixo e com terra. Decorrida uma eternidade tornava-se necessário voltar a exumar tudo e arrancar ao túmulo os cadáveres de peles mumificadas pela curtimenta e transformadas em couro.

Quando não estava ocupado a enterrar e a desenterrar peles, andava a carregar água. Durante meses carregou água desde o rio até à oficina, sempre duas selhas, centenas de selhas por dia, porque a curtimenta exigia enormes quantidades de água para lavar, para amaciar, para escaldar, para tingir. Durante meses, deixou de ter uma só fibra do corpo seca, à força de transportar água; à noite, a sua roupa escorria e tinha a pele tão fria, amolecida e inchada como camurça.

Ao cabo de um ano desta existência mais animalesca do que humana, apanhou uma esplenite, uma temível inflamação do baço que atinge os curtidores e é geralmente mortal. Grimal já havia traçado uma cruz sobre o seu corpo e pensava encontrar um substituto — com pena, aliás, dado que jamais tivera um trabalhador menos exigente e mais cumpridor do que Grenouille. No entanto, e contra todas as expectativas, Grenouille sobreviveu à doença. Apenas conservou as cicatrizes dos grandes antrazes negros atrás das orelhas, no pescoço e nas faces, que o desfiguravam e o tornaram mais feio que nunca. Ficou-lhe ainda — preciosa vantagem — uma imunidade contra a inflamação do baço, que lhe permitia doravante descarnar, mesmo com as mãos gretadas e em sangue, as peles que se encontravam em pior estado sem risco de nova contaminação. Isto distinguia-o não só dos aprendizes e dos artesãos, mas dos seus próprios potenciais substitutos. E como, a partir de então, deixou de ser tão fácil de substituir, o valor do seu trabalho sofreu um acréscimo, e, consequentemente, o valor da sua vida também. De um momento para o outro deixou de se ver obrigado a dormir no chão, permitiram-lhe que construísse uma tarimba de madeira no anexo e deram-lhe palha para pôr em cima e um cobertor para se tapar. Deixaram igualmente de o fechar à chave, enquanto dormia. As refeições eram mais copiosas. Grimal já não o tratava como a qualquer animal, mas como a um animal doméstico de utilidade.

Quando fez doze anos, Grimal passou a conceder-lhe meio dia ao domingo e aos treze anos tinha mesmo permissão para sair uma hora às noites de semana, depois do trabalho, e fazer o que quisesse. Tinha vencido, na medida em que vivia e possuía uma dose de liberdade bastante para continuar a viver. O seu tempo de hibernação chegara ao fim. A carraça Grenouille mexia novamente. Farejava o ar da manhã. Foi invadido pelo instinto da caça. Tinha ao seu dispor a maior reserva de odores do mundo: a cidade de Paris.

7

Era como um país de maravilhas. Só por si, os bairros vizinhos de Saint-Jacques-de-la-Boucherie e de Saint-Eustache eram um país de maravilhas. Nas ruas adjacentes à Rua Saint-Denis e à Rua Saint-Martin, as pessoas viviam de tal modo apertadas, as casas eram tão pegadas umas às outras e com cinco e seis andares, que não se via o céu, e, cá em baixo, ao nível do solo, o ar estagnava como nos esgotos húmidos e estava saturado de odores. Misturavam-se os odores de homens e animais, de vapores de comida e de doenças, de água, pedra, cinzas e couro, de sabão e pão fresco e ovos cozidos em vinagre, de talharim e latão bem polido, salva, cerveja e lágrimas, de gordura, palha húmida e palha seca. Milhares e milhares de odores formavam uma pasta invisível, que enchia o mais fundo das ruas e ruelas e raras vezes se evaporava por cima dos telhados e nunca ao nível do solo. Para as pessoas que ali viviam, esta pasta deixara de ter qualquer odor especial; na realidade, emanava deles e impregnava-os continuamente, era o ar que respiravam e de que viviam, assemelhava-se a uma roupa quente que se usou longo tempo e cujo odor e contacto na pele se deixou de sentir. Grenouille, porém, cheirava tudo aquilo como que pela primeira vez. Não se limitava a cheirar o conjunto desta mistura de odores, mas dissecava-o analiticamente em todos os seus elementos e partículas mais ínfimas e subtis. O seu nariz apurado desembaraçava a meada destes vapores e maus cheiros, e desprendia, um a um, os fios dos odores fundamentais, que não permitiam uma análise mais detalhada. Sob a sua perspectiva não havia maior prazer do que encontrar estes fios e arrancá-los à meada.

Parava frequentemente, encostado à fachada de uma casa ou atraído por um recanto sombrio, de olhos fechados, a boca entreaberta e as narinas dilatadas, imóvel, qual peixe carnívoro numa grande torrente de água turva e vagarosa. E quando, por fim, uma passageira lufada de ar lhe colocava ao alcance a extremidade do fio de um odor, agarrava-a e não mais a largava, cheirando a partir de então apenas esse odor, prendendo-o, absorvendo-o para jamais o perder. Podia tratar-se de um velho odor já bem conhecido ou de uma das suas variantes; mas podia ser igualmente um odor novo, que pouco ou nada tinha de semelhante ao que até então cheirara e ainda menos ao que vira; o odor, por exemplo, de uma seda passada a ferro; o odor de uma tisana de serpão, o odor de um pedaço de tecido bordado a prata, odor de uma rolha que tapara a garrafa de um vinho raro, o odor de um pente de tartaruga. Eram estes odores ainda desconhecidos que Grenouille espreitava, emboscado com igual paixão e paciência à de um pescador à linha, com o propósito de os juntar à sua colecção.

Após ter-se impregnado até à saturação desta espessa camada das ruas, passava a territórios mais arejados, onde os odores eram mais atenuados, ou se misturavam com o vento e se diluíam, à semelhança de um perfume: por exemplo, no mercado de Les Halles, onde o dia continuava a viver nos odores da noite, invisíveis, mas tão palpáveis como se a multidão de comerciantes ainda fervilhasse por aquelas bandas e ali se mantivessem os cestos a abarrotar de legumes e ovos, os tonéis cheios de vinho e de vinagre, as sacas de especiarias, de batatas e de farinha, os caixotes com pregos e parafusos, as bancas de carne, as bancadas de tecidos, de louça ou palmilhas de sapatos e mil outras coisas, que ali se vendiam de dia... Toda esta actividade se mantinha viva até ao mais ínfimo pormenor na atmosfera que deixara atrás de si. Grenouille avistava todo o mercado através do olfacto, se é que se pode fazer tal afirmação. E cheirava-o com uma precisão superior à transmitida por muitos olhares, na medida em que o apreendia no «depois», e, por conseguinte, de uma forma mais intensa; como a quinta-essência, o espírito do que havia sido, liberto dos importunos atributos da presença, ou seja, a algazarra, a confusão e a repugnante promiscuidade dos seres de carne e osso.

Noutras alturas ia até ao local onde tinham decapitado a sua mãe, na Praça de Grève, e que avançava pelo rio como uma língua gigantesca. Aí, havia barcos amarrados às margens ou a estacas, cheirando a carvão, trigo, feno e cabos molhados.

E, vindo do Oeste, através da única via que o rio traçava ao longo da cidade, uma enorme rajada de vento trazia-lhe os odores do campo, dos prados em redor de Neuilly, das florestas entre Saint-Germain e Versalhes, de cidades longínquas como Ruão e Caiena, e, por vezes, até mesmo do mar. O mar cheirava a uma vela inchada pelo vento, onde a água, o sal e um sol frio se uniam. Tinha um odor simplório, o mar! Contudo, era simultaneamente um odor grandioso e único no seu género, o que levava Grenouille a hesitar dividi-lo em odores a peixe, sal, água, sargaço, frescura e outros. Preferia manter a unicidade do odor do mar, memorizá-lo num todo e usufruí-lo sem divisões. O odor do mar agradava-lhe tanto, que desejou poder um dia tê-lo em toda a sua pureza e em tal quantidade que lhe permitisse embriagar-se nele. E, mais tarde, quando, através das narrativas, veio a saber como o mar era grande e que nele se podia viajar dias inteiros em barcos, sem ver terra, nada o seduzia tanto como imaginar-se num desses barcos, encarrapitado no alto do mastro do traquete, vogando através do odor infindo do mar, que, realmente, não era apenas um odor, mas um sopro, uma expiração, o fim de todos os odores, e sonhava diluir-se de prazer nesse sopro. Estava, porém, escrito que tal nunca aconteceria; porque Grenouille, que ia passear até à Praça de Grève e inspirou e expirou, algumas vezes, uma brisa marítima que lhe chegava às narinas, jamais na sua vida veria o mar, o verdadeiro mar, o grande oceano que se estendia a oeste e jamais se poderia fundir neste odor.

O bairro situado entre Saint-Eustache e a Câmara Municipal não demorou a tornar-se tão familiar ao seu olfacto e com uma tal exactidão, que conseguia descobri-lo sem qualquer dificuldade na mais escura das noites. Alargou igualmente o seu terreno de caça, primeiro na direcção oeste até Saint-Honoré, depois subindo a Rua Saint-Antoine até à Bastilha, e, finalmente, chegando a atravessar o rio para atingir a Sorbona e Saint-Germain, onde habitava a gente rica. Através dos portões em ferro por onde entravam os veículos, cheirava a couro dos coches e ao pó das perucas dos pajens e para lá dos altos muros os jardins exalavam o perfume das giestas, das roseiras e dos ligustros aparados. Foi aqui que Grenouille cheirou pela primeira vez os perfumes na verdadeira acepção da palavra: a simples alfazema ou rosa que era hábito misturar na água dos repuxos quando se davam festas nestes jardins, mas igualmente aromas mais complexos e mais preciosos, de almíscar misturado com essência de flor de laranjeira e de tuberosas, junquilho, jasmim ou canela que flutuavam na noite como um rasto deixado pelas carruagens. Ele registava estes aromas como se memorizasse odores profanos, com curiosidade, mas sem qualquer admiração especial. Apercebia-se, indubitavelmente, de que o objectivo destes perfumes residia em provocar um efeito embriagante e fascinante e reconhecia a origem de cada essência que fazia parte da sua composição. Contudo, e numa palavra, eles pareciam-lhe, mesmo assim, grosseiros e desinteressantes, mais amalgamados à sorte do que compostos, e sabia-se capaz de fabricar aromas diferentes, caso pudesse dispor das mesmas substâncias.

Já conhecia muitas destas substâncias, graças aos vendedores de flores e de especiarias do mercado; outras, eram-lhe desconhecidas e filtrava-as por entre a mistura de odores, retendo-as sem nome, na memória: âmbar, almíscar, patchuli, sândalo, bergamota, opópanax, benjoim, flor de lúpulo, castóreo...

Não se mostrava muito selectivo. Ainda não procedia à distinção entre o que se chama um odor agradável ou desagradável. Era guloso. O objectivo das suas caçadas residia simplesmente em apropriar-se de tudo o que o mundo podia oferecer-lhe em odores e a única condição era a de que os odores fossem novos. O odor de um cavalo a escorrer suor era para si tão valioso como o delicado perfume verde de botões de rosas a desabrochar e o fedor de um percevejo era tão precioso como o aroma de um assado de vitela recheada, proveniente da cozinha de qualquer nobre. Devorava tudo, absolutamente tudo, e absorvia tudo. E na cozinha olfactiva sintetizante da sua fantasia, onde unia incessantemente novas combinações de odores, também não prevalecia qualquer princípio estético. Tratava-se de bizarrias que ele criava para logo em seguida as desmontar, como qualquer criança que brinca com os cubos, de uma forma inventiva e destrutiva e aparentemente sem um princípio criativo.

8

No dia 1 de Setembro de 1753, aniversário da subida ao trono do rei Luís XV, a cidade de Paris lançou fogo-de-artifício da Ponte Royal. Não foi tão espectacular como o que havia sido lançado por ocasião do casamento do rei ou como aquele memorável fogo-de--artifício que assinalara o nascimento do herdeiro; mas foi de qualquer maneira um imponente fogo-de-artifício. Tinham montado rodas douradas, imitando o Sol, nos mastros dos barcos. Do alto da ponte, os assim chamados «touros de fogo» cuspiram para o rio uma chuva de estrelas cadentes. E, enquanto de todos os lados rebentavam petardos com um barulho ensurdecedor, e bichas-de--rabiar estalavam nos passeios, foguetes subiam à altura do céu, onde desenhavam lírios brancos no negro firmamento. Uma multidão de dezenas de milhares de cabeças comprimia-se, tanto na ponte como nos cais das duas margens do Sena, e acompanhava este espectáculo com «ahs!» e «ohs!» entusiasmados, «bravos» e mesmo «vivas», embora há trinta e oito anos o rei ocupasse o trono e a sua popularidade de «bem-amado» há muito se encontrasse em declínio. Era este o efeito produzido por um fogo-de-artifício.

Grenouille mantinha-se silenciosamente na sombra do Pavilhão de Flore, na margem direita, frente à Ponte Royal. Não aplaudia e nem sequer erguia os olhos quando os foguetes subiam em direcção ao céu. Viera até ali porque pensava ser capaz de farejar algo de novo, mas não tardou a aperceber-se de que, a nível de odores, este fogo-de-artifício nada tinha a oferecer-lhe. Este esbanjar colorido de luzes e cascatas, de detonações e silvos, apenas deixava como rasto um odor extraordinariamente monótono, onde se misturavam o enxofre, o azeite e a pólvora.

Já se preparava para virar costas a este desinteressante espectáculo, a fim de regressar, ao longo do Museu do Louvre, quando o vento lhe trouxe algo: algo minúsculo, quase imperceptível, uma migalhinha, um átomo de odor e até menos. Era mais o pressentimento de um perfume do que um perfume verdadeiro, e, no entanto, ao mesmo tempo o pressentimento infalível de algo que jamais havia cheirado. Voltou a encostar-se à parede, fechou os olhos e dilatou as narinas. O perfume era tão extraordinariamente suave e subtil que não conseguia retê-lo. O perfume furtava-se incessantemente à sua percepção, a pólvora dos petardos sobrepunha-se-lhe, era bloqueado pela transpiração daquela massa humana, esmagado e reduzido ao nada pelos mil restantes odores da cidade. De súbito, no entanto, reaparecia, como um farrapinho, sensível ao olfacto pelo espaço de um fugaz segundo no máximo, um maravilhoso antegosto... que logo voltava a desaparecer. Grenouille vivia uma tortura. Pela primeira vez, não era somente o seu temperamento ávido a suportar um agravo, mas o seu coração que sofria. Tinha a estranha premonição de que neste perfume residia a chave da ordem que regia todos os outros perfumes e que nada se compreendia de perfumes, caso não se compreendesse este; e ele, Grenouille, destruiria toda a sua existência, se não conseguisse possuí-lo. Impunha-se que o tivesse, não pelo simples prazer de possuir, mas para assegurar a sua tranquilidade de espírito.

Quase se sentiu mal, ante a excitação que o invadia. Não conseguia sequer saber qual a direcção de onde lhe chegava este perfume. Verificavam-se, por vezes, intervalos até que o vento lhe trouxesse uma nova migalha, e, em cada um deles, tomava-o uma angústia insuportável ante a ideia de o ter perdido para sempre. Reconfortou-se, por fim, com a crença desesperada de que o perfume vinha da margem oposta do rio, de qualquer lugar para sudeste.

Afastou-se da parede do Pavilhão de Flore, mergulhou na multidão humana e abriu caminho sobre a ponte. Detinha-se a cada passo, erguia-se nos bicos dos pés a fim de cheirar acima da cabeça das pessoas. Começava por nada cheirar, tal era o seu nervosismo para em seguida acabar por cheirar algo, voltava a apreender o perfume à força de tanto cheirar, mais intenso mesmo do que anteriormente e sabia-se na pista certa, mergulhava de novo e recomeçava a abrir caminho com os cotovelos por entre o aglomerado de basbaques e dos fogueteiros, que não paravam de chegar as tochas às mechas dos foguetes, voltava a perder o perfume no meio do cheiro da pólvora, entrava em pânico, continuava a acotovelar, a debater-se e a abrir caminho, e, após minutos intermináveis, atingiu a outra margem, o Hotel de Mailly, o Cais Malaquest e o desembocar da Rua do Sena...

Ali, parou, concentrou-se e cheirou. Tinha-o. Agarrava-o. Semelhante a uma fita, o perfume estendia-se ao longo da Rua do Sena, nítido e impossível de confundir, mas conservando a mesma suavidade e subtileza. Grenouille sentia o coração a bater-lhe com força no peito e sabia que tal não se devia ao esforço de ter corrido, mas à excitação e perturbação que a presença deste perfume lhe causava. Tentou recordar-se de qualquer coisa semelhante e acabou por eliminar todas as comparações. Este perfume tinha frescura; não era, porém, a frescura das limas ou das laranjas, a frescura da mirra ou da folha de canela, ou da hortelã, ou das bétulas, ou da cânfora, ou das agulhas de pinheiro, nem a de uma chuva de Maio, de um vento gelado ou da água de uma nascente... e continha simultaneamente calor; mas não um calor semelhante ao da bergamota, do cipreste ou do musgo, nem ao do jasmim ou do narciso, nem ao de um bosquedo de rosas ou de íris... Este perfume era uma mistura de ambos, do que passa e do que pesa; não uma mistura, mas uma unidade, e, além disso, humilde e fraco, e, no entanto, robusto e resistente como um pedaço de seda fina e brilhante... e, todavia, não como a seda, mas antes como o leite com mel onde se molha um biscoito, o que nem com a melhor das boas vontades se conjugava: leite e seda! Incompreensível este perfume, indescritível, impossível de classificar! Não deveria, na realidade, existir. E, no entanto, ali estava com a mais absoluta das naturalidades. Grenouille seguiu-o com o coração angustiado, dado suspeitar que não era ele que ia atrás do perfume, mas o perfume que o tornara seu prisioneiro e o atraía nesse momento irresistivelmente até ele.

Subiu a Rua do Sena. Não havia vivalma nas ruas. As casas apresentavam-se desertas e silenciosas. As pessoas tinham descido aos cais para assistir ao fogo-de-artifício. Não existia o incomodativo odor do nervosismo dos habitantes, nem o fedor acre da pólvora. A rua emanava os habituais odores a água, excrementos, ratos e lixo. No entanto, acima de tudo isto, flutuava, suave e nítida, a fita que orientava Grenouille. Alguns passos adiante, a escassa iluminação nocturna, que o céu proporcionava, foi engolida pelos prédios e Grenouille prosseguiu o seu caminho, imerso na obscuridade. Não precisava de ver. O perfume orientava-o com segurança.

Cinquenta metros mais à frente, virou à direita na Rua des Marais, uma travessa ainda mais sombria, se possível e apenas com a largura de uma braçada. Curiosamente, o perfume não aumentara de intensidade. Era apenas mais puro e, por esse motivo, por essa pureza progressiva, atraía-o cada vez mais. Grenouille avançava sem vontade própria. Chegou a um lugar onde o perfume o puxou brutalmente para a direita, aparentemente na direcção de um prédio. Existia uma passagem que o conduziu ao pátio interior. Grenouille atravessou-a como um sonâmbulo, percorreu o pátio, virou uma esquina e viu-se num segundo pátio mais pequeno e onde finalmente havia luz. O lugar não media mais do que uns passos. Da parede projectava-se um alpendre. E, por baixo, havia uma vela colada numa mesa. Uma rapariga estava aí sentada a preparar ameixas. Retirava a fruta de um cesto à sua esquerda, descascava-a e descaroçava-a com a faca, após o que a deixava cair numa selha. Podia ter treze, catorze anos. Grenouille conservou-se imóvel. Apercebeu-se imediatamente que era ela a fonte do perfume que cheirara a meia légua, da margem oposta do rio; não era aquele miserável pátio interior, nem as ameixas. A fonte era a jovem.

Durante uns momentos sentiu-se tão desorientado, que pensou nunca na vida ter visto algo de tão belo como esta jovem. Apenas lhe divisava, porém, a silhueta à contraluz. O que obviamente significava que nunca tinha cheirado nada tão belo. Dado que, no entanto, conhecia apesar de tudo odores humanos, milhares e milhares de odores humanos de homens, mulheres e crianças, tinha dificuldade em compreender que um ser humano pudesse emanar um perfume tão requintado. Os seres humanos tinham habitualmente um odor insignificante ou detestável. As crianças tinham um odor insípido, os homens cheiravam a urina, a transpiração e a queijo e as mulheres a gordura rançosa e a peixe podre. Totalmente sem interesse e repugnante o odor dos seres humanos... E, pela primeira vez na vida, Grenouille duvidou do seu nariz e viu-se forçado a requisitar a ajuda dos olhos para acreditar no que cheirava. A bem dizer, esta exigência dos sentidos não foi muito duradoura. Bastou-lhe, de facto, um instante para se certificar e abandonar-se ainda mais impetuosamente às percepções do seu olfacto. Agora, *cheirava* que ela era um ser humano, cheirava-lhe o suor dos sovacos, a gordura dos cabelos, o odor a peixe do sexo e cheirava com deleite. O seu suor exalava a frescura da brisa marítima, o sebo dos seus cabelos era tão doce como o óleo de noz, o seu sexo como um ramo de nenúfares, a sua pele como as flores do damasqueiro... e a aliança de todos estes componentes resultava num perfume tão rico, tão equilibrado, tão encantador, que tudo o que Grenouille cheirara até esse momento no domínio dos perfumes, todas as construções olfactivas que criara por divertimento no seu íntimo, tudo isso ficava reduzido à mais pura insignificância. Cem mil perfumes pareciam nada valer comparados com este. Este perfume único constituía o princípio-padrão a partir do qual se deviam classificar todos os outros. Era a beleza pura.

Grenouille tomou consciência que, sem a posse deste perfume, a sua vida perderia todo o sentido. Precisava conhecê-lo até ao mais ínfimo detalhe, até à última e mais subtil das suas ramificações; não lhe bastaria a recordação complexa que dele pudesse guardar. Desejava imprimir este perfume apoteótico, como um sinete, nas pregas da sua alma obscura, e em seguida, estudá-lo em pormenor é conformar-se finalmente com as estruturas internas desta fórmula mágica como orientação do seu pensamento, da sua vida e do seu olfacto.

Avançou lentamente na direcção da jovem, aproximou-se cada vez mais, penetrou no telheiro e deteve-se um passo atrás dela. A jovem não deu por nada.

Era ruiva e usava um vestido cinzento e cavado. Os braços eram muito brancos e tinhas as mãos amarelecidas devido ao sumo das ameixas que preparava. Grenouille estava inclinado sobre ela e aspirava agora o seu perfume sem qualquer mistura, tal como se lhe desprendia da nuca, dos cabelos, do decote do vestido e absorvia-o como a uma suave brisa. Nunca se sentira tão bem em toda a sua vida. Em compensação, a jovem começava a ter frio.

Não via Grenouille. Sentia, porém, uma angústia, um estranho calafrio, como quando se é repentinamente tomado de um antigo medo vencido. Tinha a sensação de que nas suas costas passava uma corrente de ar frio, como se alguém tivesse empurrado uma porta que dava para uma cave húmida e gigantesca. Pousou a faca de cozinha, cruzou os braços sobre o peito e virou-se.

Ficou tão petrificada de medo ao avistá-lo, que ele dispôs de muito tempo para lhe colocar as mãos à volta do pescoço. Ela não tentou gritar, não se mexeu, não esboçou qualquer movimento para se defender. Ele, por seu lado, não via o rosto de feições delicadas, sardento, a boca vermelha, os olhos grandes de um verde luminoso, porque mantinha os olhos cuidadosamente fechados enquanto a estrangulava e a sua única preocupação residia em não perder a mínima parcela do seu perfume.

Quando ela já estava morta, estendeu-a por terra, no meio dos caroços das ameixas, e arrancou-lhe o vestido; a onda de perfume transformou-se numa maré que o submergiu. Encostou o rosto à pele dela e passeou as narinas dilatadas desde o ventre ao peito e ao pescoço, sobre o rosto e os cabelos, regressou ao ventre, desceu até ao sexo, às coxas, ao longo das pernas brancas. Farejou-a integralmente da cabeça às pontas dos pés, e recolheu os últimos traços do perfume no queixo, no umbigo e nas covas dos braços cruzados da jovem.

Depois de a cheirar a ponto de a fazer perder a frescura, permaneceu acocorado junto do corpo, a fim de se recompor, na medida em que estava a transbordar dela. Nada queria desperdiçar deste perfume. Precisava antes do mais de vedar todas as membranas. Em seguida, levantou-se e soprou a chama da vela.

Era a hora a que os primeiros basbaques regressavam a casa, subindo a Rua do Sena, cantando e soltando «vivas». Grenouille guiou-se pelo odor, a coberto da noite, até à ruela e depois até à Rua des Petits-Augustins, que levava ao rio, paralelamente à Rua do Sena. A morta foi descoberta pouco tempo depois. Ouviram-se gritos. Acenderam-se tochas. Acorreu a Polícia. Há muito que Grenouille se encontrava na outra margem.

Nessa noite, o seu retiro pareceu-lhe um palácio e a tarimba uma cama de dossel. Até essa altura, a vida nada lhe ensinara sobre a felicidade. Conhecia no máximo raríssimos estados de um morno contentamento. Naquele momento, porém, tremia de felicidade e essa sensação era tão intensa, que o impedia de adormecer. Assemelhava-se a nascer uma segunda vez, ou, antes, uma primeira vez, na medida em que até então só existira de uma forma animalesca, apenas possuindo um mero conhecimento enublado de si próprio. A partir desse dia, parecia-lhe saber finalmente quem era na realidade: de facto, nem mais nem menos que um génio; e que a sua vida tinha um sentido e um objectivo e uma missão transcendente: de facto, nem mais nem menos que a de revolucionar o universo dos odores; e que era ele o único no mundo a dispor de todos os meios que tal exigia: ou seja, o seu nariz extraordinariamente subtil, a sua memória fenomenal e, como elemento de maior importância, o perfume intenso daquela jovem da Rua des Marais, onde estava contida como que uma fórmula mágica, tudo o que compõe um belo e maravilhoso odor, tudo o que compõe um perfume: delicadeza, força, durabilidade, diversidade e uma irrestível e temível beleza. Havia encontrado a bússola da sua vida futura. E, à semelhança de todos os facínoras geniais aos quais um acontecimento externo traça um caminho rectilínio no caos da sua alma, Grenouille jamais se desviou do que acreditava ter encontrado como eixo fulcral da sua vida. Entendia agora claramente o que o levara a agarrar-se à vida com tanta obstinação e tenacidade: deveria vir a ser um criador de perfumes. Mas não qualquer um. O maior perfumista de todos os tempos.

Logo nessa mesma noite, inspeccionou, primeiro acordado e depois em sonho, o gigantesco campo de ruínas das suas recordações. Examinou os milhões e milhões de fragmentos aromáticos que nele jaziam e classificou-os por ordem sistemática: os bons ao lado dos bons, os maus ao lado dos maus, os requintados ao lado dos requintados, os grosseiros ao lado dos grosseiros, os fedorentos ao lado dos fedorentos e os deliciosos ao lado dos deliciosos. Ao longo da semana seguinte, esta ordem tornou-se cada vez mais subtil, o catálogo dos odores cada vez mais rico e matizado e a hierarquia cada vez mais marcada. E não tardou a dedicar-se a edificar, segundo uma forma planificada, as primeiras construções olfactivas: casas, paredes, escadas, torres, caves, quartos, divisões secretas... uma cidadela interior das mais requintadas composições de odores que, de dia para dia, se ia tornando mais extensa, bela e perfeitamente sólida.

Torna-se impossível afirmar com segurança que ele estivesse consciente de que na origem de todo este esplendor estava um crime, mas tal facto nada lhe interessava. A imagem da jovem da Rua des Marais, do seu rosto, do seu corpo, apagara-se-lhe por completo da memória. Havia conservado e tornara-se dono do que nela havia de melhor: o princípio do seu perfume.

9

Nessa época existia em Paris uma boa dúzia de perfumistas. Seis deles encontravam-se estabelecidos na margem direita, seis na margem esquerda e um exactamente no meio, ou seja, na Ponte au Change, entre a margem direita e a ilha da Cité. Esta ponte estava de tal modo guarnecida, dos dois lados, por prédios de quatro andares que, ao atravessá-la, não se avistava o rio e se julgava estar numa rua igual a tantas outras, erguida em terra firme e, além disso, extremamente elegante. A Ponte au Change era, na verdade, considerada como uma das zonas comerciais mais chiques da cidade. Ali se encontravam instalados os ourives, os melhores ebanistas, os melhores fabricantes de perucas, os marroquineiros, os melhores fabricantes de *lingerie*, os moldureiros, os fabricantes de calçado de luxo, os aplicadores de ombros falsos na roupa, os fundidores de botões em ouro e os banqueiros. E ali se situava igualmente a casa, em simultâneo loja e habitação, do perfumista e luveiro Giuseppe Baldini. Por cima da sua montra estendia-se um toldo sumptuoso, lacado de verde, ladeado pelo distintivo de Baldini em ouro, um frasco de ouro de onde saía um ramo de flores também em ouro, e diante da porta estava colocado um tapete vermelho que ostentava também o distintivo de Baldini bordado a ouro. Quando se empurrava a porta, logo soava um carrilhão persa e de duas garças-reais prateadas jorrava água de violetas para uma taça dourada, que lembrava igualmente a forma do distintivo de Baldini.

Por detrás do balcão de buxo claro, encontrava-se Baldini em pessoa, velho e firme como uma estátua, com a peruca polvilhada a prata e uma casaca azul enfeitada a ouro. Uma nuvem de frangipana, a água-de-colónia com que se aspergia todas as manhãs, envolvia-o de uma forma quase visível, situando o personagem numa lonjura enublada. Dada a sua imobilidade, assemelhava-se ao seu próprio inventário. Só quando a porta fazia soar o carrilhão e as garças-reais iniciavam a sua tarefa — o que não acontecia frequentemente — é que ele adquiria subitamente vida: a sua silhueta agitava-se, encolhendo-se sobre si própria e executava mesuras por detrás do balcão tão precipitadamente que a nuvem de frangipana tinha dificuldade em acompanhá-lo e convidava o cliente a sentar-se para que pudesse apresentar-lhe os perfumes e os cosméticos mais requintados.

Baldini tinha-os aos milhares. O seu sortido ia desde as essências puras, óleos florais, tinturas, extractos, decocções, bálsamos, resinas e outras drogas sob forma seca, líquida ou cerosa, passando por todo o tipo de pomadas, pós, sabonetes, cremes, saquinhos para perfumes, bandolinas, brilhantinas, fixadores para bigodes, gotas contra as verrugas e pequenos emplastros de beleza, sem esquecer os sais de banho, loções, sais de cheiro, vinagres cosméticos e, por fim, uma infinda quantidade de perfumes propriamente ditos. Baldini não se contentava, no entanto, com os produtos da cosmética clássica. A sua ambição residia em reunir na sua loja tudo o que de qualquer maneira lhe era dado cheirar ou tudo o que tivesse qualquer relação com o olfacto. Era este o motivo por que na sua loja se encontrava também tudo o que pudesse consumir-se lentamente, tal como velas, paus de incenso e de cheirar e ainda uma colecção completa de especiarias, grãos de anis com casca de canela, xaropes, licores e sumo de frutas, vinhos de Chipre, de Málaga e de Corinto, mel, cafés, chás, frutos secos e de conserva, figos, bombons, chocolates, castanhas com cobertura de açúcar, e até mesmo alcaparras, pepinos e cebolas de conserva, bem como atum de escabeche. Havia ainda lacre aromático, papel de carta perfumado, tinta do amor a cheirar a óleo de rosas, pastas de escritório em couro espanhol, canetas em madeira de sândalo claro, caixinhas e cofres em madeira de cedro, bricabraque e taças para colocar pétalas de flores, turíbulos de latão, cadinhos e frascos de cristal com rolhas talhadas em âmbar, luvas perfumadas, lenços, almofadas de alfinetes cheias de flor de moscadeira e cortinados impregnados de almíscar e destinados a perfumar quartos durante mais de cem anos.

Não havia, evidentemente, lugar para todas essas mercadorias nesta loja sumptuosa que dava para a rua (ou para a ponte) e, na ausência de cave, não só o sótão da casa servia de armazém, mas todo o primeiro e segundo andares, além das divisões que se encontravam ao nível do rio. Reinava, consequentemente, na casa Baldini, um indescritível caos de odores. Apesar da requintada qualidade de cada produto — na medida em que Baldini só aceitava fornecimento de primeira classe — a sua consonância olfactiva era tão insuportável como uma orquestra de mil músicos em que cada um executasse *fortissimo* uma melodia diferente. Baldini e os seus empregados já não eram sensíveis a este caos, semelhantes a velhos maestros que são, como se sabe, duros de ouvido, e até mesmo a sua esposa, que habitava no terceiro andar e o defendia encarniçadamente de um novo alargamento do armazém, deixara de se sentir incomodada com estes odores. O mesmo não podia afirmar-se em relação ao cliente que entrava pela primeira vez na loja de Baldini. Aquela mistura de odores atingia-o como um soco em pleno rosto e, segundo o seu temperamento, mostrava-se exaltado ou atordoado e, em qualquer dos casos, de tal maneira perturbado que, muitas vezes, já nem sabia o que o trouxera ali. Os moços de recados esqueciam as encomendas. Cavalheiros de ar arrogante ficavam agoniados. E mais do que uma dama sentia uma indisposição entre o histerismo e a claustrofobia, desmaiava e só voltava a si ao respirar os mais fortes sais, à base de essência de cravo, de amoníaco e de óleo de cânfora.

Dadas as circunstâncias, não era de admirar que o carrilhão persa da porta da loja de Giuseppe Baldini soasse cada vez mais raramente e que as garças-reais apenas excepcionalmente cumprissem a sua missão.

10

— Chénier! Ponha a peruca! — gritou Baldini por detrás do balcão, onde há horas se encontrava plantado, como uma estátua, de olhos fixos na porta.

Entre os tonéis de azeite e os presuntos de Baiona que pendiam do tecto, o ajudante de Baldini, Chénier, um indivíduo um pouco mais novo do que o patrão, mas já velho, avançou até ao sítio mais chique da loja. Tirou a peruca do bolso da casaca e tapou a cabeça.

— Vai sair, senhor Baldini?

— Não — replicou o patrão. — Vou retirar-me durante algumas horas para o meu laboratório e não quero ser incomodado, seja a que pretexto for.

— Ah, compreendo! — redarguiu Chénier. — Vai criar um novo perfume.

— É isso mesmo. Para perfumar um marroquim a pedido do conde de Verhamont. Ele deseja algo inteiramente novo. Pretende qualquer coisa como... como... acho que se chamava *Amor e Psique*, o que ele queria e é aparentemente desse... desse ignorante da rua Saint-André-des-Arts, desse...

— Pélissier — concluiu Chénier.

— Sim. Exacto. Pélissier. É esse o nome desse incapaz. *Amor e Psique* de Pélissier. Conhece-o?

— Sim, sim. Neste momento é o que se cheira por todo o lado. Por todas as esquinas. Contudo, se quer saber a minha opinião, não lhe acho nada de extraordinário. Nada, indubitavelmente, que possa comparar-se ao que vai criar, senhor Baldini.

— É evidente que não!
— Esse tal *Amor e Psique* tem um odor perfeitamente banal.
— Um odor banal? — redarguiu Baldini.
— Perfeitamente banal. Aliás como tudo, o que sai das mãos de Pélissier! Creio que lhe pôs óleo de lima.
— Não é possível! E que mais?
— Talvez essência de flor de laranjeira. E talvez tintura de alecrim. Contudo, as minhas afirmações são meras hipóteses — asseverou Chénier.
— É-me aliás, completamente indiferente.
— Sem dúvida!
— Estou-me completamente nas tintas para aquilo com que esse incompetente Pélissier possa ter adulterado o seu perfume. Nem sequer me servirá de inspiração! — acrescentou Baldini.
— Tem toda a razão, senhor Baldini.
— Sabe perfeitamente que nunca me inspiro em ninguém. Sabe perfeitamente que os meus perfumes são fruto do meu trabalho.
— Claro que sei, senhor Baldini.
— São o fruto do meu ventre!
— Eu sei — confirmou Chénier.
— E estou a pensar criar para o conde de Verhamont algo que irá fazer furor.
— Não tenho a mínima dúvida, senhor Baldini.
— Tome a loja a seu cargo. Preciso de estar tranquilo. Arranje-se como quiser, Chénier...

E não disse nem mais uma palavra. Afastou-se arrastando os pés sem dignidade, antes curvado devido à idade, quase semelhante a um cão escorraçado e subiu lentamente a escada que levava ao primeiro andar, onde se situava o seu laboratório.

Chénier foi colocar-se atrás do balcão, adoptando exactamente a mesma pose que o seu mestre, de olhar pregado na porta. Sabia o que iria passar-se nas próximas horas: na loja, nada, e lá em cima, no laboratório, a catástrofe habitual. Baldini despiria a sua casaca azul impregnada de frangipana e sentar-se-ia à secretária, aguardando a inspiração. A inspiração não chegaria. Baldini precipitar-se-ia na direcção do seu armário contendo centenas de frascos de amostras e fabricaria uma mistura à sorte. Essa mistura não resultaria.

Baldini iria proferir imprecações, abriria violentamente a janela a atiraria a mistura para o rio. Faria mais uma experiência igualmente malograda e, desta vez, gritaria, faria uma verdadeira algazarra e acabaria por ter um ataque de choro na divisão a abarrotar de perfumes.

Voltaria a descer por volta das sete horas num estado lamentável. «Já não tenho olfacto, Chénier», diria trémulo e choroso. «Sou incapaz de trazer esse perfume à luz do dia, não consigo satisfazer a encomenda do conde, estou perdido, já estou morto por dentro, quero morrer. Peço-lhe que me ajude a morrer, Chénier!»

E Chénier daria a sugestão que se enviasse alguém à loja de Pélissier comprar um frasco de *Amor e Psique* e Baldini acederia na condição de que ninguém viesse a saber de tal ignomínia. Chénier juraria por todos os deuses e, durante a noite, em segredo, impregnariam a pele de marroquim do conde de Verhamont com o perfume da concorrência. Eis o que se passaria, sem tirar nem pôr e o único desejo de Chénier era que toda esta comédia tivesse chegado ao fim. Baldini já não era um famoso perfumista. Outrora, na sua juventude, há trinta ou quarenta anos, criara o *Rosa do Sul* e o *Ramalhete Galante de Baldini*, dois perfumes maravilhosos aos quais devia a sua fortuna. Agora, no entanto, estava velho e gasto, deixara de estar actualizado com a moda e os gostos das pessoas e quando, ocasionalmente, se servia do pouco dinheiro que ainda lhe restava para fabricar um perfume, saía-lhe das mãos algo completamente fora de moda e invendável que um ano mais tarde diluíam à escala de um para dez e utilizavam para perfumar os repuxos. «Uma pena», reflectia Chénier, ao mesmo tempo que verificava ao espelho a sua peruca. «Uma pena para o velho Baldini. Uma pena porque o seu belo negócio vai acabar e uma pena também porque quando isso acontecer eu serei velho de mais para o tomar a meu cargo...»

11

Giuseppe Baldini tinha, realmente, despido a sua casaca perfumada, mas tratava-se de um mero hábito. Há muito tempo que o odor da frangipana não o impedia de cheirar os perfumes, porque há dezenas de anos que a punha e já não dava por ela. Fechara igualmente à chave a porta do laboratório e exigira que não o incomodassem, mas não se tinha sentado à secretária, a fim de matutar e aguardar a inspiração, pois agora estava bastante mais ciente do que Chénier que a inspiração não chegaria; porque, de facto, nunca chegara. Era verdade que estava velho e gasto e verdade também que deixara de ser um grande perfumista; mas ele sabia que jamais o fora em toda a sua vida. A *Rosa do Sul* herdara-a do pai e a receita do *Ramalhete Galante de Baldini* comprara-a a um vendedor de especiarias ambulante, que vinha de Génova. Todos os seus outros perfumes eram misturas conhecidas desde sempre. Jamais tinha inventado o que quer que fosse. Não era um inventor. Era um atento preparador de perfumes comprovados; assemelhava-se a um cozinheiro que, à força da experiência e de boas receitas, faz uma excelente cozinha, mas que jamais inventou um prato. Apenas executava toda esta farsa de laboratório, experiências, inspiração, segredos de fabrico, porque ela constituía parte da imagem que se fazia de um «mestre perfumista e luveiro». Um perfumista era uma espécie de alquimista, executava milagres, assim o pretendiam as pessoas e, portanto, assim o era. O facto de a sua arte se resumir a um ofício como tantos outros era ele o único a sabê-lo e nisso residia o seu orgulho. Não desejava de forma alguma ser um inventor. Todas as invenções lhe despertavam fortes suspeitas, porque estavam sempre ligadas à infracção de uma regra. Também nem sequer lhe passava pela cabeça inventar um novo perfume para este conde de Verhamont. E também não tencionava, aliás, deixar-se convencer nessa noite por Chénier a adquirir o *Amor e Psique* de Pélissier. Já o tinha. O perfume estava ali, em cima da sua secretária, em frente da janela, num frasquinho de vidro com tampa trabalhada. Há já alguns dias que o tinha comprado. Não pessoalmente, como é óbvio. Não podia permitir-se uma ida em pessoa à loja de Pélissier para comprar um perfume. Arranjara, porém, um intermediário, que, por sua vez, se servira de um segundo... Impunha-se a prudência, na medida em que Baldini não queria só utilizar este perfume no marroquim do conde; aquela ínfima quantidade não teria, aliás, chegado. As suas intenções eram bem piores: pretendia copiar este perfume.

Isso não era, na verdade, proibido. Tratava-se apenas de um acto da maior deselegância. Falsificar em segredo o perfume de um concorrente e vendê-lo com o seu próprio nome eram maneiras impróprias de um cavalheiro. Contudo, era ainda mais deselegante e destestável ser apanhado em flagrante e era esse o motivo pelo qual se impunha que Chénier não ficasse ao corrente, na medida em que Chénier era falador.

Ah! Que infelicidade a de um homem honesto ver-se forçado a utilizar caminhos tão tortuosos! Que infelicidade a de manchar de uma forma tão abominável a sua maior riqueza, ou seja, a própria honra! Mas que outra alternativa lhe restava? Apesar de tudo, o conde de Verhamont era um cliente que não podia dar-se ao luxo de perder. Poucos clientes lhe restavam, aliás. Baldini via-se novamente obrigado a correr atrás da sua clientela como no início dos anos 20, quando se encontrava no começo da carreira e calcorreava as ruas com o seu pequeno tabuleiro de amostras preso à cintura. Ora só Deus sabia que ele, Giuseppe Baldini, proprietário da maior loja de produtos de perfumaria de Paris, apenas conseguia equilibrar-se financeiramente na condição de visitar os clientes com a maleta na mão. Isso não lhe agradava nada pois há muito que ultrapassara a casa dos sessenta e detestava esperar nas frias antecâmaras para dar a cheirar a *Água de Mil Flores* ou o *Vinagre dos Quatro Salteadores* a velhas marquesas ou para gabar os méritos de um unguento contra as enxaquecas. Nestas antecâmaras, reinava, aliás, uma concorrência perfeitamente asquerosa. Ali encontrava aquele novo-rico do Brouet, da Rua Dauphine, que se vangloriava de possuir o mais vasto catálogo de pomadas de toda a Europa; ou ainda Calteau, da Rua Mauconseil, que conseguira mover os cordéis, de forma a tornar-se o fornecedor oficial da condessa de Artois; ou aquele indivíduo imprevisível, Antoine Pélissier, da Rua Saint-André-des-Arts, que em todas as estações lançava um perfume novo, que enlouquecia toda a gente.

Um perfume de Pélissier podia, assim, agitar todo o mercado. Se, num ano, a moda era água-de-colónia húngara e Baldini se fornecera, consequentemente, de alfazema, bergamota e rosmaninho à altura das necessidades, eis que Pélissier surgia com *Ar de Almíscar*, um perfume almiscarado e ultrapesado. E logo se impunha que toda a gente emanasse esse odor animalesco, restando a Baldini como única solução utilizar o seu rosmaninho em loções capilares e meter a sua alfazema em saquinhos destinados a perfumar os armários. Se, pelo contrário, no ano seguinte, encomendara grandes quantidades de almíscar e castóreo, Pélissier entregava-se à fantasia de criar um perfume baptizado de *Flor dos Bosques*, que se tornava, de imediato, um sucesso. E se, por último, após ter feito experiências durante noites a fio ou untado algumas mãos, Baldini conseguia ficar a par da composição da *Flor dos Bosques*, eis que Pélissier exibia um outro trunfo chamado *Noite Turca*, ou *Perfume de Lisboa*, ou *Ramalhete da Corte*, ou sabe-se lá que mais. De qualquer maneira, este homem constituía um perigo para o ramo com esta sua criatividade desenfreada. Seria desejável que se reencontrasse a severidade das antigas leis corporativas. Seria desejável que se tomassem medidas drásticas contra este mercenário, contra este inflacionário da perfumaria. Tornava-se necessário retirar-lhe a patente; proibi-lo de exercer o ofício... e antes do mais este indivíduo deveria fazer uma aprendizagem. Pélissier não possuía, na realidade, o curso de perfumista e de luveiro. O seu pai era vinagreiro e o filho Pélissier não passava pura e simplesmente de um vinagreiro. E só porque, na qualidade de vinagreiro, contactava com o espírito do álcool, conseguira infiltrar-se sub-repticiamente no terreno dos verdadeiros perfumistas e ali chafurdar como um animal fedorento. E, aliás, desde quando se precisava de um novo perfume para cada estação? Era mesmo necessário? Outrora, as pessoas sempre se haviam satisfeito com água de violetas e alguns perfumes simples à base de flores, onde se introduziam ligeiras modificações, com intervalos aproximados de dez anos. Ao longo de milénios, o mundo contentara-se com incenso e mirra, alguns bálsamos e óleos, e plantas aromáticas secas. E mesmo depois de terem aprendido a destilar em retortas e alambiques, a servir-se do vapor de água para arrancar às plantas, às flores e madeiras o seu princípio aromático sob forma de óleos etéreos, a extrair este princípio por intermédio de prensas de carvalho que esmagavam grãos e caroços de frutos, ou a subtraí-lo das pétalas de flores com gorduras cuidadosamente filtradas, a quantidade de perfumes conservara-se modesta. Nesses tempos, um personagem como Pélissier jamais poderia ter existido, na medida em que, para produzir uma simples pomada, eram necessárias capacidades de que este vinagreiro não tinha a mínima ideia. Era preciso não só saber destilar, mas também ser perito em unguentos, boticário, alquimista e preparador, comerciante, humanista e jardineiro em simultâneo. Era necessário distinguir entre a gordura dos testículos de carneiro e a banha de vitelo, entre uma violeta Vitória e uma violeta de Parma. Era preciso saber latim a fundo. Era preciso conhecer a época própria de colher o heliotrópio, quando floresce o pelargónio e saber igualmente que as flores do jasmim perdem o aroma com o nascer do Sol. Escusado será dizer que este Pélissier nem sequer sonhava com estas coisas. Era muito provável que nunca tivesse saído de Paris, nem em toda a sua vida assistido ao florir do jasmim. Para já nem falar de que não fazia a mínima ideia do trabalho gigantesco que exigia extrair de centenas de milhares de jasmins uma parcela concreta ou algumas gotas de essência pura. Apenas conhecia provavelmente esta última, apenas conhecia o jasmim como um concentrado líquido e acastanhado, metido num frasquinho e arrumado no seu cofre-forte, juntamente com inúmeros outros frasquinhos de que se servia para preparar os seus perfumes da moda. Não, nos bons velhos tempos do ofício uma personagem como este grosseirão nem sequer saberia pôr um pé diante do outro. Faltava-lhe tudo: carácter, instrução e a noção de subordinação corporativa. Devia o seu êxito de perfumista, muito pura e simplesmente, a uma descoberta feita há duzentos anos pelo genial Mauritius Frangipani (um italiano, como não podia deixar de ser!) que havia verificado que os componentes dos perfumes são solúveis no espírito do vinho. Ao misturar o álcool com os seus pós aromáticos e transferindo dessa maneira o perfume para um líquido evanescente, libertara o perfume da matéria, espiritualizara o perfume, inventara o odor puro, criara, numa palavra, o que se designa como perfume. Que façanha! Que acontecimento histórico! Na realidade, apenas comparável às grandes conquistas da espécie humana, como a invenção da escrita pelos Assírios, a geometria euclidiana, as ideias de Platão e a transformação das uvas em vinho pelos Gregos! Um verdadeiro acto de Prometeu!

Contudo, todas as grandes conquistas do espírito humano têm o seu revés e proporcionam à Humanidade não apenas benefícios, mas também contrariedades e miséria. Assim e infelizmente, esta maravilhosa descoberta de Frangipani tivera igualmente consequências funestas na medida em que, mal se aprendeu a fazer extractos das bebidas espirituosas e a meter em frascos a essência das flores e das plantas, da madeira, da resina e dos excrementos dos animais, a arte da perfumaria foi-se escapando, gradualmente, ao escasso número de profissionais competentes e tornou-se acessível a charlatães, desde que os mesmos possuíssem um nariz apurado como era o caso deste Pélissier. Sem se preocupar com a origem do maravilhoso conteúdo dos seus frasquinhos, era homem para seguir simplesmente os seus caprichos olfactivos e misturar tudo o que lhe passava pela cabeça, ou o que o público desejava nesse momento.

Aos trinta e cinco anos, aquele safado do Pélissier possuía, sem dúvida, uma fortuna maior do que a que ele, Baldini, conseguira reunir ao cabo de três gerações e mediante um labor obstinado. E a fortuna de Pélissier aumentava de dia para dia, ao passo que a de Baldini sofria uma redução diária. Outrora, uma coisa dessas seria impensável! Só há algumas dezenas de anos se assistia ao espectáculo de um respeitável artesão, um comerciante bem estabelecido ter que lutar apenas para garantir a sua existência! Só a partir da altura em que, por todo o lado e em todos os domínios, se expandira essa ânsia febril de inovar, essa dinâmica desenfreada, essa raiva de experimentar, essa loucura das grandezas na indústria, no comércio e na ciência!

Ou ainda essa loucura da velocidade! Para que serviam todas essas novas estradas que surgiam de todos os lados e todas essas novas pontes? Qual a vantagem de se poder chegar a Lião numa semana? Quem beneficiava de tal coisa? Quem dela tirava proveito? Ou ainda atravessar o Atlântico para chegar à América num mês, como se durante milénios não se tivesse perfeitamente dispensado esse continente! O que perdia o homem civilizado em não penetrar na floresta virgem índia ou no território dos negros? E, agora, chegavam mesmo à região da Lapónia, a norte, às regiões permanentemente geladas, onde viviam selvagens que comiam peixe cru. E pretendiam descobrir um outro continente, supostamente situado nos mares do Sul, ou lá onde era! E para quê toda essa loucura! Porque os outros povos faziam outro tanto, os Espanhóis, os malditos Ingleses, esses impertinentes Holandeses com os quais, em seguida, se gerou um conflito, sem meios para tal. Um desses barcos de guerra custa no mínimo trezentas mil libras e afunda-se em cinco minutos com um só tiro de canhão e tudo isso é pago com os impostos. Um décimo dos impostos era o exigido pelo senhor ministro das Finanças segundo as últimas notícias, uma catástrofe, mesmo que não se venha a pagar essa quantia, porque o mal reside nesta disposição de espírito!

A infelicidade do homem resulta em não querer manter-se tranquilamente no seu quarto, onde pertence. Assim o disse Pascal. E Pascal foi um grande homem, um Frangipani de espírito, um artesão na melhor acepção da palavra, mas actualmente as pessoas dessa têmpera já não são seguidas. Hoje, as pessoas lêem literatura subversiva, escrita por huguenotes ou ingleses. Ou então escrevem libelos ou pretensos tratados científicos em que põem em causa tudo e mais alguma coisa. A dar-lhes ouvidos, tudo o que se pensava deixou de ser verdade e transformou-se em algo totalmente diverso. Num copo de água nadam animaizinhos que dantes não se viam; e, aparentemente, a sífilis é uma doença normal e não um castigo de Deus; este não teria criado o Mundo em sete dias, mas em muitos milhões de anos, se é que foi ele a fazê-lo; os selvagens são homens como nós; educamos erradamente os nossos filhos; e a Terra já não é redonda como até aqui, mas achatada em baixo e em cima, à semelhança de um melão — como se isso tivesse alguma importância! Em todos os domínios se levantam interrogações, investiga-se, busca-se, rebusca-se e fazem-se experiências a torto e a direito! Já não basta dizer o que é e como é; agora, torna-se necessário que tudo seja provado, de preferência com testemunhas e números e com experiências ridículas. Esses tais Diderot, D'Alembert, Voltaire, Rousseau e outros escrivãos cujo nome me escapa (há mesmo entre eles homens da Igreja e nobres!) conseguiram expandir em toda a nossa sociedade a sua pérfida inquietação, o seu maléfico prazer de não se satisfazerem com nada e mostrarem-se descontentes com tudo o que existe neste mundo, em resumo, o caos indescritível que reina nas suas cabeças!

A agitação imperava onde quer que se pousasse o olhar. As pessoas liam livros; inclusive as mulheres. Os padres frequentavam os cafés. E quando a Polícia se decidia a intervir e metia na prisão um desses malandros já citados, os directores dos jornais ficavam em polvorosa e faziam circular petições, enquanto os cavalheiros e damas da alta roda se serviam da sua influência até que, ao fim de umas semanas, se pusesse o malandro em liberdade ou o deixassem fugir para o estrangeiro, onde continuava a escrever panfletos desenfreadamente. E, nos salões, as conversas apenas giravam à volta da trajectória dos cometas ou de longínquas expedições, da força da gravidade e de Newton, da construção de canais, da circulação sanguínea e do diâmetro da esfera terrestre.

E o próprio rei permitira a apresentação de uma dessas imbecilidades da moda, uma espécie de tempestade artificial chamada electricidade: na presença de toda a corte, um homem esfregara uma garrafa, o que produzira faíscas, e, aparentemente, Sua Majestade mostrara-se muito impressionada. Era impensável que o seu bisavô, Luís, *o Grande*, que fora digno do seu cognome e sob cujo benigno reinado Baldini tivera o privilégio de ainda viver alguns anos, tivesse permitido que uma experiência tão ridícula fosse apresentada perante os seus olhos! Era este, no entanto, espírito dominante nos tempos modernos e tudo acabaria mal!

Isto porque a partir do momento em que se punha, insolentemente, em dúvida a autoridade da Igreja de Deus, em que se falava da monarquia, também esta desejada por Deus, e da pessoa sagrada do rei como se eles não passassem de mercadoria permutável num catálogo, onde havia todos os tipos de Governo entre os quais se podia escolher segundo o gosto; e quando, em particular, se tinha a ousadia de apresentar o próprio Deus, o Todo-Poderoso, como algo que se podia muito bem dispensar, e afirmar seriamente que a ordem, os bons costumes e a felicidade terrestre eram possíveis sem ele e podiam provir apenas da moralidade inata e da razão do Homem... Deus do céu!... não era de surpreender que tudo ficasse virado de cabeça para baixo, que os costumes se degradassem e que a Humanidade atraísse a punição d'Aquele que renegava. Isso acabaria mal. O grande cometa de 1681, de que eles troçavam e apenas consideravam como uma amálgama de estrelas, era um aviso divino, porque anunciava — agora não restavam dúvidas — um século dissoluto, um século de decadência, em lodaçal espiritual, político e religioso, que a Humanidade fabricara com as suas próprias mãos, onde não tardaria a afundar-se e onde ainda e apenas se davam bem flores nauseabundas de cores extravagantes, como este Pélissier!

O velho Baldini conservava-se em pé, junto à janela, e deitava um olhar de ódio para o Sol que iluminava o rio obliquamente. Barcaças surgiam aos seus pés e deslizavam devagar rumo a oeste na direcção da Ponte Nova e do porto diante das galerias do Louvre. Nenhuma delas subia a corrente naquele lugar, mas seguiam pelo outro braço do rio, do outro lado da ilha. Aí, tudo se contentava em descer a corrente, as barcaças vazias ou cheias, as pequenas embarcações a remos e as traineiras dos pescadores, a água tinta de imundícies e a água dourada, aí tudo se limitava a escoar, a descer e a desaparecer, lenta, ampla e irresistivelmente. E sempre que Baldini olhava a direito, por baixo dos pés, tinha a impressão que, ao longe, as águas aspiravam e arrastavam os pilares da ponte e sentia vertigens.

Fora um erro comprar essa casa sobre a ponte e um duplo erro escolhê-la do lado oeste. Agora, tinha por baixo a corrente que se afastava e parecia-lhe escoar-se com ela, juntamente com a casa e a sua fortuna adquirida ao longo de dezenas de anos. E sentia-se demasiado velho e fraco para poder opor-se a essas águas tumultuosas. Por vezes, quando tinha algo a tratar na margem esquerda, na Sorbona ou em Saint-Sulpice, não fazia o percurso pela ilha e a Ponte Saint-Michel, mas dava a volta pela Ponte Nova, na medida em que nessa ponte não havia construções. E, nessas alturas, encostava-se ao parapeito do lado Este e fixava o olhar na parte superior do rio, a fim de avistar a corrente a descer até ele e a trazer-lhe tudo; e durante uns momentos punha-se a imaginar que o rumo da sua vida se tinha alterado, que os negócios iam de vento em popa, que a família vivia na abastança, que as mulheres se lhe lançavam ao pescoço e que a sua existência, em vez de se destruir, prosperava ao máximo.

Em seguida, porém, ao erguer um pouco o olhar, avistava, a poucas centenas de metros, a sua casa, frágil, estreita e construída sobre a Ponte au Change, divisava a janela do seu laboratório no primeiro andar e via-se a si próprio junto dela, a olhar na direcção do rio e a observar a corrente que se distanciava, tal como agora acontecia. E o sonho desfazia-se subitamente e Baldini, de pé, na Ponte Nova, virava-se mais abatido do que antes, abatido como estava agora, no momento em que se afastou da janela, se dirigiu à sua secretária e se sentou.

12

Na sua frente estava pousado o frasco que continha o perfume de Pélissier. À luz do Sol, o líquido emanava reflexos de um castanho-dourado, límpido, sem a mínima opacidade. Tinha um aspecto tão inocente como o do simples chá; e, no entanto, além de quatro quintos de álcool, continha um quinto dessa mistura secreta, capaz de entusiasmar uma cidade inteira. E essa mistura podia, por seu turno, compor-se de três ou trinta elementos diversos, em proporções exactas que era necessário descobrir entre uma infinidade doutras. Era a alma desse perfume — se é que pode falar-se de alma, tratando-se de um perfume desse comerciante sem coração que era Pélissier — e a sua composição, o que neste momento estava em causa descobrir.

Baldini assoou-se cuidadosamente e baixou um pouco a persiana da janela, porque a luz directa do Sol era prejudicial a qualquer elemento aromático e a qualquer concentrado olfactivo de certa qualidade. Da gaveta da secretária tirou um lenço lavado, de renda branca e desdobrou-o. Em seguida desrolhou o frasco, agitando-o ao de leve. Posto isto, inclinou a cabeça para trás e apertou as narinas, dado que por nada deste mundo queria tirar uma conclusão precipitada, cheirando directamente do frasco. O perfume devia cheirar-se num estado volátil, aéreo e nunca concentrado. Derramou algumas gotas no lenço que agitou no ar para que o álcool se evaporasse e levou-o seguidamente ao nariz. Aspirou depois o perfume em três lufadas muito rápidas como se fosse um pó, depois expirou-o e abanou-se com a mão, voltou a aspirar segundo este ritmo ternário e, para terminar, aspirou uma longa lufada que expirou devagar, detendo-se várias vezes, como se a deixasse escorregar por uma longa escada em declive. Atirou o lenço para cima da mesa e reclinou-se nas costas da cadeira.

O perfume era ignobilmente bom. Esse patife do Pélissier era por infelicidade um artista. Um mestre, perdoe-nos Deus, e sem ter um mínimo de aprendizagem! Baldini desejou ter criado este *Amor e Psique*. Não apresentava qualquer traço de vulgaridade. Era absolutamente clássico e harmonioso; e, todavia, de uma fascinante novidade. Era fresco mas não enjoativo. Era aromático sem ser pesado. Tinha profundidade, uma magnífica, tenaz e marcada profundidade, mas sem nada de pesado ou sofisticado em demasia.

Baldini levantou-se quase respeitosamente e levou mais uma vez o lenço ao nariz.

— Maravilhoso! Maravilhoso! — murmurava de si para si, cheirando avidamente. — É alegre, afável, asssemelha-se a uma melodia, põe-nos indiscutivelmente de bom humor... Que disparate! De bom humor!

E atirou, raivoso, o quadrado de renda para cima da secretária, virou costas e dirigiu-se ao canto mais afastado da divisão, como se se envergonhasse do seu entusiasmo.

Ridículo! Deixar-se arrastar por exageros daqueles. «Assemelha-se a uma melodia. Alegre. Maravilhoso. Bom humor.»

— Imbecilidade! Estupidez pueril. Impressão momentânea. Um erro da minha parte. Questão de temperamento. Herança italiana, muito provavelmente. Não faças juízos, enquanto cheiras! É a primeira regra, Baldini, velho asno! Cheira enquanto cheiras e faz juízos depois de cheirares! *Amor e Psique* é um perfume que sai do vulgar. É um produto inteiramente conseguido. Uma hábil combinação, para não lhe chamar uma ilusão. Aliás, que outra coisa, excepto a ilusão, se podia esperar da parte de um indivíduo como Pélissier? Um tipo como Pélissier não fabrica, como é óbvio, perfume ordinário. Esse patife sabe perfeitamente deitar poeira nos olhos, perturbar o olfacto com uma total harmonia, sabe disfarçar-se de perfumista clássico, tal como o lobo que veste pele de cordeiro; numa palavra, é um patife talentoso. Bem mais grave, por conseguinte, do que um ortodoxo incompetente.

«Mas tu, Baldini, não te vais deixar enganar. Foste apenas momentaneamente surpreendido pela impressão que esta mistela te produziu. Pode, no entanto, saber-se que odor terá daqui a uma hora, quando as suas substâncias mais voláteis se tiverem evaporado e aparecer a sua estrutura básica? Ou que odor restará esta noite, quando só se apreenderem as componentes pesadas e obscuras que, de momento, se mantêm na penumbra olfactiva, agora dissimuladas por agradáveis cortinas de flores? Espera um pouco, Baldini!

«A segunda regra impõe: o perfume vive enquadrado no tempo. Tem a sua juventude, a sua maturidade e a velhice. E apenas se pode definir como conseguido, se mantiver o mesmo cheiro ao longo destas três idades. Quantas vezes não nos aconteceu criarmos uma mistura que à primeira experiência tinha uma frescura magnífica e que passado pouco tempo cheirava a fruta podre e, finalmente, ficou reduzida a um cheiro pavoroso de almíscar puro, devido a termos exagerado a dose? Há que ter sempre um cuidado extremo com o almíscar! Uma gota a mais e segue-se a catástrofe. É um erro clássico. Quem sabe? Talvez Pélissier tenha exagerado a dose? Talvez esta noite apenas reste do seu pretensioso *Amor e Psique* um vago odor a chichi de gato? É o que iremos ver.

«Iremos cheirar. Tal como a serra afiada fende a madeira em cavacos, o nosso nariz vai separar o seu perfume em todas as componentes. Verificar-se-á nessa altura que este perfume, supostamente mágico, foi elaborado de forma perfeitamente normal e, aliás, bem conhecida. Nós, Baldini, perfumista, nós perseguiremos e desmacararemos o vinagreiro Pélissier. Arrancaremos a máscara a esse pedante e provaremos a esse inovador do que é capaz a velha escola. Iremos refazer este seu perfume da moda. Renascerá entre as nossas mãos, tão perfeitamente copiado, que nem o mais apurado galgo conseguirá diferençá-lo do seu. Não! Não nos ficaremos por aí! Conseguiremos melhorá-lo! Detectaremos os erros que iremos corrigir para, em seguida, lhe colocarmos tudo isto debaixo do nariz com as palavras: «Não passas de um ajudante de cozinha, Pélissier! Um fedorento e só isso! Um amador de perfumaria, nada mais!

«E, agora, ao trabalho, Baldini! Precisas de apurar o nariz e cheirar sem sentimentalismos! Dissecar este perfume segundo as regras da arte! É necessário que, à noite, estejas de posse da fórmula!»

E de novo se precipitou para a secretária, pegou em papel, tinta, num lenço lavado, dispôs tudo cuidadosamente e iniciou o seu trabalho de análise. Este consistia em passar rapidamente debaixo do nariz o lenço impregnado de perfume e tentar captar, nesse momento, uma ou outra componente desta nuvem aromática, sem se deixar distrair pela mistura complexa de todas as suas partes; em seguida, mantendo o lenço afastado à distância do braço estendido, apressar-se a tomar nota do nome do elemento que acabava de detectar e passar de novo o lenço debaixo do nariz, a fim de apreender mais um fragmento, e assim por diante...

13

Trabalhou durante duas horas sem interrupção. E os seus gestos foram-se tornando mais febris e os rabiscos da pena sobre o papel cada vez mais desordenados e cada vez mais abundantes as doses de perfume que derramava do frasco para o lenço que punha debaixo do nariz.

Nessa altura, ele já pouco era capaz de cheirar, dado que há muito se encontrava anestesiado pelas substâncias etéreas que respirava; nem sequer era capaz de reconhecer aquilo que, no início do trabalho, julgara analisar sem possibilidade de dúvida. Sabia que era insensato continuar a cheirar. Jamais detectaria as componentes deste perfume da moda; não conseguiria hoje, nem tão-pouco o conseguiria no dia seguinte, quando com a ajuda de Deus o seu nariz tivesse recuperado a capacidade olfactiva. Jamais conseguira aprender a executar este tipo de análise. Horrorizava-o esta ocupação de dissecar um perfume; dividir um todo mais ou menos conseguido, em simples fragmentos. Não o interessava. Não tinha qualquer desejo de continuar.

No entanto, a sua mão persistia, automaticamente, em realizar, como milhares de outras vezes, o gracioso gesto que consistia em humedecer o lenço de renda, agitá-lo e fazê-lo esvoaçar junto ao rosto; e, mecanicamente, em cada uma destas passagens, Baldini absorvia com gula uma lufada de ar impregnada de perfume, que depois afastava, retendo apenas o que lhe interessava. O seu próprio nariz acabou por colocar ponto final a esta tortura, inchando por dentro, tomado de uma alergia e fechando-se, como se o tivessem tapado. Agora, já não cheirava o que quer que fosse e tinha dificuldade em respirar. O nariz tapara-se-lhe como se ele estivesse muito constipado e pequenas lágrimas formavam-se-lhe no canto dos olhos. Deus fosse louvado! Podia parar sem um mínimo de remorso. Tinha cumprido o seu dever o melhor que conseguira, dentro de todas as regras da arte e, como já tantas vezes lhe acontecera, havia falhado. *Ultra posse nemo obligatur*. O trabalho havia acabado. No dia seguinte, de manhã, enviaria alguém à loja de Pélissier para comprar um grande frasco de *Amor e Psique* e com ele perfumaria o marroquim do conde de Verhamont, a fim de satisfazer a encomenda que lhe havia sido feita. Pegaria depois na sua pequena maleta com as antiquadas amostras de sabonetes, sais de cheiro, pomadas e saquinhos perfumados e faria a ronda dos salões, em casa de duquesas senis. E, um dia, a última duquesa senil morreria e, em simultâneo, a sua última cliente. E, nessa altura, ele próprio seria um velho e venderia a sua casa a Pélissier ou a qualquer destes comerciantes de dentes afiados e talvez lucrasse alguns milhares de libras. E faria uma ou duas malas e, juntamente com a sua velha esposa, se ela ainda estivesse viva, partiria para Itália. E, caso sobrevivesse à viagem, compraria uma casinha de campo nos arredores de Messina, onde era mais barato. E seria lá que ele morreria, Giuseppe Baldini, outrora um notável perfumista de Paris, na maior miséria, caso fosse essa a vontade de Deus. E que assim fosse!

Voltou a colocar a rolha no frasco, pousou a pena e passou uma última vez pela testa o lenço impregnado de perfume. Cheirou o frio do álcool que se evaporava e nada mais. O Sol pôs-se em seguida.

Baldini levantou-se. Ergueu a persiana e todo o seu corpo foi banhado da cabeça aos joelhos por aquela luz do poente e avermelhou-se como uma tocha mal apagada. Por detrás do Louvre avistava a aura escarlate do Sol e um brilho mais suave pairando sobre os telhados de ardósia da cidade. Aos seus pés, o rio brilhava como se fosse de ouro e os barcos haviam desaparecido. E uma brisa levantava-se dado que as rajadas agitavam a superfície da água fazendo-a cintilar aqui e ali, cada vez mais próximo, como se qualquer mão gigantesca lhe tivesse lançado milhões de luíses em ouro e, por instantes, a corrente pareceu dirigir-se momentaneamente no sentido inverso; corria na direcção de Baldini, semelhante a uma jazida de ouro puro.

Baldini tinha os olhos húmidos e melancólicos. Conservou-se imóvel durante um momento a observar este maravilhoso espectáculo. Em seguida, abriu violentamente a janela, quase arrancando os batentes e atirou bem alto e para bem longe o frasco de Pélissier. Viu-o embater na água e destruir momentaneamente aquele tapete de ouro cintilante.

O ar fresco invadiu a divisão. Baldini aspirou fundo e apercebeu-se de que tinha o nariz menos congestionado. Em seguida, fechou a janela. A noite caiu quase de imediato. O quadro dourado formado pela cidade e pelo rio imobilizou-se numa silhueta de um cinzento-cinza. A sala ficou imersa numa súbita obscuridade. Baldini retomara a posição anterior e olhava fixamente através da janela.

— Amanhã não vou enviar ninguém à loja de Pélissier — murmurou, ao mesmo tempo que agarrava com as duas mãos as costas da cadeira. — Não o farei. Nem tão-pouco a minha volta pelos salões. Amanhã, irei ao notário e venderei a minha casa e o meu negócio. É isso o que farei!

O rosto deixava transparecer uma expressão de gaiato impertinente e sentiu-se cheio de uma inesperada felicidade. Voltara a ser o velho Baldini, ou seja, um Baldini jovem, corajoso e resolvido a enfrentar uma vez mais o destino, ainda que enfrentar significasse, na realidade, abandonar o negócio. E daí? Não lhe restava outra opção! Esta estúpida época não lhe oferecia qualquer outra alternativa. Deus concede bons e maus tempos, mas não quer que nos maus momentos nos queixemos e nos lamentemos, quer que nos comportemos como homens. E Ele tinha enviado um sinal. Este vermelho-dourado fantasmagórico que envolvia a cidade era um aviso: «Age, Baldini, antes que seja demasiado tarde! A tua casa ainda está bem assente, ainda tens os depósitos cheios de mercadoria e ainda poderás conseguir um bom preço pelo teu negócio em declínio. Ainda tens a faca e o queijo na mão. Envelhecer modestamente em Messina não era certamente o teu objectivo na vida, mas será, de qualquer maneira, mais digno e cristão do que abrir pomposamente falência em Paris. Que os Brouet, os Calteaux e os Pélissier triunfem, pois, tranquilamente! Giuseppe Baldini abandona o campo de batalha. Contudo, fá-lo por sua própria vontade e de cabeça erguida!»

Naquele instante, sentia-se verdadeiramente orgulhoso de si. E bastante aliviado. Pela primeira vez, de há muitos anos a essa parte, desapareceu a curva servil da sua espinha que lhe crispara a nuca e lhe dobrara cada vez mais os ombros e mantinha-se direito sem qualquer esforço, liberto e satisfeito. Respirava com facilidade. Apercebia-se nitidamente do odor de *Amor e Psique* que reinava na divisão, mas já não lhe causava a mínima impressão. Baldini tinha transformado a sua vida e sentia-se extraordinariamente bem. Chegara o momento de ir ter com a mulher, pô-la ao corrente das suas decisões, após o que iria a Notre-Dame acender uma vela para agradecer a Deus o sinal que ele enviara e a inacreditável força que concedera ao seu servidor Giuseppe Baldini.

Foi tomado de um entusiasmo quase juvenil que tapou o crânio calvo com a peruca, vestiu a casaca azul, pegou no candelabro que estava sobre a sua secretária e saiu do laboratório. Mal tinha acendido a vela no lampião da escada, a fim de iluminar o caminho até à sua habitação, quando ouviu a campainha da porta tocar lá em baixo, no rés-do-chão. Não se tratava do belo carrilhão persa da porta da loja, mas da campainha da entrada de serviço, cujo som desagradável sempre o irritara. Quisera muitas vezes substituí-la por um objecto mais agradável, mas fora adiando sempre por causa da despesa; e reflectiu subitamente com uma pequena gargalhada que agora deixara de ser importante; iria vender esta campainha importuna juntamente com a casa. Caberia ao seu sucessor irritar-se!

A campainha voltou a soar. Pôs o ouvido à escuta e concluiu que Chénier já saíra da loja. Ao que parece, também a criada não se mostrava disposta a descer. Baldini decidiu-se a ir ver quem era.

Ergueu vigorosamente o ferrolho e abriu a pesada porta... e nada viu. A obscuridade devorava por completo a chama da sua vela. Em seguida, e a pouco e pouco, conseguiu divisar uma pequena silhueta, de uma criança ou de um adolescente, que trazia algo debaixo do braço.

— O que queres? — perguntou.

— Venho a mando de mestre Grimal. Trago as peles de cabra — respondeu a silhueta.

A criança aproximou-se e estendeu a Baldini o braço dobrado sobre o qual se encontravam acamadas algumas peles, umas sobre as outras.

À luz da vela, Baldini distinguiu o rosto de um rapazinho de olhar perspicaz e medroso. Tinha um ar desconfiado. Dir-se-ia que se escondia por detrás do antebraço estendido, como alguém que espera que o ataquem. Era Grenouille.

14

As peles de cabra que devia usar para o marroquim do conde! Baldini recordou-se. Há uns dias que encomendara estas peles a Grimal: couro aliado a camurça, do mais fino e macio, para a pasta de escritório do conde de Verhamont, a quinze francos a pele. Contudo, agora, não precisava, de facto, delas; podia economizar este dinheiro. Por outro lado, se mandasse o rapazinho embora?... Quem sabe? Podia causar má impressão, talvez se falasse e começassem a espalhar-se boatos: Baldini deixou de ter palavra, Baldini deixou de ter encomendas, Baldini deixou de poder pagar... e nada disto era bom. Não, não. Isto poderia fazer baixar o preço de venda do negócio. Mais valia ficar com estas peles inúteis. Ninguém precisava de saber antes da devida altura que Giuseppe Baldini transformara a sua vida.

— Entra!

Deixou entrar o rapazinho e passaram à loja. Baldini na frente com o candelabro e Grenouille nos calcanhares, transportando as peles. Era a primeira vez que Grenouille punha o pé numa perfumaria, num local onde os odores não eram secundários, mas onde constituíam o verdadeiro fulcro de interesse. Conhecia obviamente todos os droguistas e comerciantes de perfumes da cidade, passara noites inteiras diante das suas montras, com o nariz colado às fendas das portas. Conhecia todos os perfumes que ali se vendiam e já os combinara muitas vezes em imaginação, criando perfumes maravilhosos. Contudo, nada de novo o esperava ali. Mas, tal como uma criança dotada para a música anseia por ver uma orquestra de perto ou subir, uma vez na vida, ao cimo da igreja, até junto do órgão, também Grenouille ansiava por ver uma perfumaria por dentro e, quando ouvira dizer que havia uma encomenda de couro para entregar a Baldini, encarregara-se de que fosse ele a incumbir-se do recado.

E, agora, ali estava na loja de Baldini, no sítio de Paris onde se encontrava reunida a maior quantidade de perfumes de marca no mínimo de espaço possível. Não distinguia grande coisa à luz trémula da vela; divisou apenas a sombra do balcão com a balança, as duas garças-reais por cima do repuxo, um sofá para os clientes, as prateleiras escuras ao longo das paredes, o reflexo fugidio de utensílios de cobre e etiquetas brancas em frascos e cadinhos; e não cheirava, aliás, nada que já não tivesse cheirado na rua. Sentiu, no entanto, imediatamente, a gravidade que reinava neste local, quase poderia dizer-se a gravidade sagrada, caso a palavra «sagrada» tivesse o menor significado para Grenouille; ele sentia a fria gravidade, o realismo artesanal, o sóbrio sentido do negócio que estavam ligados a cada móvel, a cada instrumento, aos pequenos tonéis, às garrafas e aos frascos. E ao avançar atrás de Baldini, na sombra de Baldini, dado que este não se dava ao trabalho de o iluminar, veio-lhe à ideia que o seu lugar era aqui e em mais nenhum sítio, que iria ficar aqui e daqui revolucionaria o mundo.

Este pensamento revestia-se, obviamente, de uma imodéstia roçando o grotesco. Nada havia, absolutamente nada de nada, que pudesse autorizar um pequeno vagabundo, um empregado subalterno de uma oficina de curtumes, de origem mais que duvidosa, sem conhecimentos, nem padrinhos, nem o mínimo estatuto corporativo, a esperar pôr o pé na loja de perfumes mais famosa de Paris; tanto mais que, como sabemos, o encerramento deste negócio era um facto quase consumado. Contudo, também não se tratava de uma esperança: o pensamento imodesto de Grenouille expressava uma certeza. Sabia que quando deixasse esta loja seria para ir buscar as suas coisas a casa de Grimal e nada mais. A carraça farejara o cheiro a sangue. Durante anos seguidos, mantivera-se imóvel, fechada sobre si própria e à espera. Agora, deixava-se cair, para a vida e para a morte, sem nada que se assemelhasse à esperança. Era esse o motivo que o levava a ter tanta certeza.

Tinham atravessado a loja. Baldini abriu a divisão das traseiras que dava para o rio e servia em parte de depósito e em parte de oficina e laboratório: era onde se coziam os sabonetes e se preparavam as pomadas, onde se misturavam as águas de cheiro em garrafas bojudas.

— Ali! Coloca-as ali! — dirigiu-se Baldini ao rapaz, indicando-lhe uma grande mesa diante da janela.

Grenouille saiu da sombra de Baldini; estendeu as peles em cima da mesa, após o que recuou lestamente e se colocou entre Baldini e a porta. Baldini permaneceu um momento sem se mexer. Segurava a vela um pouco de lado, a fim de não deixar cair cera em cima da mesa e passou as costas da mão pela superfície lisa do couro. Em seguida, virou a primeira pele e passou a mão pelo interior, que se assemelhava a veludo, simultaneamente áspero e macio. Este cabedal era de uma excelente qualidade. Feito expressamente para uma pasta de escritório. Quase não encolhera com a secagem e, caso fosse bem alisado com a dobradeira, voltaria a adquirir toda a suavidade. Foi algo que sentiu imediatamente ao apertá-lo entre o indicador e o polegar; poderia reter o perfume durante cinco ou dez anos; era um cabedal muito, muito bom. Talvez o aproveitasse para fazer luvas, três pares para ele e três para a mulher, destinados à viagem para Messina.

Afastou a mão. A mesa de trabalho tinha um aspecto quase comovedor: a forma como tudo estava colocado! A tina em vidro para o banho de perfume, a placa em vidro para a secagem, os cadinhos para a mistura das essências, o almofariz e a espátula, a pinça, a dobradeira e as tesouras. Era como se todas estas coisas apenas estivessem a dormir porque a noite caíra e fossem retomar a sua vida no dia seguinte. Talvez devesse levar esta mesa para Messina? E uma parte dos instrumentos, apenas os mais importantes?... Ficava-se optimamente instalado e trabalhava-se bem nesta mesa. O tampo era de tábuas em madeira de carvalho e a armação também; e todo o conjunto estava tão perfeitamente seguro que nada tremia nem balouçava nesta mesa que, além do mais, não temia o ácido, um óleo, ou um golpe de faca... custaria, no entanto, uma fortuna levá-la consigo para Messina! Mesmo por barco! E era essa a razão por que esta mesa seria vendida, no dia seguinte, como aliás tudo o que havia por cima, por baixo e ao lado dela! Pois ele, Baldini, tinha sem dúvida um temperamento sentimental mas igualmente fibra e por mais que lhe custasse, levaria a cabo a sua decisão: abandonaria tudo isto de lágrimas nos olhos, mas fá-lo-ia apesar de tudo, pois sabia que era esta a decisão certa. Tinha recebido um sinal divino.

Virou-se para sair. E entre ele e a porta encontrava-se este rapazinho encurvado que quase havia esquecido.

— É bom — declarou Baldini. — Quero que digas ao teu mestre que o cabedal é bom. Passarei um destes dias pela oficina, para regularizar as contas.

— De acordo — replicou Grenouille sem se mexer, continuando a obstruir o caminho a Baldini, que se dispunha a sair da oficina.

Baldini deteve-se um pouco surpreendido, mas sem suspeitar de nada e tomando a atitude do rapazinho como sinal de timidez e não de astúcia.

— O que se passa? — questionou. — Tens mais algum recado a dar-me? Então? Fala!

Grenouille mantinha-se encolhido e fixava Baldini com um olhar que, aparentemente, traduzia ansiedade mas era, na verdade, resultante de uma tensão de fera pronta a atacar a presa.

— Quero trabalhar na sua loja, mestre Baldini. Quero trabalhar consigo, no seu negócio.

Estas palavras não foram pronunciadas num tom suplicante mas reivindicativo e, a bem dizer, não propriamente pronunciadas mas antes sibiladas, como saídas da boca de um réptil. E Baldini voltou a considerar a enorme segurança de Grenouille como o acanhamento de um rapazinho.

— Tu és aprendiz de um fabricante de curtumes, meu filho — replicou, fitando-o e esboçando um sorriso afável. — Não preciso de um aprendiz.

— Deseja perfumar estas peles de cabra, mestre Baldini? Quer tornar cheirosas estas peles que lhe trouxe, não é verdade? — sibilou Grenouille, como se não tivesse escutado a resposta de Baldini.

— De facto — confirmou Baldini.

— Quer que elas cheirem ao *Amor e Psique* de Pélissier? — acrescentou Grenouille, encolhendo-se ainda mais.

Nesse instante Baldini sentiu que um ligeiro estremecimento lhe percorria o corpo. Não porque se interrogasse como é que o rapazinho podia estar tão a par da realidade, mas simplesmente ao escutar o nome deste perfume detestado e cuja descodificação havia falhado nesse dia.

— Onde foste buscar essa ideia absurda de que me utilizaria do perfume de um outro para...

— Cheira a esse perfume! — interrompeu-o Grenouille no mesmo tom sibilante. — Tem-no na testa e no bolso direito da sua casaca tem um lenço impregnado dele. Não é nada bom esse *Amor e Psique*. É um mau perfume. Contém demasiada bergamota e demasiado rosmaninho e falta-lhe óleo de rosas.

— Ora bem! — exclamou Baldini, que fora completamente apanhado de surpresa pela viragem técnica que a conversa assumia. — E que mais?

— Flor de laranjeira, lima, cravo, almíscar, jasmim, álcool e qualquer outra coisa cujo nome desconheço. Isso que está aí nesse frasco — rematou, apontando com o dedo para um canto mergulhado na escuridão.

Baldini ergueu a chama da vela na direcção indicada, seguindo com o olhar o indicador do rapaz e iluminou uma garrafa da prateleira que estava cheia de um bálsamo castanho-dourado.

— Estoraque? — inquiriu.

— Sim. É o que está lá dentro. Estoraque — repetiu Grenouille com um aceno de cabeça afirmativo, dobrando-se em seguida sobre si próprio como que tomado de uma convulsão e murmurando a palavra apenas para si pelo menos uma dúzia de vezes...

— Estoraque, estoraque, estoraque...

Baldini iluminou com a vela aquele abortozinho que coaxava[1] «estoraque» no seu canto. «Ou é possuído pelo Diabo, ou é um trapaceiro, ou um ser excepcionalmente dotado», pensou. Na realidade, era muito possível que, bem doseados, os elementos indicados

---

[1] *Grenouille* significa «rã». *(NR)*

pudessem constituir o *Amor e Psique*; era mesmo muito provável. Óleo de rosa, cravo e estoraque: eram estas três componentes que ele havia tão desesperadamente procurado nessa tarde; juntamente com elas, os restantes elementos da composição (que ele também achava ter detectado) uniam-se como fatias de um bonito bolo redondo. A questão residia em saber as doses exactas em que se tornava necessário combiná-las. E para o descobrir, Baldini necessitaria de dias inteiros de experiências, uma tarefa insuportável, quase pior do que a simples identificação dos elementos, na medida em que seria preciso medir, pesar, anotar e, em simultâneo, ter o máximo de atenção, dado que o menor descuido — um estremecer da pipeta, um erro de contagem das gotas — podia estragar tudo. E cada experiência frustrada ficava extraordinariamente dispendiosa. Cada mistura errada custava uma pequena fortuna... Iria colocar este jovenzinho à prova, iria pedir-lhe a fórmula exacta do *Amor e Psique*. Se ele a soubesse, com exactidão de gramas e gotas, tratava-se, sem dúvida, de um trapaceiro que arranjara maneira de extorquir por qualquer processo a receita de Pélissier, a fim de conseguir emprego na loja de Baldini. Se conseguisse, no entanto, descobri-la aproximadamente, era um génio olfactivo e como tal despertava o interesse profissional de Baldini. Não que fosse sua intenção voltar atrás quanto à decisão de abandonar o negócio! Não era o perfume de Pélissier em si o que naquele momento estava em causa. Mesmo que este rapazinho lho fornecesse aos litros, não passava pela cabeça de Baldini utilizá-lo para perfumar a pasta de secretária de Verhamont, mas... Mas não se fora uma vida inteira perfumista, não se ocupara uma vida inteira a criar perfumes, para no espaço de uma hora se perder a paixão profissional! Agora, interessava-lhe descobrir a fórmula daquele maldito perfume e mais ainda explorar o talento do inquietante rapazinho, que havia sido capaz de ler um perfume na sua testa. Queria saber o que se ocultava por detrás de tudo aquilo. Agia por mera curiosidade.

— Tens, segundo parece, um nariz apurado, rapazinho — observou Baldini quando, finalmente, Grenouille deixou de coaxar.

Recuou alguns passos no *atelier* e pousou cuidadosamente o candelabro na mesa de trabalho.

— Um nariz sem dúvida apurado — repetiu. — Mas...

— Tenho o melhor nariz de Paris, mestre Baldini — interrompeu-o Grenouille no seu tom de voz agudo. — Conheço todos os odores do mundo, todos os que existem em Paris, todos, havendo simplesmente alguns cujo nome desconheço. Posso, no entanto, aprender os nomes; todos os odores que têm nome. Não são muitos. Apenas uns milhares. Aprenderei todos e jamais esquecerei o nome deste bálsamo, estoraque. Este bálsamo chama-se estoraque, este bálsamo chama-se estoraque, chama-se estoraque...

— Cala-te! — ordenou Baldini. — Não me interrompas quando falo! És impertinente e pretensioso. Ninguém neste mundo conhece mil odores pelo nome. Eu próprio não conheço mil pelos nomes, mas apenas umas centenas, porque no nosso ofício só existem algumas centenas; tudo o mais não cheira, mas fede!

Grenouille, que quase desmaiara durante a sua interrupção eruptiva e que no seu entusiasmo fora ao ponto de, por instantes, descrever círculos com os braços, a fim de indicar «tudo, tudo» o que conhecia, encolheu-se de imediato ante a réplica de Baldini, como um pequeno sapo negro e manteve-se cautelosamente na ombreira, sem se mexer.

— Há muito que sei, obviamente, que *Amor e Psique* se compõe de estoraque, óleo de rosa e cravo e também de bergamota, extracto de rosmaninho, etc... — prosseguiu Baldini, retomando a palavra. — Para o descobrir é necessário, volto a frisar, um nariz bastante apurado e é bem possível que Deus te tenha concedido um nariz apurado como a muitas, muitas outras pessoas, em especial da tua idade. No entanto, o perfumista — e, ao pronunciar a palavra, Baldini ergueu o indicador e inchou o peito — ... o perfumista precisa de algo mais do que um nariz bastante apurado. Precisa de um órgão olfactivo tornado infalível por dezenas de anos de formação e que lhe permite não só detectar de imediato os odores mais complexos, a sua natureza e dosagem, mas também criar misturas de odores novos e desconhecidos. Não está em causa *ter* um tal nariz — e, nessa altura, Baldini tocou no seu com o dedo — rapazinho! Um tal nariz adquire-se à força de trabalho e de perseverança. A menos, talvez, que fosses capaz de me fornecer, a pedido, a fórmula exacta de *Amor e Psique*? Que me dizes? Serias capaz?

Grenouille manteve-se silencioso.

— Serias, talvez, capaz de ma fornecer aproximadamente? — desafiou Baldini, inclinando-se um pouco para distinguir melhor o sapo acocorado na ombreira. — Em linhas gerais? Aproximadamente? Então? Responde, tu que és o melhor nariz de Paris!

Grenouille conservou-se, no entanto, mudo e quedo.

— Estás a ver? — ripostou Baldini endireitando-se e ao mesmo tempo satisfeito e desiludido. — Não podes. Claro que não. Como poderias, aliás? És como alguém que, ao comer um caldo, sabe se ele contém cerefólio ou salsa. Bom. Já não é mau. Contudo, estás mesmo assim longe de ser um cozinheiro. Em todas as artes e também em cada ofício, pensa bem nisto antes de te ires embora, o talento quase nada vale. A experiência é tudo e esta consegue-se à força de modéstia e de trabalho.

Voltou a pegar no candelabro que tinha pousado em cima da mesa quando a voz aguda de Grenouille lhe chegou com o mesmo tom sibilino.

— Ignoro o que é uma fórmula, mestre! — confessou. — Sei tudo, menos isso!

— Uma fórmula é o alfa e o ómega de todos os perfumes — replicou Baldini severamente, na medida em que agora desejava colocar ponto final na conversa. — É a indicação minuciosa da dosagem exacta a aplicar para a mistura dos diversos ingredientes, para se obter o perfume desejado e que não se assemelha a qualquer outro; é isto a fórmula. É a receita, se preferes essa palavra.

— Fórmula, fórmula — coaxou Grenouille, endireitando-se um pouco na ombreira da porta. — Não preciso de fórmula. Tenho a receita no nariz. Quer que lhe faça a mistura, mestre, quer que lhe faça a mistura, quer?

— Como assim? — quase gritou Baldini, aproximando a luz do rosto deste gnomo. — Fazer a mistura como?

— Mas estão todos ali — ripostou Grenouille, desta vez sem se encolher e estendendo o dedo no meio do escuro. — Os odores de que precisamos estão todos nesta divisão. O óleo de rosas está ali! A flor de laranjeira está também ali! O rosmaninho também!

— Claro que estão ali! — uivou Baldini. — Estão todos ali! Contudo, sou eu que te digo, cabeça de asno, que isso de nada serve, quando não se tem a fórmula!

— ... O jasmim, ali! A aguardente, ali! A bergamota, ali! O estoraque, ali! — coaxava Grenouille sem parar, indicando a cada nome um qualquer local da divisão, onde fazia tanto escuro, que mal se distinguiam as sombras das prateleiras com as garrafas.

— Aposto que também vês no escuro, não? — ripostou Baldini maldosamente. — Não só tens o nariz mais apurado de Paris, como também o olhar mais penetrante, não? Ora bem. Se tens igualmente bom ouvido, escuta o que te vou dizer: és um patifezinho. Não me restam dúvidas de que colheste qualquer informação na loja de Pélissier à força de o espiar, hein? E acreditas que vais conseguir enrolar-me?

Grenouille, que continuava junto à porta, endireitara-se agora em toda a sua estatura, com as pernas ligeiramente abertas e mantinha os braços também um pouco abertos, embora se assemelhasse a uma aranha negra, pegada à ombreira e moldura da porta.

— Dê-me dez minutos — declarou com um ar bastante despreocupado — e faço-lhe esse perfume *Amor e Psique*. Aqui e imediatamente nesta sala. Dê-me dez minutos, mestre!

— E achas que te vou deixar brincar no meu *atelier*? Com essências que valem uma fortuna? A ti?

— Sim — redarguiu Grenouille.

— Bah! — Exclamou Baldini, deixando sair todo o fôlego de uma só vez. Em seguida, respirou fundo, fixou demoradamente a aranha em questão e reflectiu. «No fundo, pouca importância tem!», pensou. «De qualquer maneira, amanhã tudo terá acabado! Sei, evidentemente, que ele não pode fazer aquilo de que se diz capaz, senão seria ainda mais notável que o grande Frangipani. Por que não deixar que ele me demonstre diante dos olhos o que já sei *de visu*? Caso contrário, talvez que um dia, em Messina — por vezes, ao envelhecer, tornamo-nos bizarros e agarramo-nos aos mais estranhos pensamentos — a ideia de poder ter deixado escapar um génio olfactivo, um ser iluminado pela graça divina, um menino-prodígio... É completamente impossível. Segundo o que me dita a razão, é impossível. Contudo, está provado que os milagres existem. E se no dia em que morrer, em Messina, me ocorrer no leito de morte que, numa certa noite, em Paris, fechei os olhos ante um milagre?... Não seria muito agradável, Baldini! Que este imbecil estrague, pois, algumas gotas de almíscar e de óleo de rosas! Tu próprio as terias estragado, caso o perfume de Pélissier ainda te interessasse realmente. E o que representam essas gotas, embora custem caro, muito caro!, proporcionalmente à certeza de saber e um fim de vida tranquilo?»

— Escuta-me bem! — ordenou com fingida severidade. — Escuta-me bem! Eu... Afinal, como te chamas?

— Grenouille. Jean-Baptiste Grenouille.

— Ah! — exclamou Baldini. — Óptimo. Agora, escuta-me bem, Jean-Baptiste Grenouille. Estive a reflectir. Quero que tenhas a oportunidade de provar o que afirmas, agora, imediatamente. Será para ti ao mesmo tempo uma oportunidade de aprenderes, através de um fracasso retumbante, a virtude da humildade que, embora se possa desculpar e compreender que se encontre pouco desenvolvida na tua idade, não é por tal uma condição dispensável na tua futura existência como membro da tua corporação e do teu Estado, como marido, como súbdito do rei, como ser humano e como bom cristão. Estou disposto a dar-te esta lição à minha custa, uma vez que por certas razões me encontro hoje propenso à generosidade. E, além disso, quem sabe? Talvez um dia a recordação deste momento sirva para me pôr de bom humor. Não comeces, porém, a imaginar que conseguirás enrolar-me! O nariz de Giuseppe Baldini é velho mas é subtil, suficientemente subtil para detectar imediatamente a mínima diferença entre este produto — e, dito isto, retirou do bolso o lenço impregnado de *Amor e Psique* e agitou-o sob o nariz de Grenouille — ... e a tua mistura. Aproxima-te, melhor nariz de Paris! Aproxima-te desta mesa e mostra-me do que és capaz! Mas vê lá se não derrubas nem partes nada! Não mexas em nada. Primeiro, vou oferecer-te uma melhor iluminação. Precisamos de bastante luz para esta pequena experiência, não é verdade?

Pegou em mais dois candelabros que estavam pousados na extremidade da mesa em carvalho e acendeu-os. Colocou os três, lado a lado, ao fundo da mesa, afastou as peles de cabra e desocupou o centro da mesa. Em seguida, com gestos simultaneamente rápidos e calmos, colocou sobre um pequeno móvel os instrumentos necessários à operação: a grande garrafa bojuda para a mistura, o funil de vidro, a pipeta, o pequeno e o grande copo graduado e arrumou-os cuidadosamente, diante dele, sobre o tampo da mesa.

Nesse espaço de tempo, Grenouille afastara-se da ombreira da porta. A tensão de animal em guarda, que lhe crispava o corpo, desaparecera por completo durante o pomposo discurso de Baldini. Limitara-se a escutar o acordo, o «sim», com a alegria de uma criança que obteve dificilmente a satisfação do seu desejo e que pouca importância atribui às restrições, condições e considerações moralistas, que acompanharam a permissão. Muito à vontade nas suas duas pernas e pela primeira vez mais parecido com um homem do que com um animal, deixou com a maior indiferença que o perfumista concluísse o seu ritual, consciente de ter à sua mercê o homem que se lhe havia submetido.

Enquanto Baldini se encontrava ainda a manipular os candelabros pousados na mesa, Grenouille já tinha deslizado até aos recantos sombrios do *atelier*, onde se localizavam as prateleiras a abarrotar de essências, óleos e extractos preciosos, delas seleccionando os frascos de que precisava, guiado pelo seu faro infalível. Eram nove ao todo: essência de flor de laranjeira, óleo de lima, óleos de cravo e de rosa, extractos de jasmim, de bergamota e de rosmaninho, tintura de almíscar e bálsamo de estoraque. Apressou-se a retirá-los das prateleiras e a dispô-los na beira da mesa. A terminar, arrastou até aos pés da mesa um garrafão com espírito de álcool altamente concentrado. Foi colocar-se depois atrás de Baldini que ainda continuava a dispor os instrumentos com uma minúcia pedante, deslocando ao de leve um recipiente aqui, outro mais adiante, a fim de que tudo se apresentasse segundo o bom e velho método tradicional e ressaltasse ante a luz dos candelabros. Esperou, trémulo de impaciência, que o velho saísse de onde estava e lhe desse lugar.

— Pronto! — concluiu finalmente Baldini, afastando-se para o lado. — Aqui tens, alinhado, tudo o que precisas para... chamemos-lhe amigavelmente a tua «experiência». Não quebres nada, nem desperdices uma só gota, porque mete bem na tua cabeça: estes líquidos que vou permitir-te que manipules durante cinco minutos, são tão dispendiosos e raros, que jamais na tua vida verás uma oportunidade de os teres entre mãos sob uma forma tão concentrada.

— Que quantidade quer que lhe prepare, mestre? — quis saber Grenouille.

— Quantidade de quê? — replicou Baldini, que ainda não concluíra o seu discurso.

— Quantidade de perfume — coaxou Grenouille. — Quanto deseja? Devo encher a garrafa grande até ao cimo?

E indicou-lhe com o dedo a garrafa de mistura onde cabiam à vontade três litros.

— Não! De maneira alguma! — gritou Baldini, aterrado.

O grito fora resultante do medo, espontâneo e ao mesmo tempo enraizado, de ver os seus bens desperdiçados.

— Além de que te ficaria reconhecido, se não voltasses a cortar-me a palavra — apressou-se a acrescentar no mesmo tom, como se tivesse vergonha de se ver desmascarado. — E o que iríamos fazer de um perfume que nenhum de nós aprecia? — prosseguiu num tom mais calmo e com uma certa ironia. — No fundo, bastava meio copo graduado. Como é, porém, difícil misturar com exactidão quantidades tão pequenas, vou permitir-te que enchas um terço da garrafa de mistura.

— Muito bem — concordou Grenouille. — Encherei um terço da garrafa com *Amor e Psique*. Vou, no entanto, fazê-lo à minha maneira, mestre Baldini. Ignoro se é a maneira em conformidade com os estatutos da corporação, porque essa desconheço-a, mas vou fazê-lo à minha maneira.

— À tua vontade! — concordou Baldini, sabendo que não existia esta ou aquela maneira de proceder à operação, mas uma única possível e judiciosa que consistia, após conhecida a fórmula, em fazer regras de três em função da quantidade a obter, misturar com exactidão as essências medidas e, em seguida, acrescentar álcool numa dose igualmente precisa que variava, regra geral, entre um para dez e um para vinte, para se chegar ao perfume definitivo. Era a única maneira e sabia que não havia outra. Este era o motivo porque o espectáculo ao qual iria assistir e que, aliás, seguiu com uma expressão irónica e distante, com inquietação e espanto e, para terminar, com uma surpresa maravilhada, apenas lhe podia parecer pura e simplesmente um milagre. E esta cena gravou-se de tal forma na sua memória, que jamais conseguiu esquecê-la até ao final dos seus dias.

15

Em primeiro lugar aquele pequeno ser chamado Grenouille desrolhou o garrafão com o espírito do álcool. Teve dificuldade em levantar do chão e içar o pesado recipiente. Necessitou erguê-lo quase até à altura da cabeça para chegar ao funil colocado na garrafa de mistura, onde derramou directamente o álcool, sem recorrer ao copo graduado. Baldini estremeceu ante uma demonstração de tão grande incompetência: aquele animal não só desprezava as leis da perfumaria, começando pelo solvente, como ainda por cima não possuía as capacidades físicas de execução! Esforçava-se tanto que tremia e Baldini esperava a todo o momento ver o pesado garrafão estilhaçar-se na mesa e destruir tudo. «As velas», pensou. «As velas, Deus do céu! Vai dar-se uma explosão e toda a casa arderá!...» E ia precipitar-se para arrancar o garrafão àquele louco, quando o próprio Grenouille o endireitou, o colocou no chão sem incidente e o rolhou. O líquido leve e claro oscilava na garrafa de mistura — ele não derramara uma só gota. Grenouille deteve-se uns instantes para retomar fôlego e no rosto transparecia-lhe uma expressão satisfeita, como se já tivesse efectuado a parte mais delicada do trabalho. E, na realidade, o que se seguiu foi executado com tal rapidez que os olhos de Baldini não conseguiram acompanhar e muito menos detectar qualquer ordem ou desenvolvimento lógico no que se passava.

Segundo parecia, à sorte, Grenouille remexia na fila de frascos com as essências, retirava as tampas de vidro, cheirava o conteúdo durante um segundo, deitava um pouco de um no funil, acrescentava umas gotas de outro, metia um esguicho de um terceiro, etc... Pipeta, tubo de ensaio, copo graduado, colherinha e agitador, ou seja, todos os instrumentos que permitem ao perfumista controlar o complicado processo da mistura não foram usados uma só vez por Grenouille. Tudo aquilo parecia uma brincadeira, tal como a criança que faz uma mistela horrível de água, erva e lama e, em seguida, afirma ter preparado uma sopa. «Sim. Como uma criança», pensou Baldini. Ele dir-se-ia, aliás, uma criança, apesar das mãos calejadas, do rosto cheio de cicatrizes e marcas e do nariz achatado como o de um velho. «Tive a impressão de que era mais velho e, agora, parece-me mais novo; parece-me ter uns três ou quatro anos; como estas pequenas amostras de gente, inabordáveis, incompreensíveis e obstinadas que, supostamente inocentes, só pensam nelas próprias, pretendem submeter tudo neste mundo ao seu despotismo e, na realidade, triunfariam, caso se cedesse à sua loucura e não fossem a pouco e pouco disciplinadas, segundo as mais rigorosas medidas educacionais para as conduzir à existência controlada dos seres humanos que se prezam.» Havia uma criancinha fanática neste rapaz que se conservava em pé, diante da mesa, com os olhos brilhantes, esquecido de tudo o que o rodeava, ignorando visivelmente que havia algo mais neste *atelier* do que ele e os frascos que erguia até ao funil com uma estúpida precipitação, a fim de fabricar uma mistura aberrante e, em seguida, garantir (ainda por cima, acreditando!) que se tratava do delicado perfume *Amor e Psique*. Baldini sentia arrepios ante o espectáculo daquele ser que, à luz das velas, se movimentava com uma tão temível segurança e uma tão horrível incompetência. «Seres idênticos», pensou (e durante um momento voltou a sentir-se tão triste, infeliz e furioso como de tarde, quando contemplara a cidade avermelhada pelo pôr do Sol), «não teriam podido existir outrora; ele é um exemplar totalmente novo da espécie à qual apenas foi permitido ver o dia nesta época doentia e imoral...» Contudo, este rapazinho presunçoso iria receber uma lição! No final desta ridícula cena, Baldini passar-lhe-ia um responso que o faria ir-se embora de cabeça baixa e no estado de nulidade em que ali chegara. Ralé! Na verdade, actualmente, não podia confiar-se em ninguém, pois o mundo transbordava de gentalha!

Baldini estava a tal ponto ocupado pela sua indignação pessoal e o repúdio dos seus tempos, que não se deu conta do que podia significar quando Grenouille voltou subitamente a tapar todos os frascos, retirou o funil da garrafa de mistura e, agarrando-a com uma das mãos pelo gargalo e tapando-a com a palma da mão esquerda estendida a sacudiu energicamente. A garrafa executara várias piruetas no ar e o seu precioso conteúdo já fora atirado, várias vezes, como limonada do fundo ao gargalo e do gargalo ao fundo, quando Baldini se expressou num misto de raiva e terror.

— Alto! — ordenou com voz rouca. — Basta! Pára imediatamente! Pousa essa garrafa em cima da mesa e não toques em mais nada. Em mais nada, compreendeste? Em mais nada! Eu devia estar louco para ter dado ouvidos às tuas imbecilidades. A tua maneira de manipular as coisas, a tua grosseira, a tua tremenda incompetência, mostram bem que não passas de um sapateiro remendão, de um bárbaro e de um aldrabão e, sobretudo, de um rapazote insolente e miserável. Nem sequer serves para preparador de limonada, nem para o mais humilde dos vendedores de alcaçuz, para nem falar da perfumaria! Considera-te feliz, mostra-te reconhecido e satisfeito se o teu mestre quiser que continues a chafurdar no curtume! Não te arrisques nem mais uma vez na tua vida, ouves-me bem, a passar a ombreira da porta de uma perfumaria!

Assim falava Baldini. Enquanto falava, porém, já todo o espaço à sua volta estava saturado de *Amor e Psique*. Há uma força persuasiva no perfume que é mais convincente do que as palavras, do que a aparência visual, do que o sentimento e a vontade. A força persuasiva do perfume é irresistível, penetra dentro de nós como o ar nos pulmões, enche-nos de tal forma e tão completamente, que não existe nenhuma forma de defesa contra ela.

Grenouille tinha pousado a garrafa e retirado do gargalo a mão humedecida de perfume que limpara ao casaco. Os dois passos de recuo e o encolher desajeitado do corpo ante a descompostura de Baldini haviam deslocado a quantidade de ar suficiente para espalhar em redor o perfume acabado de nascer. Nada mais era necessário. Baldini continuava a fulminá-lo com o olhar, a gritar e a barafustar; o furor que o invadia ia diminuindo, no entanto, a cada paragem para tomar fôlego. Tinha a sensação de estar a ser refutado e este o motivo por que o final do seu discurso foi de uma veemência tão forte quanto oca. E depois de se haver calado e de se haver mantido silencioso um instante, deixara de lhe ser necessário escutar as palavras de Grenouille.

— Está feito — declarou ele.

Ele já o sabia?

No entanto, apesar de agora se sentir invadido por todos os lados por ondas de *Amor e Psique*, dirigiu-se à velha mesa de carvalho, a fim de proceder a uma experiência. Tirou um lencinho de renda, fresco e alvo de neve do bolso da casaca, do bolso esquerdo, desdobrou-o e nele derramou algumas gotas aspiradas da garrafa de mistura com a longa pipeta. Agitou o lenço, com o braço estendido, para o arejar e, em seguida, com um gesto gracioso que tão bem sabia executar, passou-o debaixo do nariz, aspirando o perfume. Ao mesmo tempo que o exalava a pouco e pouco, sentou-se num tamborete. O seu rosto, ainda há pouco escarlate ante o acesso de cólera, empalideceu subitamente.

— Inacreditável! — murmurava de si para si. — É inacreditável, Deus do Céu! — E levava continuamente o lenço ao nariz para cheirar, ao mesmo tempo que abanava a cabeça e continuava a sussurrar: «Inacreditável». Tratava-se, indubitavelmente, de *Amor e Psique*, a mistura genial e detestável, copiada com uma tal precisão, que o próprio Pélissier não o teria diferençado do seu produto. — Inacreditável...

O grande Baldini estava agora encolhido e pálido, sentado no tamborete e tinha um ar ridículo com o lencinho na mão, que continuava a comprimir sob o nariz como uma solteirona constipada. Agora, estava mesmo completamente estupidificado. Deixara de sussurrar «Inacreditável» e contentava-se com um ligeiro e ininterrupto abanar de cabeça e a fixar o conteúdo da garrafa, emitindo um monótono: «Uhm... uh... uhm... uh... uhm»

Decorrido um momento, Grenouille aproximou-se da mesa, assemelhando-se a uma sombra.

— Não é um bom perfume — declarou. — Este perfume tem uma má composição.

— Uhm... uhm... uhm... — continuava Baldini, sem deixar de abanar a cabeça.

— Se me permite, mestre, vou melhorá-lo. Dê-me um minuto e faço-lhe um perfume perfeito.

Baldini prosseguiu com os seus «Uhm... uhm... uhm...» o que não significava que aprovasse. Estava, porém, num tal estado de perturbação e apatia que teria respondido com esta mesma exclamação ao que quer que lhe dissessem. Continuou, aliás, a murmurar «Uhm... uhm... uhm...» e não fez qualquer menção de intervir quando Grenouille começou, aparentemente à sorte e sem atender às quantidades, a misturar e a derramar, pela segunda vez, o espírito do álcool do garrafão para a garrafa de mistura, aumentando assim o perfume que ali se encontrava. Só no final da operação — desta vez Grenouille não abanou a garrafa, mas agitou-a suavemente, como se fosse um balão de conhaque, talvez em atenção à sensibilidade de Baldini, talvez porque desta vez achasse o conteúdo mais precioso — e quando o líquido já rodopiava pronto na garrafa, é que Baldini acordou do seu estupor e se levantou, mas continuando a apertar o lenço de encontro ao nariz, como se pretendesse defender-se contra uma nova agressão.

— Está pronto, mestre — declarou Grenouille. — Agora é um perfume óptimo.

— Sim, sim. É bom — concordou Baldini com um gesto vago da sua mão livre.

— Não quer fazer um teste? — coaxou Grenouille. — Não quer fazer um teste, mestre?

— Mais tarde. De momento, não me sinto disposto a um teste... Tenho outras preocupações na cabeça. Agora, vai-te embora. Desaparece!

E pegou num dos candelabros, dirigiu-se à porta e entrou na loja. Grenouille seguiu-o. Chegaram ao estreito corredor que levava à entrada de serviço. O velho avançou num passo arrastado até à porta, correu o ferrolho e abriu. Afastou-se para dar passagem ao rapaz.

— E, agora, já posso trabalhar na sua loja, mestre? Posso? — inquiriu Grenouille, que já se encontrava na ombreira, de novo encolhido e outra vez com um olhar de fera atenta.

— Não sei — respondeu Baldini. — Vou pensar. Desaparece.

E Grenouille, nesse momento, desaparecera, engolido pela obscuridade. Baldini manteve-se imóvel, de olhos perdidos na noite. Na mão direita segurava o candelabro e na esquerda o lenço, como alguém que deita sangue do nariz; na realidade, era apenas medo o que sentia. Apressou-se a aferrolhar a porta. Em seguida, afastou o lenço que lhe escondia o rosto, meteu-o no bolso e atravessou a loja na direcção do *atelier*.

O perfume era tão divinamente bom que as lágrimas chegaram de imediato aos olhos de Baldini. Não precisava de fazer qualquer teste; limitou-se a ficar em pé, diante da mesa de trabalho, onde se encontrava a garrafa de mistura e aspirou. O perfume era magnífico. Comparado com *Amor e Psique* assemelhava-se à diferença entre uma sinfonia e o arranhar de um violino desafinado. Baldini fechou os olhos e sentiu-se invadido pelas mais sublimes recordações. Viu-se, ainda novo, a atravessar, de noite, os jardins de Nápoles; viu-se nos braços de uma mulher de caracóis negros e divisou os contornos de um ramo de rosas no parapeito de uma janela, acariciado pela brisa nocturna; escutou o canto prolongado das aves e a música longínqua de uma taberna do porto; escutou um murmúrio ao ouvido, escutou um «amo-te» e sentiu como nesse mesmo instante que a pele se lhe arrepiava! Abriu bruscamente os olhos e soltou um enorme suspiro de prazer. Aquele perfume não se assemelhava a nenhum até então existente. Não era um perfume destinado a fazer com que se cheirasse melhor, nem uma qualquer água-de-colónia. Era algo de inteiramente novo, capaz de criar por si todo um universo, um universo maravilhoso e luxuriante e logo se esquecia o que o mundo à volta possuía de repugnante. Uma pessoa sentia-se rica, livre e boa...

Baldini deixou de sentir os pêlos do braço arrepiados e foi invadido por uma enorme serenidade. Pegou nas peles, nas peles de cabra que estavam pousadas na beira da mesa e, agarrando numa faca, começou a cortá-las. Em seguida, colocou os pedaços na tina de vidro e derramou em cima o novo perfume. Tapou novamente a tina com uma placa de vidro e recolheu o resto do perfume em dois frascos, onde colocou etiquetas com os dizeres: *Noite Napolitana*. Depois, apagou a luz e saiu.

No andar superior e durante o jantar não trocou impressões com a mulher. Não lhe falou, sobretudo, da solene decisão que havia tomado nessa tarde. A mulher também se conservou em silêncio, dado ter-se apercebido que ele estava de bom humor, o que muito a satisfazia. Baldini renunciou igualmente a dirigir-se a Notre-Dame para agradecer a Deus a sua firmeza de carácter. E, nesse dia e pela primeira vez na vida, esqueceu-se mesmo de pronunciar a sua oração nocturna.

16

No dia seguinte de manhã foi direito à oficina de Grimal. Pagou antes do mais as peles de cabra, ao preço pedido, sem regatear nem protestar. Convidou seguidamente Grimal a esvaziar uma garrafa de vinho branco na Tour d'Argent e negociou a contratação do aprendiz Grenouille. Escusado será dizer que não pronunciou uma palavra sobre o motivo por que o queria nem a utilização que dele pensava fazer. Inventou uma patranha, referindo-se a uma grande encomenda de couros perfumados para cuja execução necessitava de um ajudante. Precisava de um rapazinho modesto que lhe fizesse pequenos recados, lhe cortasse o couro, etc. Encomendou uma segunda garrafa e ofereceu vinte libras para recompensar Grimal do prejuízo que lhe causaria a perda de Grenouille. Vinte libras eram uma enorme quantia de dinheiro. Grimal acedeu imediatamente. Dirigiram-se à oficina de curtumes onde — facto curioso — Grenouille aguardava com a trouxa pronta. Baldini pagou as vinte libras e levou-o de imediato, consciente de ter feito o melhor negócio da sua vida.

Grimal que, por seu lado, estava igualmente convencido de ter feito o melhor negócio da sua vida, regressou à Tour d'Argent e bebeu mais duas garrafas de vinho; em seguida, por volta do meio-dia, arrastou-se até ao Lion d'Or na outra margem e ali se embebedou de tal maneira que, quando a noite ia adiantada e ao pretender regressar mais uma vez à Tour d'Argent, confundiu a Rua Geoffroy-l'Anier com a Rua des Nonaindières. Assim, em vez de desembocar na Ponte Marie, como pretendia, foi parar fatidicamente aos Cais des Ormes, de onde tombou de cabeça para baixo na água como se o fizesse numa cama macia. Teve morte imediata. Contudo, decorreu algum tempo antes que o rio o levasse do lugar pouco profundo onde caíra e o arrastasse, ao longo das barcaças amarradas ao cais, até à maré-cheia e foi só ao alvorecer que o curtidor Grimal, ou melhor, o seu cadáver quase desfeito, seguiu a rota rio acima, na direcção oeste.

À mesma hora em que passou a Ponte au Change, sem fazer barulho nem bater no pilar, Jean-Baptiste Grenouille estava precisamente a meter-se na cama, vinte metros por cima dele. No canto mais recuado do *atelier* de Baldini tinham-lhe dado uma tarimba que ele se preparava para ocupar, ao mesmo tempo que o seu antigo patrão descia o frio Sena, de braços e pernas abertos. Enrolou-se voluptuosamente em forma de bola e fez-se tão pequeno como a carraça. Quando o sono começou a invadi-lo, mergulhou ainda mais profundamente em si próprio e procedeu a uma entrada triunfal na sua cidadela interior, onde, devido à sua vitória, se dedicou a celebrar em sonho uma festa olfactiva, uma gigantesca orgia de fumo de incenso e vapores de mirra, em honra de si próprio.

17

A aquisição de Grenouille marcou o começo da ascensão da casa de Giuseppe Baldini rumo a uma fama nacional e mesmo europeia. O carrilhão persa jamais se manteve silencioso e as garças-reais não cessavam de fazer funcionar o repuxo da loja da Ponte au Change.

Logo na primeira noite, Grenouille preparou um garrafão enorme de *Noite Napolitana* do qual, no dia seguinte, se venderam mais de noventa frascos. A reputação do perfume espalhou-se com uma velocidade fulgurante. Chénier tinha os olhos a arder de tanto contar dinheiro e, igualmente, dores nas costas provocadas por todas as vénias que se via obrigado a executar, na medida em que se assistia ao desfile de altas e altíssimas personalidades ou, pelo menos, de servidores de altas e altíssimas personalidades. E houve mesmo um dia em que a porta se abriu com estrondo para dar passagem ao lacaio do conde de Argenson, gritando como só os lacaios sabem gritar que pretendia cinco frascos do novo perfume e, um quarto de hora depois, Chénier ainda continuava a tremer de respeito, dado que o conde de Argenson era intendente, ministro da Guerra e o homem mais poderoso de Paris.

Enquanto, na loja, Chénier se via obrigado a enfrentar sozinho a invasão da clientela, Baldini tinha-se fechado no *atelier* com o seu novo aprendiz. Perante Chénier justificava esta atitude mediante uma teoria assombrosa que designava como «divisão do trabalho e racionalização». Explicava que, ao longo dos anos, assistira pacientemente ao desencaminhar da sua clientela pelos Pélissier e outros personagens que não respeitavam a corporação e punham o negócio pelas ruas da amargura. Agora, a sua paciência tinha-se esgotado. Aceitava o desafio e pagava na mesma moeda àqueles novatos insolentes e utilizando meios idênticos: em cada estação, em cada mês e, se preciso fosse, em cada semana, apresentava o trunfo de novos perfumes e que perfumes! Tencionava aproveitar às mãos cheias os seus recursos de criador. E para tal tornava-se necessário que, assistido meramente por um aprendiz sem formação, se dedicasse única e exclusivamente à produção de perfumes, enquanto Chénier apenas se ocuparia da sua venda. Com este método moderno iria escrever-se um novo capítulo na história da perfumaria, afastar-se a concorrência e enriquecer-se — sim, ele empregava deliberada e expressamente o «se», porque pensava conceder determinada percentagem desta imensa fortuna ao companheiro, que o servira durante tanto tempo e de uma forma tão leal.

Há uns dias atrás, Chénier teria considerado este discurso feito pelo seu mestre como os primeiros sintomas da demência senil. «Agora está a um passo da demência. Não demorará muito tempo a abandonar definitivamente o seu conta-gotas», teria pensado. De momento, não pensava o que quer que fosse. Não tinha tempo, dados os muitos afazeres. Estava sempre tão ocupado que, à noite, quase se sentia cansado de mais para esvaziar a caixa a transbordar e retirar a sua parte. Nunca lhe teria ocorrido duvidar de que algo ali não estava certo, sempre que via sair Baldini do *atelier* com um novo produto, quase diariamente.

E que produtos! Não só perfumes de uma grande, grande classe, mas igualmente cremes e pós, sabonetes, loções capilares, águas, óleos... Tudo a que devia estar ligado um aroma, possuía agora aromas novos, diferentes, mais maravilhosos que outrora. E o público precipitava-se como que enfeitiçado e sem atender ao preço, sobre tudo, mas absolutamente tudo o que saía da imaginação transbordante de Baldini, mesmo sobre as novas fitas perfumadas para atar os cabelos. Tudo o que Baldini produzia tornava-se um êxito. E o êxito era tão esmagador que Chénier o considerava um fenómeno da natureza e renunciou a investigar a sua origem. O facto, por exemplo, de o novo aprendiz, esse gnomo tão desajeitado que habitava no *atelier* como um cão e que algumas vezes se avistava, quando o mestre saía, lá ao fundo a enxugar os frascos ou a limpar o pó dos almofarizes, de este ser insignificante poder estar ligado ao desenvolvimento prodigioso do negócio, era algo em que Chénier nem sequer teria acreditado, se lho tivessem dito.

O gnomo estava, naturalmente, ligado a toda esta evolução. O que Baldini trazia do *atelier* para a loja e dava para venda a Chénier não passava de uma fracção do que Grenouille inventava à porta fechada. Baldini sentia dificuldades a nível dos odores. Por vezes, era para ele um verdadeiro suplício ter de escolher entre todas as maravilhas que Grenouille produzia. Este aprendiz de feiticeiro estava apto a aprovisionar de receitas todos os perfumistas de França, sem se repetir e sem que alguma vez lhes fornecesse qualquer coisa de medíocre ou apenas médio... ou mais exactamente, ele *não* poderia na verdade aprovisioná-los de receitas, quer dizer, de fórmulas, dado que inicialmente Grenouille compunha as suas receitas da maneira caótica e nada profissional que já era conhecida de Baldini; ou seja, misturando pouco mais ou menos os seus ingredientes segundo, aparentemente, a mais terrível desordem. A fim de poder, se não controlar pelo menos compreender aquelas sinuosas operações, Baldini exigiu, um dia, a Grenouille que, quando compusesse as suas misturas e mesmo sem achar necessário, se servisse da balança, do copo graduado e do conta-gotas; e que, além disso, se habituasse a não considerar o espírito do álcool como um ingrediente, mas como um solvente a acrescentar depois; e, finalmente, que por amor de Deus actuasse com a sábia lentidão digna de um artesão que se preza de o ser.

Grenouille obedeceu. E Baldini conseguiu, pela primeira vez, seguir e anotar cada um dos gestos do feiticeiro. Munido de uma pena e de papel, sentou-se ao lado de Grenouille e, exortando-o sem cessar a que não se apressasse, apontou quantos gramas deste ingrediente, quantas medidas de um outro e quantas gotas de um terceiro eram derramadas na garrafa de mistura. Através deste curioso processo que consistia em analisar posteriormente um êxito através dos meios sem cuja prévia utilização ele decerto não poderia ter ocorrido, Baldini conseguia apoderar-se da fórmula de síntese. A forma *como* Grenouille era capaz de os dispensar para preparar os seus perfumes, continuou a ser um enigma para Baldini ou, antes, um milagre; contudo, pelo menos, havia doravante reduzido o milagre a uma fórmula e tranquilizado, ao mesmo tempo, o seu espírito a transbordar de regras, evitando também que a sua filosofia da perfumaria se desmoronasse por completo.

Foi progressivamente arrancando a Grenouille as receitas de todos os perfumes que ele inventara até aí e, por fim, proibiu-lhe mesmo que criasse outros sem que ele, Baldini, estivesse presente e, munido de uma pena e de papel, observasse com olho de lince o desenrolar das operações e as anotasse ponto por ponto. Inscrevia, em seguida, todos os apontamentos, em breve elevados a dúzias de fórmulas, com um extraordinário cuidado e letra desenhada, em dois cadernos diferentes, guardando um no seu cofre-forte à prova de fogo e jamais abandonando o outro que, mesmo de noite, levava para a cama. Isso tranquilizava-o, na medida em que a partir dessa altura e se o quisesse estava em condições de repetir estes milagres de Grenouille que tão extraordinariamente o haviam perturbado ao testemunhá-los pela primeira vez. Julgava poder, por intermédio desta colecção de receitas escritas, controlar o terrível caos criativo que brotava a jorros do interior do seu aprendiz. E o facto de ter deixado de assistir de olhos arregalados ao acto da criação, mas nele participar com a sua observação e apontamentos, produzia um efeito calmante sobre Baldini e devolveu-lhe a autoconfiança. Decorrido algum tempo, imaginava mesmo desempenhar um papel significativo na obtenção daqueles perfumes sublimes. E, após tê-los passado aos cadernos, tê-los fechado no cofre e de os apertar de encontro ao peito, não lhe restava a mínima de que lhe pertenciam integralmente.

No entanto, também Grenouille retirou vantagens desta disciplina que Baldini lhe impôs. Dispensava-a, como é óbvio. Jamais necessitava de consultar uma antiga fórmula para reconstituir um perfume, passadas semanas ou meses: nunca esquecia os odores. Contudo, ao ser obrigado a servir-se de copos graduados e da balança, aprendeu desta forma a linguagem da perfumaria e sentia, por instinto, que aquela linguagem podia vir a ser-lhe útil. Ao cabo de umas escassas semanas, Grenouille não só conhecia na ponta da língua o nome de todos os elementos que se encontravam no *atelier* de Baldini, mas ele próprio era capaz de anotar as fórmulas dos seus perfumes e, por outro lado, traduzir em perfumes e outros produtos aromáticos as fórmulas e as receitas de outrem. E mais ainda! Após ter aprendido a expressar em gramas e em gotas as suas ideias de perfumes, passou a dispensar a fase intermédia da experiência! Se Baldini o incumbia de criar um novo aroma, quer se destinasse a um perfume para colocar nos lenços, para saquinhos de cheiro ou um cosmético, Grenouille não recorria aos frascos e pós; sentava-se muito simplesmente à mesa e escrevia a fórmula. Tinha aprendido a expressar, através de uma fórmula, o caminho percorrido, desde a sua idealização de perfume à realização concreta deste último. Aos seus olhos, tratava-se de um desvio. Contudo, aos olhos do mundo, ou seja, aos de Baldini, era um progresso. Os milagres de Grenouille mantiveram-se nessa qualidade. Contudo, as receitas mediante as quais os executava agora suprimiam-lhes o que possuíam de temível, o que era uma vantagem. À medida que Grenouille foi controlando melhor os processos e hábitos de um artesão, à medida que foi sabendo expressar-se normalmente, segundo a linguagem convencional da perfumaria, contribuiu para diminuir os temores e a desconfiança do seu mestre. Baldini, embora continuasse a considerá-lo dotado de um nariz excepcional, deixou de o olhar como um segundo Frangipani e ainda menos um sinistro bruxo. E Grenouille sentia-se contente. Os hábitos da corporação eram uma camuflagem, que lhe servia às mil maravilhas. Embalava Baldini, manifestando uma ortodoxia exemplar na forma como pesava os ingredientes, agitava a garrafa de mistura e humedecia o lencinho branco para experimentar os perfumes. Era quase capaz de imitar o seu mestre na suavidade que colocava ao agitá-lo, na elegância com que o passava por baixo do nariz. E, de vez em quando, com intervalos cuidadosamente pensados, cometia erros de maneira a que Baldini os detectasse: esquecia-se de filtrar, regulava mal a balança, inseria numa fórmula uma quantidade monstruosa de tintura de âmbar... e fazia-o de maneira a que Baldini lhe assinalasse o erro, a fim de o corrigir obedientemente. Conseguiu, assim, criar em Baldini a ilusão de que tudo isto era, no fim de contas, normal. Não pretendia ridicularizar o velho. Pretendia sinceramente aprender coisas por seu intermédio. Não a arte de misturar os perfumes, nem de detectar a sua composição, como é óbvio! Nesse domínio não existia ninguém no mundo capaz de lhe ensinar fosse o que fosse e os ingredientes existentes na loja de Baldini não teriam aliás, nem de longe, chegado para abarcar a ideia do que ele considerava um perfume realmente importante. Ao trabalhar com Baldini, apenas podia executar brincadeiras de criança comparativamente aos odores que em si transportava e que pensava vir um dia a concretizar. Para o fazer sabia, no entanto, que lhe eram indispensáveis duas condições. Uma residia na capa de uma existência de cidadão e, pelo menos, no estatuto de artesão ao abrigo do qual poderia entregar-se às suas verdadeiras paixões e prosseguir, tranquilamente, os seus reais objectivos. A outra, era o conhecimento dos processos artesanais, que permitiam fabricar as substâncias aromáticas, isolá-las, concentrá-las, conservá-las e preparar-se assim para o seu uso mais nobre. Grenouille possuía, na verdade, o melhor nariz do mundo, tanto a nível de análise como de perspectiva criadora, mas ainda não possuía a capacidade de se apoderar concretamente dos odores.

18

E deixou-se iniciar, com a mesma docilidade, na arte de cozer sabonetes à base de gordura de porco, coser luvas de pele de camurça e triturar pós à base de fermento, casca de amêndoa e raiz de violeta moída. Dava forma a velas aromáticas feitas de carvão de madeira, salitre e serradura de sândalo. Prensava pastilhas orientais com mirra, benjoim e pó de âmbar amarelo. Amassava o incenso, a laca, o vetiver e a canela para fazer bolas de queimar. A fim de obter o *Pó Imperial*, peneirava e separava as pétalas de rosa esmagadas, flores de alfazema, casca de cascarrilha. Mexia cosméticos brancos e de um azul ténue e moldava lápis cinzentos para os olhos e vermelhos-vivos para os lábios. Amassava finíssimos pós para as unhas e pó para os dentes com sabor a mentol. Misturava líquidos para frisar as perucas ou para eliminar as verrugas, loções contra as sardas e extracto de beladona para os olhos, pomada de cantáridas para os cavalheiros e vinagre higiénico para as senhoras... O processo de fabricar as mínimas loções e pós, todos os pequenos produtos de *toilette* e de beleza e igualmente as misturas de chás, especiarias, licores, vinha-d'alhos e outras coisas no género, em resumo, tudo o que Baldini tinha a ensinar-lhe devido ao seu vasto saber tradicional, Grenouille aprendia, a bem dizer sem muito interesse, mas sem uma queixa e com pleno êxito.

Mostrava-se, em compensação, particularmente atento e zeloso quando Baldini lhe ensinava a preparação das tinturas, dos extractos e das essências. Era infatigável quando se tratava de esmagar caroços de amêndoa amarga no lagar, pisar grãos de almíscar no almofariz, picar nódulos gordurosos de âmbar-cinzento ou raspar raízes de violeta para, em seguida, macerar os fragmentos no mais puro álcool. Aprendeu a servir-se do funil duplo que, a partir de cascas de limões verdes esmagadas, permitia separar o óleo puro dos restos turvos. Aprendeu a secar as plantas e as flores em redes de arame, ao calor e à sombra, e a conservar a folhagem seca em vasos e cofres selados com lacre. Aprendeu a arte de preparar pomadas, fazer infusões, filtrá-las, concentrá-las, depurá-las e rectificá-las.

O *atelier* de Baldini não estava realmente preparado para se poderem fabricar grandes quantidades de óleos de flores ou de plantas. Em Paris era, aliás, impossível encontrar as quantidades necessárias de plantas frescas. De vez em quando, porém, sempre que no mercado se conseguia obter por baixo preço rosmaninho fresco, salva, hortelã-pimenta ou grãos de anis, ou quando se verificava uma chegada em grande quantidade de rizomas de íris, de raízes de valeriana, de cominho, de noz-moscada ou de pétalas de cravo secas, Baldini sentia um formigueiro na sua veia alquímica e ia buscar o seu grande alambique, uma caldeira de cobre tapada com um capitel — um alambique de «cabeça de mouro» como orgulhosamente lhe chamava — na qual há quarenta anos destilava alfazema das vertentes de Ligueirie e das encostas de Lubéron. E enquanto Grenouille cortava em bocadinhos o material a destilar, Baldini acendia fervorosamente (dado que a rapidez da preparação era a receita do sucesso na matéria) um fogão de lenha, sobre o qual colocava a caldeira em cobre, com bastante água no fundo. Deitava lá dentro as plantas antecipadamente cortadas em bocados, colocava o capitel no suporte, ao qual ligava dois pequenos tubos: para a entrada e saída da água. Explicava que só acrescentara, posteriormente, por sua iniciativa, este delicado dispositivo de arrefecimento da água, pois, nessa altura, em pleno campo, as pessoas contentavam-se em movimentar o ar para a arrefecer. Em seguida, Baldini atiçava o fogo com um fole.

A caldeira atingia gradualmente o ponto de fervura. E, ao cabo de um momento, primeiro hesitante e gota a gota e depois num fino fio, o produto da destilação escoava-se da «cabeça de mouro» para um terceiro tubo e desembocava num vaso florentino, que Baldini colocara por baixo. À primeira vista, esta papa turva e rala não parecia grande coisa. Contudo, a pouco e pouco e sobretudo quando o primeiro recipiente cheio havia sido substituído por um segundo e tranquilamente posto de lado, esta papa separava-se em dois líquidos distintos: por baixo ficava a água das flores ou das plantas e por cima, flutuava uma espessa camada de óleo. Se pelo bico inferior deste vaso florentino se fizesse sair cuidadosamente a água de flores que apenas tinha um leve perfume, restava o óleo puro, a essência, o princípio vigoroso e aromático da planta.

Grenouille sentia-se fascinado com esta operação. Se é que alguma coisa lhe havia provocado entusiasmo na vida — não, obviamente, um entusiasmo visível do exterior: um entusiasmo oculto e com o brilho de uma ténue chama — era, na realidade, este processo de, através do fogo, da água e do vapor e de um aparelho bem concebido, arrancar às coisas o seu espírito aromático. Esta alma aromática, o óleo etéreo era o que elas possuíam de melhor, era tudo o que lhe interessava nelas. Toda a idiotice do resto: as flores, as folhas, a cor, a beleza, a vida e o supérfluo que nelas existia, em nada o preocupava. Tratava-se de invólucros e lastro. Coisas de que devia ver-se livre.

Uma vez por outra, quando o líquido escoado adquiria a limpidez da água, retiravam o alambique do fogo, abriam-no e libertavam-no dos restos fervidos que ali se encontravam. Estes tinham uma aparência mole e descolorida como palha molhada, como os ossos embranquecidos das avezinhas, como os legumes demasiado fervidos, um caldo insípido e fibroso, dificilmente identificável, repugnante como um cadáver e quase desprovido do seu odor próprio. Atiravam-no para o rio através da janela. Em seguida, voltavam a colocar plantas frescas, juntavam água e punham, mais uma vez, o alambique ao lume. E a caldeira fervia de novo e a seiva vital das plantas voltava a escorrer para os vasos florentinos. Esta operação prolongava-se, frequentemente, noite fora. Baldini ocupava-se do fogo, Grenouille vigiava os vasos e era tudo o que havia a fazer no intervalo das mudanças.

Mantinham-se sentados em tamboretes baixos, junto ao fogo, fascinados por este caldeirão bojudo, ambos enfeitiçados ainda que por motivos muito diferentes. Baldini apreciava o calor do fogo, o tremular vermelho das chamas e o reflexo do cobre, adorava o crepitar da lenha e o gorgolejar do alambique, dado que tudo lhe parecia como uma viagem ao passado. Reinava um ambiente romântico! Ia buscar uma garrafa de vinho à loja, porque o calor lhe fazia sede; além de que, beber vinho, pertencia igualmente ao passado. Em seguida, punha-se a contar histórias desse tempo, um nunca mais acabar. A Guerra da Sucessão espanhola, em que desempenhara um papel importante, contra os Austríacos; os Camisardos, em cuja companhia semeara a desordem nas Cevenas; a filha de um huguenote, em Esterel, que se lhe havia entregue sob o fascínio da alfazema; um incêndio que por pouco não desencadeara e que, indubitavelmente, teria destruído a Provença, tão certo como um e um serem dois, dado que na altura soprava o mistral. E falava ainda das suas destilações, ao ar livre, de noite, sob o luar, acompanhadas de vinho e do canto das cigarras e falava de um óleo de alfazema que ali fabricara e que era tão requintado e forte, que lhe haviam pago o seu peso em prata por ele; e referia-se à sua aprendizagem em Génova, aos seus anos de viagens e à cidade de Grasse, onde os perfumistas eram, aliás, em número tão elevado como os curtidores, e onde alguns eram tão ricos que viviam como príncipes, em casas maravilhosas, com jardins frondosos, terraços, salas de jantar com chão de mosaico e onde jantavam com baixela de porcelana, talheres de ouro e assim por diante...

Eram estas as histórias que contava o velho Baldini enquanto bebia o vinho e as faces se lhe ruborizavam por causa da bebida, do calor do fogo e do entusiasmo que as próprias histórias lhe inspiravam. Grenouille, também ele sentado mas um pouco mais atrás, não escutava uma só palavra. As velhas histórias não o interessavam. Apenas lhe interessava este novo processo. Não desviava o olhar do pequeno tubo que saía do capitel do alambique e deixava escoar o fino jacto de líquido. E ao olhá-lo tão fixamente, ele próprio se imaginava um alambique desse género, fervendo como aquele e de onde se escoava um líquido idêntico, mas de melhor qualidade, mais novo, mais insólito, o produto da destilação de plantas exóticas que ele cultivara dentro de si, que aí desabrochavam sem que ninguém lhes conhecesse o odor, cujo perfume único poderia transformar o mundo num paraíso aromático e lhe permitiria uma existência razoavelmente suportável a nível olfactivo. Ser ele próprio um grande alambique que inundaria o mundo de perfumes criados por si, constituía o sonho louco a que Grenouille se entregava.

Contudo, ao passo que Baldini, aquecido pelo vinho, contava histórias cada vez mais extravagantes sobre os velhos tempos e se fechava cada vez mais na exaltação que o tomava, Grenouille não tardou a abandonar a sua bizarra fantasia. Começou por afastar do pensamento a imagem do enorme alambique e, de momento, preferiu reflectir na forma como ia explorar os conhecimentos que acabava de adquirir, para atingir os seus objectivos.

19

Não demorou muito tempo a tornar-se um especialista no campo da destilação. Em breve se apercebeu — mais fiado no seu nariz do que em todas as regras de Baldini — que a temperatura do fogo possuía uma influência decisiva sobre a qualidade do produto da destilação. Cada planta, cada flor, cada tipo de madeira e cada fruto oleaginoso exigiam um processo especial. Ora se tornava necessário aquecer a todo o vapor, ora se impunha proceder a uma fervura moderada, e havia mais de uma espécie de flor que só dava o seu melhor caso fosse submetida ao mínimo de calor.

A preparação tinha uma importância semelhante. A hortelã e a alfazema podiam destilar-se em ramos inteiros. Outros materiais tinham de ser cuidadosamente descascados, afiados, picados, ralados, triturados ou até mesmo reduzidos ao estado de mosto, antes de serem metidos na caldeira. Existia, porém, uma certa quantidade de materiais impossíveis de destilar, o que desapontava extraordinariamente Grenouille.

Quando Baldini notou a mestria com que Grenouille manejava o alambique, deu-lhe rédea solta e este aproveitou a fundo a oportunidade. Dedicava os dias a fabricar perfumes e todos os tipos de produtos aromáticos ou especiarias, mas durante a noite entregava-se em exclusivo à arte misteriosa da destilação. O seu plano residia em obter substâncias olfactivas completamente novas, a fim de poder criar, ao menos, alguns dos perfumes que trazia no íntimo. Começou, aliás, a obter alguns êxitos. Conseguiu fabricar óleo de flores de urtiga branca e grãos de agrião e uma água com casca fresca de sabugueiro e ramos de teixo. Na realidade, o resultado cifrou-se num odor que, de forma alguma, recordava os materiais básicos, mas tinha, de qualquer maneira, interesse bastante para que se pensasse numa posterior utilização. Em seguida, porém, houve materiais em que o processo fracassou inteiramente. Grenouille tentou, por exemplo, destilar o odor do vidro, esse odor a argila fresca que o vidro emana e que as pessoas normais não conseguiam apreender. Serviu-se do vidro de caixilhos de janelas e do vidro de garrafas, destilou-os em grandes pedaços, em cacos, estilhaços e pó: tudo sem o mínimo êxito. Destilou latão, porcelana e cabedal, grãos de cereais e seixos. Destilou terra e em vão. Sangue, madeira e peixe fresco. Os seus próprios cabelos. Destilou, finalmente, a própria água, água do Sena, cujo odor característico lhe parecia merecer ser conservado. Julgou que, por intermédio do alambique, conseguiria arrancar a estes materiais os seus odores *sui generis*, como era o caso do tomilho, da alfazema e do cominho. Ignorava, porém, que a destilação era apenas um processo que permitia separar, nas substâncias mistas, os seus elementos voláteis e os menos voláteis e que este processo apenas interessava à perfumaria na medida em que, graças ao mesmo, se podia dissociar, em algumas plantas, o óleo volátil e etéreo de restos inodoros ou pouco aromáticos. Quando se tratava de substâncias desprovidas deste óleo etéreo, a destilação era, naturalmente, um processo desprovido de sentido. Para o homem dos nossos tempos e com todos os seus conhecimentos de Física, isto é mais do que evidente. Para Grenouille, no entanto, tal verdade constituiu o resultado laborioso de uma longa série de experiências malogradas. Ao longo de meses, conservara-se sentado, noite após noite, diante do alambique, a tentar de todas as formas possíveis produzir odores radicalmente novos, odores que jamais haviam existido no mundo de uma forma concentrada. E, à excepção de alguns irrisórios óleos vegetais, os resultados haviam sido nulos. Da mina insondável e inesgotável da sua imaginação não havia extraído a mínima gota concreta de essência perfumada e fora incapaz de realizar um só átomo de todos os seus sonhos olfactivos.

Ao tomar consciência dos seus fracassos, pôs termo às experiências e adoeceu gravemente.

20

Foi tomado de uma febre altíssima que, nos primeiros dias, se fez acompanhar de suores e, em seguida, como se os poros da pele não houvessem chegado, provocou inúmeras pústulas. Grenouille tinha o corpo coberto destas ampolas vermelhas. Muitas rebentavam e libertavam a água que continham para voltarem a inchar. Outras assumiam dimensões de verdadeiros furúnculos, inchavam, ficavam vermelhas, abriam-se como crateras e expeliam um pus expesso e sangue, à mistura com secreções amareladas. Ao cabo de algum tempo, Grenouille parecia um mártir apedrejado por dentro e supurando através de centenas de chagas.

Este facto preocupou naturalmente Baldini. Ser-lhe-ia muito desagradável perder o seu valioso aprendiz na altura exacta em que se dispunha a alargar o seu negócio para lá dos muros da capital e mesmo das fronteiras do reino. Acontecia, de facto, cada vez com mais frequência, chegarem-lhe encomendas da província ou de cortes estrangeiras, onde se pretendia ter estes perfumes novos que enlouqueciam Paris; e para satisfazer a procura, Baldini acalentava o projecto de instalar uma filial em Saint-Antoine, uma verdadeira fábrica em miniatura, onde os perfumes mais em voga seriam produzidos em grande escala e colocados em bonitos frasquinhos, que belas raparigas embalariam e expediriam para a Holanda, Inglaterra e os estados alemães. Para um mestre estabelecido em Paris, isto não se enquadrava nos códigos legais, mas Baldini usufruía de um número cada vez maior de influentes protecções, que lhe haviam sido prodigalizadas por estes perfumes requintados, não só do intendente mas de personalidades tão importantes como o cobrador de impostos de Paris e um membro do gabinete financeiro do rei, protector dos negócios florescentes, como era o caso de M. Feydeau du Brou. Este havia mesmo referido a possibilidade de um privilégio real que era o que de melhor poderia desejar-se: uma espécie de sésamo, permitindo escapar a qualquer tutela administrativa e corporativa e que eliminava todas as preocupações financeiras, constituindo a eterna garantia de uma prosperidade segura e inatacável.

E Baldini albergava também um outro projecto, que usufruía da sua predilecção e que seria uma espécie de contrapeso ao projecto relativo a Saint-Antoine e à sua produção se não maciça, pelo menos de artigos de ampla difusão: pretendia criar (ou melhor, fazer criar), para um escol de clientes ricos e importantes, perfumes pessoais que, à semelhança da roupa por medida, apenas se adaptariam a uma pessoa, só ela os poderia utilizar e teriam mesmo o seu ilustre nome. Imaginava, por conseguinte, um *Perfume da Marquesa de Cernay*, um *Perfume do Marechal de Villars*, um *Perfume de M. le Duc d'Aiguillon*, e assim por diante. Sonhava com um *Perfume da Marquesa de Pompadour* e mesmo com um *Perfume de Sua Majestade o Rei*, num frasco de ágata requintadamente trabalhado, com um engaste em ouro cinzelado e uma discreta gravação na base e por dentro, com os dizeres: «Giuseppe Baldini, perfumista.» O nome do rei e o seu juntos num mesmo objecto. Eram estas as fantasias maravilhosas que formavam um turbilhão na cabeça de Baldini! E, agora, Grenouille tinha adoecido! E, no entanto, Grimal, Deus lhe tivesse a alma em descanso, jurara-lhe que este rapaz nunca tinha nada e que seria capaz de aguentar tudo, até mesmo a peste bubónica. E eis que, agora, se encontrava às portas da morte. E se o rapaz morresse? Que horror! Seria a morte dos belos projectos de fabrico, das bonitas jovens, do privilégio e do perfume do rei.

Baldini resolveu, por conseguinte, não se poupar a esforços para salvar a vida do seu aprendiz. Ordenou que o mudassem da sua pobre tarimba do *atelier* e o metessem numa cama lavada, no andar superior da casa. Mandou fazer a cama com lençóis de linho e colcha de damasco. Ajudou com as suas próprias mãos a transportar o doente ao longo da estreita escada, embora as pústulas e os furúnculos lhe repugnassem para além do que as palavras poderiam expressar. Ordenou à mulher que preparasse um caldo de galinha com vinho. Mandou chamar o médico mais famoso do bairro, um tal Procope, ao qual teve de pagar adiantado (vinte francos!) pela deslocação.

O médico chegou, ergueu o lençol com as pontas dos dedos, limitou-se a olhar o corpo de Grenouille que parecia, realmente, ter levado cem tiros e saiu do quarto sem mesmo ter aberto a maleta, que o seu fiel ajudante transportava. Explicou a Baldini que o caso do rapazinho não oferecia dúvidas. Tratava-se de uma variedade sifilítica de varíola, aliada a um sarampo supurante *in stadio ultimo*. Nem sequer valia a pena tratá-lo, dado que, segundo as regras, se tornava impossível proceder a uma sangria neste corpo em decomposição, que mais se assemelhava a um cadáver do que a um organismo vivo. E embora ainda não se sentisse o fedor pestilento característico da evolução desta doença (o que era, aliás, surpreendente e de um ponto de vista científico constituía uma pequena curiosidade!), não duvidava de que o falecimento do doente se verificaria nas próximas quarenta e oito horas, ou ele não se chamasse Procope. Pediu mais vinte francos pelo exame e diagnóstico — prometendo descontar cinco francos no caso de se colocar o corpo e a sua clássica sintomatologia à disposição da Faculdade — e despediu-se.

Baldini estava fora de si. Lamentava-se e soltava gritos de desespero. Mordia os dedos de raiva ao pensar na sorte que o esperava. Uma vez mais, todos os seus planos, destinados a trazer-lhe um enorme sucesso, eram apunhalados no momento da concretização. Anteriormente haviam sido Pélissier e os seus acólitos mediante as suas invenções desenfreadas. Agora, era este rapaz de recursos inesgotáveis em matéria de novos odores, este patifezinho valendo mais do que o seu peso em ouro, que escolhia precisamente este momento de expansão comercial para apanhar a varíola sifilítica aliada ao sarampo supurante *in stadio ultimo*! Precisamente agora! Porque não dali a dois anos? Ou um ano? Durante esse espaço de tempo teria sido possível explorá-lo, como se ele fosse uma mina de prata, uma galinha dos ovos de ouro. Dali a um ano, poderia morrer tranquilamente. Mas não! Logo tinha que morrer agora, nas próximas quarenta e oito horas, Deus do céu!

Durante breves instantes Baldini pensou em dirigir-se a Notre-Dame para acender uma vela e suplicar à Virgem Santa que curasse Grenouille. Contudo, apressou-se a pôr de lado este projecto, na medida em que o tempo urgia. Foi buscar tinta e papel e mandou embora a mulher do quarto do doente. Ele próprio o velaria. Instalou-se, depois, numa cadeira, à cabeceira da cama do doente, com as folhas de apontamentos em cima dos joelhos e a pena humedecida de tinta na mão e tentou arrancar a confissão de perfumista a Grenouille. Que, por amor de Deus, ele não levasse consigo inutilmente todos os tesouros que possuía! Que, pelo menos, consentisse, dado que chegara a sua hora, em deixar o seu testamento em mãos honestas, a fim de que a posteridade não ficasse para sempre privada dos melhores perfumes de todos os tempos! Ele, Baldini, encarregar-se-ia de ser o fiel executor deste testamento e de proporcionar o eco merecido a este conjunto das mais sublimes fórmulas, jamais concebidas no domínio da perfumaria! Proporcionaria uma glória imortal ao nome de Grenouille, melhor ainda (jurava-o por todos os santos!), iria depositar os seus perfumes aos pés do rei, num frasco em ágata incrustado em ouro cinzelado, onde gravaria esta dedicatória: «De Jean-Baptiste Grenouille, perfumista de Paris.» Eis o que dizia, ou melhor, sussurrava Baldini ao ouvido de Grenouille, jurando, suplicando, elogiando-o e sem lhe dar um segundo de repouso.

Tudo isto, porém, caía em saco roto. Grenouille nada deixava escapar, à excepção de secreções serosas e pus ensanguentado. Mantinha-se deitado em silêncio na cama adamascada, expelindo estes sucos repugnantes, mas não os seus tesouros, o seu saber, nem a fórmula de um único perfume. Baldini tê-lo-ia estrangulado, espancado voluntariamente até à morte, arrancando os preciosos segredos a golpes de matraca deste corpo agonizante, se o processo tivesse a mínima hipótese de sucesso... e caso não se opusesse, flagrantemente, ao seu conceito de caridade cristã.

E foi este o motivo por que continuou a murmurar e a implorar suavemente, a acarinhar o doente e a humedecer-lhe com toalhas frescas (embora lhe fosse necessário superar uma extrema repugnância) a fronte molhada de suor e as crateras febris das chagas, a dar-lhe vinho em colherinhas para lhe soltar a língua e isto durante toda a noite: em vão! Ao romper da manhã, desistiu. Deixou-se cair, esgotado, num sofá no canto oposto do quarto e, sem qualquer sentimento de raiva, mas apenas com resignação, manteve-se de olhos fixos no corpo agonizante de Grenouille; não podia salvá-lo, nem despojá-lo, mas apenas assistir ao seu fim, impotente, à semelhança de um capitão que vê o seu navio afundar-se com toda a sua fortuna.

Nessa altura, os lábios do moribundo abriram-se subitamente e pronunciaram palavras num tom de voz claro e firme que em nada denotava a aproximação do fim.

— Explique-me, mestre — pediu. — Existem outros meios para além da compressão e da destilação para extrair perfumes a um corpo?

— Sim — respondeu Baldini, crente de que esta voz saía da sua imaginação ou do Além.

— Quais? — inquiriu a voz que lhe chegava do leito.

Baldini arregalou os olhos fatigados. Grenouille mantinha-se imóvel, amparado pelas almofadas. Fora este cadáver que falara?

— Quais? — repetiu a voz.

Desta vez, Baldini distinguiu o movimento dos lábios de Grenouille. «É o fim», pensou. «Não vai durar muito tempo. Ou é a febre que o faz delirar ou são as melhoras da morte.» Levantou-se, aproximou-se da cama e inclinou-se sobre o doente. Este abrira os olhos e fixava Baldini com o mesmo estranho olhar de fera que lhe notara quando do primeiro encontro.

— Quais? — insistiu Grenouille.

Nesse momento, Baldini tomou uma decisão: a de não recusar a derradeira vontade de um moribundo.

— Há três, meu filho — replicou. — A odorização a quente, odorização a frio e a odorização a óleo. Têm muito mais vantagens do que a destilação e são utilizados para extrair os perfumes mais delicados: o jasmim, a rosa e a flor de laranjeira.

— Onde? — prosseguiu Grenouille.

— No Sul — elucidou Baldini. — Sobretudo em Grasse.

— Óptimo! — comentou Grenouille.

E, posto isto, fechou os olhos. Baldini endireitou-se lentamente. Sentia-se muito deprimido. Reuniu as folhas, onde não havia anotado uma só palavra e soprou a chama da vela. Lá fora, era dia. Invadia-o um cansaço de morte. «Devia ter mandado chamar um padre», pensou. Em seguida traçou um vago sinal da Cruz com a mão e abandonou o quarto.

Grenouille, porém, não estava morto. Apenas caíra num sono profundo, sonhava e reabsorvia os seus odores. As pústulas da sua pele começavam a secar, as crateras supurativas a fechar-se e as chagas a sarar. Numa semana ficou curado.

21

De bom grado teria partido imediatamente para o Sul, onde podia aprender as novas técnicas que o patrão lhe referira. Essa ideia encontrava-se, naturalmente, fora de questão. Ele não passava, afinal, de um aprendiz, ou seja, um nada. Em rigor, explicou-lhe Baldini (quando conseguiu recompor-se da alegria que lhe causou a ressurreição de Grenouille), ele era menos que nada, na medida em que para se tornar um verdadeiro aprendiz necessitava de uma filiação irrepreensível, ou seja, legítima; necessitava de uma família que dignificasse a qualidade de artesão e um contrato de aprendizagem, tudo aquilo que Grenouille não possuía. Se, um dia, no entanto, Baldini se decidisse a ajudá-lo a conseguir o seu certificado de artesão, tal dever-se-ia aos seus talentos bastante notáveis e tendo igualmente em conta a conduta impecável de que desse provas e também à infinita bondade que Baldini era incapaz de renegar, embora esta lhe houvesse causado frequentes aborrecimentos.

A bem dizer, Baldini não se apressou a cumprir a promessa: com toda a sua bondade, demorou três anos. Nesse intervalo, concretizou todos os seus sonhos de grandeza com a ajuda de Grenouille. Estabeleceu o seu negócio em Saint-Antoine, impôs na Corte os seus mais exclusivos perfumes e obteve o privilégio real. A venda dos seus requintados perfumes chegou a S. Petersburgo, a Palermo e a Copenhaga. Recebeu mesmo a encomenda de um perfume fortemente almiscarado de Constantinopla e Deus sabe, todavia, que ali já se havia produzido um número bastante elevado de perfumes. Os perfumes de Baldini encontravam-se nas famosas lojas da City londrina, na Corte de Parma, no Palácio de Varsóvia ou no pequeno castelo de um conde alemão. Após ter-se resignado um dia a acabar a vida em Messina e na mais absoluta miséria, Baldini era, agora, incontestavelmente, aos setenta anos, o maior perfumista da Europa e um dos mais ricos cidadãos parisientes.

No começo do ano de 1756 (adquirira, entretanto, a casa vizinha, na Ponte au Change, para servir exclusivamente de habitação, na medida em que a anterior estava literalmente cheia até ao tecto de perfumes e especiarias), informou Grenouille de que estava agora disposto a deixá-lo partir sob três condições: primeiro, Grenouille não teria o direito de voltar a fabricar nem de comunicar a fórmula a terceiros relativamente a todos os perfumes que haviam visto a luz do dia sob o tecto de Baldini; segundo, deveria abandonar Paris e não voltar a pôr os pés na cidade até à morte de Baldini; terceiro, deveria guardar segredo absoluto quanto às duas cláusulas precedentes. Deveria assumir este compromisso jurando por todos os santos, pela alma da sua pobre mãe e pela sua honra.

Grenouille, que não possuía honra, não acreditava nos santos e ainda menos na alma da sua pobre mãe, jurou. Teria feito qualquer jura. Teria aceite qualquer condição imposta por Baldini, na medida em que pretendia obter esse ridículo certificado de artesão, que lhe permitiria viver sem ser notado, viajar sem obstáculos e encontrar trabalho. Tudo o mais lhe era indiferente. Que importância tinham, aliás, estas condições? Não voltar a pôr os pés em Paris? Que necessidade tinha de Paris? Já conhecia a cidade até ao mínimo recanto fedorento e levá-la-ia com ele para onde quer que fosse; há anos que possuía Paris. Não fabricar nenhum dos perfumes com êxito de Baldini, nem fornecer qualquer fórmula? Como se ele não fosse capaz de inventar outras mil com a mesma qualidade e melhores ainda, se o quisesse! Contudo, não era essa de forma alguma a sua intenção. Não desejava fazer o mínimo de concorrência a Baldini ou empregar-se na loja de qualquer outro perfumista burguês. Não se ia embora para enriquecer com o seu talento e nem sequer queria viver dele, caso lhe fosse possível outro tipo de vida. Pretendia exteriorizar o seu mundo interior, apenas isso, o seu mundo interior que ele achava mais belo do que tudo o que o mundo exterior tinha a oferecer-lhe. As condições impostas por Baldini não eram, por conseguinte, condições na perspectiva de Grenouille.

Meteu-se a caminho na Primavera, num dia de Maio, ao alvorecer. Recebera de Baldini uma pequena mochila, uma camisa de muda, dois pares de peúgas, um salpicão, uma manta e vinte e cinco francos. Era bastante mais do que constituía sua obrigação dar-lhe, dissera-lhe Baldini, dado que Grenouille nada tinha pago pela profunda formação que recebera ao longo da sua aprendizagem. Era obrigado a dar-lhe dois francos para a viagem e nada mais. Não conseguia, porém, desfazer-se da sua generosidade nem, aliás, da enorme simpatia que ao longo dos anos fora criando por este bom Jean-Baptiste. Desejou-lhe boa sorte para as suas viagens; e, em seguida, insistiu sobretudo que Grenouille não esquecesse a jura feita. Posto isto, acompanhou-o até à mesma porta de serviço por onde o havia acolhido e disse-lhe que partisse.

Não lhe estendeu a mão, dado que a sua simpatia não chegava a esse ponto. Nunca lhe estendera a mão. Sempre tinha evitado, aliás, tocar-lhe, motivado por uma espécie de repugnância, uma espécie de medo de ser contaminado, de se sujar. Contentou-se com um breve adeus. Grenouille correspondeu com um sinal de cabeça, virou costas dobrado sobre si próprio e afastou-se. A rua estava deserta.

22

Baldini seguiu-o com o olhar e ficou a vê-lo precorrer a ponte na direcção da ilha, pequeno e encolhido, transportando a mochila como se fosse uma corcunda e assemelhando-se a um velho, observado de trás. Do outro lado, na direcção do Palácio da Justiça, onde a rua fazia esquina, perdeu-o de vista e sentiu-se extraordinariamente aliviado.

Nunca gostara deste rapaz e, agora, podia finalmente confessá-lo. Durante todo aquele tempo em que o albergara sob o seu tecto e o explorara, jamais se sentira na sua pele. Sentia-se como um homem íntegro que, pela primeira vez na vida, faz qualquer coisa de proibido, infringe as regras de um jogo. O risco de que o desmascarassem era, na verdade, mínimo e a oportunidade de êxito imensa; contudo, eram igualmente significativos o nervosismo e a consciência pesada. De facto, ao longo de todos estes anos, não existira um só dia em que não o perseguisse a ideia desagradável de que viria a pagar de qualquer maneira o seu envolvimento com este indivíduo. «Desde que tudo corra bem!», murmurava incessantemente como uma reza. «Desde que eu consiga contabilizar o êxito desta aventura, sem ter de pagar a factura! Desde que eu consiga! O que eu faço não é obviamente honesto, mas Deus fechará os olhos. Tenho a certeza de que o fará! Ao longo da vida, puniu-me duramente, mais do que uma vez, sem qualquer motivo e seria, assim, perfeitamente justo que agora Ele se mostrasse compreensivo! Em que consiste o meu crime, supondo que o é? Quando muito, em actuar um pouco à margem das regras da corporação, em me aproveitar do prodigioso talento de um aprendiz e em fingir ser eu a possuir as suas qualidades. Quando muito, em me afastar um pouco da via tradicional das virtudes do artesão. Quando muito, em fazer actualmente o que dantes teria condenado. É isto um crime? Há pessoas que passam a vida a enganar os outros. Eu limitei-me a fazer um pouco de batota durante uns anos. E somente porque o acaso me apresentou uma ocasião excepcional. Talvez nem sequer fosse o acaso, talvez fosse o próprio Deus que me enviou este feiticeiro, para compensar todo o tempo em que fui humilhado por Pélissier e outros da sua laia. Talvez a Divina Providência não se manifeste a meu favor, mas *contra* Pélissier! É mesmo muito possível. De que outra forma poderia Deus castigar Pélissier, senão fazendo-me subir? A oportunidade que agarrei seria, portanto, o instrumento da justiça divina e, nesse caso, não só poderei como deverei aceitá-la, sem vergonha nem o mínimo remorso...»

Haviam sido estes, muitas vezes, os pensamentos de Baldini durante os últimos anos, de manhã, quando descia a estreita escada que levava à loja e, ao fim da tarde, quando voltava a subi-la com o conteúdo da caixa e se punha a contar as pesadas moedas de ouro e prata que metia no cofre e, à noite, quando se mantinha deitado ao lado da carga de ossos que era a mulher e não conseguia pegar no sono, tal era o seu medo da sorte que o bafejara.

Agora, porém, chegara o fim desses sinistros pensamentos. O inquietante hóspede partira para não mais voltar. A riqueza ficava, pelo contrário e com garantia de eternidade. Baldini colocou a mão no peito e apalpou, através do tecido da casaca, o caderninho que guardava junto ao coração. Ali estavam escritas seiscentas fórmulas, mais do que poderia ser obtido por gerações inteiras de perfumistas. Ainda que perdesse tudo nesse mesmo dia, aquele maravilhoso caderno poderia voltar a enriquecê-lo em menos de um ano. O que podia, na verdade, desejar mais?

O sol da manhã, dourado e quente, infiltrava-se por entre as águas-furtadas das casas em frente e acariciou-lhe o rosto. Baldini continuava de olhar pregado na rua que levava ao Palácio da Justiça (era, de facto, tão agradável que Grenouille se tivesse ido embora!) e, inundado por uma onda de gratidão, resolveu percorrer antes da noite o caminho até Notre-Dame, colocar uma moeda de ouro na caixa das esmolas, acender três velas e dar graças ao Senhor, que o cumulara de benefícios e o poupara à Sua ira.

Contudo, surgiu estupidamente algo que o impediu de o fazer. À tarde, no momento em que se dispunha a pôr-se a caminho da catedral, espalhou-se o boato de que os Ingleses tinham declarado guerra à França. O facto, em si, nada tinha de inquietante. Na medida, porém, em que Baldini se preparava para expedir nos próximos dias uma encomenda de perfumes para Londres, adiou a sua visita a Notre-Dame e preferiu ir colher informações à cidade; dirigiu-se depois à sua fábrica em Saint-Antoine, a fim de bloquear a encomenda inglesa até novas ordens. À noite, na cama e antes de adormecer, ocorreu-lhe uma ideia genial: com os conflitos armados, que iam verificar-se ao Novo Mundo por causa das colónias, lançaria um novo perfume a que chamaria *Prestígio do Quebeque*, algo de forte e intenso, cujo sucesso (disso não tinha a menor dúvida!) o compensaria largamente das incertezas levantadas pelo mercado inglês. E foi com esta sedutora ideia metida na sua velha cabeça de asno, pousada, com alívio, na almofada tornada desconfortável pelo caderno de fórmulas escondido por baixo, que mestre Baldini adormeceu para não mais acordar.

Na realidade, durante a noite, ocorreu uma pequena catástrofe que deu origem a que a Administração Interna, com a lentidão característica de casos idênticos, decretasse que fossem gradualmente demolidas as casas construídas em todas as pontes de Paris: a Ponte au Change afundou-se, sem causa conhecida, na parte oeste, entre o terceiro e o quarto pilar. Duas casas precipitaram-se no rio, tão súbita e integralmente, que foi impossível salvar qualquer dos seus habitantes. Por sorte, tratava-se apenas de duas pessoas: Giuseppe Baldini e a sua mulher Teresa. Os criados tinham saído, com ou sem licença. Chénier, que apenas regressou a casa ao romper do dia, um pouco bebido (ou melhor, fazia tenção de regressar, na medida em que a casa já não se encontrava no sítio!) sofreu uma depressão nervosa. Ao longo de trinta anos havia acalentado a esperança de constar no testamento de Baldini, que não tinha filhos nem família. E eis que, de repente, tudo desaparecia: a casa, o negócio, as matérias-primas, o *atelier*, o próprio Baldini... e até mesmo o testamento, que talvez ainda lhe tivesse permitido herdar a fábrica!

Não se encontrou nada, nem os cadáveres, nem o cofre, nem os cadernos com as seiscentas fórmulas. De Giuseppe Baldini, o mais famoso perfumista da Europa, apenas restou um odor em que se misturavam almíscar, canela, vinagre, alfazema e mil outros produtos que, ao longo de semanas, se manteve nas águas do Sena, de Paris, até ao Havre.

SEGUNDA PARTE

23

Na altura em que a casa de Giuseppe Baldini se afundou, Grenouille ia a caminho de Orleães. Deixara para trás a atmosfera de vapores que pairava sobre a grande cidade e, a cada passo que mais o afastava dela, o ar que o rodeava tornava-se mais claro, mais puro e mais lavado. Como que se diluía. A cada metro percorrido, deixara de existir aquela perseguição de centenas, de milhares de odores diferentes, que mudavam a uma velocidade louca; os poucos odores existentes — o odor da estrada arenosa, dos prados, da terra, das plantas, da água — pairavam, contrariamente, em longas fitas sobre a paisagem, aumentando devagar e diminuindo ao mesmo ritmo, praticamente sem uma interrupção brusca.

Para Grenouille essa simplicidade assumia foros de libertação. Aqueles odores calmos provocavam-lhe uma sensação agradável nas narinas. Pela primeira vez na sua vida, não se via obrigado a cheirar, a cada fôlego, algo de novo, de inesperado de hostil, ou de perder qualquer coisa agradável. Pela primeira vez era-lhe dada a oportunidade de respirar quase à vontade sem ter, incessantemente e ao mesmo tempo, o olfacto atento. Dizemos «quase» porque, como é óbvio, nada passava pelo nariz de Grenouille de uma forma verdadeiramente livre. Mesmo quando não existia o mínimo motivo para tal, havia sempre nele uma certa reserva instintiva ligada a tudo o que lhe chegava do exterior e pretendia entrar no seu íntimo. Ao longo da sua vida, mesmo nos raros momentos em que conhecera reminiscências de satisfação, de contentamento, até talvez de felicidade, preferia sempre a expiração à inspiração — tal como, aliás, não havia iniciado a sua vida com um respirar de esperança mas com um grito assassino. Contudo, à parte esta restrição, que era em si uma fronteira nata, Grenouille sentia-se cada vez melhor ao afastar-se de Paris, respirava cada vez mais facilmente, avançava com um passo cada vez mais alegre e chegava a conseguir encontrar momentaneamente energia bastante para se manter direito, a ponto de, observado de longe, parece um artesão como qualquer outro, em resumo, um ser humano normal.

O afastamento dos homens era o que mais contribuía para lhe conferir este sentimento de libertação. Em Paris, vivia mais gente num espaço tão reduzido do que em qualquer outra cidade do mundo. Paris contava com seiscentos ou setecentos mil habitantes. Estes fervilhavam nas ruas e praças e todas as casas abarrotavam, desde a cave às águas-furtadas. Não existia um só recanto de Paris liberto de pessoas, não existia uma só pedra ou um grão de terra que não cheirasse a gente.

Grenouille tomava agora consciência pela primeira vez de que começava a escapar-se a esta concentração de odor humano, que o havia oprimido como uma atmosfera tempestuosa durante dezoito anos. Até esse momento sempre tinha pensado que era o mundo em geral que o obrigava a encurvar-se. Contudo, não era o mundo mas os homens. Com o mundo deserto de homens, parecia-lhe ser possível viver.

No terceiro dia da sua viagem, aproximou-se do campo de gravitação olfactivo de Orleães. Muito antes do primeiro indício concreto anunciar a proximidade da cidade, Grenouille apercebeu-se de que a humanidade tornava a atmosfera mais pesada e, contrariamente à sua primeira intenção, resolveu evitar Orleães. Não desejava que esta liberdade de respirar, que há tão pouco tempo adquirira, fosse de novo afectada por uma atmosfera viscosa de gente. Fez um enorme desvio para fugir à cidade e encontrou-se em Châteauneuf-sur-Loire, que atravessou até Sully. O salpicão havia-lhe durado até essa altura. Comprou outro e, em seguida, afastando-se do curso do Loire, meteu-se pelo campo.

Daí em diante, passou a evitar não só as cidades, mas também as aldeias. Sentia-se como que embriagado por este ar cada vez mais límpido, cada vez mais isolado de homens. Só se aproximava de um lugarejo ou de uma herdade afastada para se reabastecer de provisões; comprava pão e voltava a desaparecer nos bosques. Decorridos algumas semanas começou a sentir-se mesmo importunado, ante os encontros com os raros viajantes por caminhos isolados e deixou de conseguir suportar o cheiro fedorento dos camponeses que faziam a primeira colheita do feno. Esquivava-se à aproximação dos rebanhos de ovelhas, não por causa das ovelhas, mas para fugir ao fedor do pastor. Seguia através dos campos, preferindo ver-se obrigado a percorrer mais algumas léguas, sempre que, horas antes, farejava um esquadrão de cavalaria, que cruzaria o seu caminho. Não que, tal como era o caso de outros artesãos e vagabundos, temesse que o controlassem, lhe pedissem a documentação ou o alistassem num exército (ele ignorava mesmo que se estava em guerra!) mas pelo motivo puro e simples de que o odor humano dos cavaleiros o enojava. Foi desta forma que, a pouco e pouco e sem que o tivesse decidido, se esvaiu o seu projecto de chegar o mais rapidamente possível a Grasse; este projecto diluíra-se, por assim dizer, na liberdade, à semelhança de todos os seus outros planos e projectos. Grenouille já não pretendia ir onde quer que fosse; apenas desejava fugir, fugir para longe dos homens.

Por fim, passou a viajar exclusivamente de noite. Durante o dia, aninhava-se na mata, dormia no meio dos arbustos, na brenha, nos lugares mais inacessíveis que conseguia descobrir, enroscado numa bola como um animal, enrolado na manta cor de terra com que tapava a cabeça, protegendo o nariz na cavidade do braço e virado para o solo, a fim de que os seus sonhos não fossem perturbados pelo mínimo odor estranho. Acordava ao pôr do Sol e farejava em todas as direcções; só quando adquiria a certeza de que o último camponês abandonara o campo e o mais ousado dos viajantes procurara um abrigo na imensa obscuridade, quando por fim a noite e os seus supostos perigos haviam varrido os homens da superfície da terra, só nessa altura é que Grenouille saía do seu esconderijo e prosseguia caminho. Não precisava de luz para ver. Já anteriormente e quando ainda viajava de dia, havia conservado, muitas vezes, os olhos fechados durante horas e avançado, servindo-se apenas do nariz como orientação. Sofria com o espectáculo demasiado colorido da paisagem, com tudo o que a visão ocular possuía de ofuscante, de brusco e de acerado. Só abria os olhos sob o luar. O luar ignorava as cores e apenas desenhava vagamente os contornos do terreno. Cobria o país com uma camada de um cinzento-sujo e, durante a noite, asfixiava a vida. Este mundo semelhante a um molde de chumbo, onde nada se mexia à excepção do vento que, por vezes, agitava as florestas cinzentas e onde apenas existiam os odores da terra nua, era o único mundo que ele aceitava, dado parecer-se com o mundo da sua alma.

Seguia, assim, rumo ao Sul. Ou mais ou menos nessa direcção, dado que não se orientava pela bússola magnética mas pela bússola do seu nariz, que o levava a contornar todas as cidades, todas as aldeias, todas as aldeolas. Decorreram semanas, sem que encontrasse vivalma. E teria conseguido deixar-se embalar pela tranquilizante ilusão de que estava só neste mundo obscuro ou banhado de luar, caso a sua bússola sensível não lhe tivesse provado o contrário.

Mesmo durante a noite havia pessoas. Mesmo nas regiões mais remotas viviam homens. Apenas se tinham recolhido às suas tocas de rato para dormir. A terra não estava liberta da sua presença, pois, mesmo durante o sono, eles sujavam-na com o seu odor, que se escoava pelas janelas e pelas fendas das suas habitações, invadindo o ar livre e empestando uma natureza que só aparentemente tinham abandonado. Quanto mais Grenouille se habituava ao ar puro, mais sensível se tornava ao choque desse odor humano que, subitamente e quando menos o esperava, lhe chegava às narinas como um odor a água estagnada, atraiçoando a presença de qualquer cabana de um pastor, da choça de um carvoeiro ou de um esconderijo de ladrões. E ele fugia para mais longe, reagindo cada vez mais fortemente ao odor cada vez mais raro dos homens. O seu nariz conduziu-o, assim, até lugares sempre mais remotos, afastando-o dos homens e atraindo-o cada vez mais poderosamente rumo ao pólo magnético da mais elevada solidão.

24

Este pólo, na realidade o ponto mais afastado da presença humana de todo o reino, situava-se no Maciço Central, em Auvergne, aproximadamente a cinco dias de caminho para sul de Clermont, no cume de um vulcão de dois mil metros de altitude chamado Plomb du Cantal.

A montanha era formada por um gigantesco cone em pedra de um cinzento-chumbo e estava rodeada por um planalto árido e interminável, onde apenas cresciam musgo cinzento e moitas cinzentas, de onde emergiam ocasionalmente rochedos afiados e castanhos como dentes podres e algumas árvores calcinadas pelos incêndios. Mesmo quando fazia dia claro, a região era tão desesperadamente inóspita, que o pastor mais pobre desta província pobre ali não levaria a pastar o seu rebanho. E, de noite, à luz pálida da Lua, atingia o máximo do isolamento e inospitalidade, nem sequer parecendo deste mundo. O próprio Lebrun, o bandido de Auvergne procurado por todas as bandas, tinha preferido atravessar as Cevenas e ali ser capturado e metido na prisão, a esconder-se no Plomb du Cantal, onde decerto ninguém o teria procurado nem descoberto, mas onde também morreria, indubitavelmente, devido a esta interminável solidão, o que ainda lhe parecia pior. Nos lugares à volta não habitava um único ser humano nem um animal de sangue quente digno desse nome, mas apenas alguns morcegos, insectos e víboras. Há dezenas de anos que ninguém trepava ao cume.

Grenouille atingiu esta montanha numa noite de Agosto de 1756. Ao alvorecer, encontrava-se no cume. Ainda não sabia que a sua viagem terminaria ali. Julgava tratar-se apenas de uma etapa do caminho que o levaria a ares ainda mais puros e girou sobre os calcanhares, vagueando o olhar do seu nariz pelo gigantesco panorama deste deserto vulcânico: para leste, onde se estendia o vasto planalto de Saint-Flour e os pântanos do rio Riou; para norte, do lado de onde chegara, caminhando dias a fio ao longo do terreno rochoso; para oeste, de onde a ligeira brisa matinal apenas lhe trazia o odor de seixos e erva seca; e, finalmente, para sul, onde os prolongamentos do Plomb se estendiam, léguas a fio, até aos precipícios obscuros da Truyère. Por todos os lados e em todos os horizontes reinava o mesmo afastamento dos homens. A bússola girava em torno de si própria. Deixara de haver orientação. Grenouille chegara ao fim, mas estava simultaneamente apanhado.

Quando o sol se erguia, ele estava sempre de pé, no mesmo lugar e com o nariz no nar. Com um esforço desesperado, tentava farejar qual a direcção de onde o ameaçava a Humanidade e o caminho inverso através do qual deveria prosseguir a sua fuga. Aguardava a todo o momento detectar em qualquer direcção um resto oculto de odor humano. Mas tal não acontecia. Em toda a volta reinava apenas a calma, se assim se pode chamar, uma calma olfactiva. Em toda a volta reinava como que um sussurro, o cheiro homogéneo das pedras mortas, dos líquenes cinzentos, das ervas secas e nada mais.

Grenouille levou muito tempo a acreditar no que não cheirava. Aquela felicidade apanhava-o desprevenido. A sua desconfiança combateu longamente a evidência. Quando o Sol se ergueu, recorreu mesmo à ajuda dos olhos e perscrutou o horizonte em busca do menor indício de presença humana: o telhado de uma cabana, o fumo de uma fogueira, uma sebe, uma ponte, um rebanho. Colocou as mãos em concha atrás das orelhas e pôs-se à escuta de qualquer som, do latido de um cão ou de um grito de criança. Passou o dia inteiro à torreira do Sol, aguardando inutilmente o mínimo vestígio. Foi apenas ao pôr do Sol que a sua desconfiança foi cedendo gradualmente lugar a uma sensação cada vez maior de euforia: tinha escapado à odiosa calamidade! Estava, na realidade, totalmente só! Era o único homem no mundo!

Invadiu-o uma enorme alegria. À semelhança de um náufrago que, após ter errado semanas a fio, saúda extasiado a primeira ilha habitada por homens, Grenouille celebrou a sua chegada à montanha da solidão. Gritou de felicidade. Atirou para longe a mochila, a manta, o bastão, bateu com os pés no chão, ergueu os braços ao céu, dançou em círculo, gritou o seu nome aos quatro ventos, cerrou os punhos e brandiu-os, triunfante, na direcção de todo este vasto território que o rodeava e na direcção do sol-poente, como se tivesse conseguido escorraçá-lo do céu. Comportou-se como um louco até a noite ir avançada.

25

Passou os dias seguintes a instalar-se na montanha, pois era óbvio que não abandonaria tão depressa esta bendita região. Para começar farejou para encontrar água e descobriu-a numa fenda, um pouco abaixo do cume, onde uma fina película humedecia a rocha. Não existia em abundância, mas se lambesse, pacientemente, a rocha durante uma hora, conseguiria satisfazer as suas necessidades diárias de humidade. Encontrou, igualmente, com que se alimentar, ou seja, salamandras e pequenas cobras; após decapitá-las, devorava-as com pele e tudo. Acompanhava-as com líquenes secos, erva e folhas de musgo. Esta alimentação, de facto, impossível segundo os códigos burgueses, em nada o repugnava. No decurso dos últimos meses e semanas havia renunciado a comer alimentos preparados pelo homem, tais como pão, produtos de charcutaria e queijo, preferindo, quando tinha fome, alimentar-se de tudo aquilo a que podia deitar mão e que era vagamente comestível. Ele nada tinha de gastrónomo. Aliás, e a nível generalizado, só sentia prazer quando o prazer consistia em usufruir um odor imaterial. Também o conforto era alheio à sua existência e ter-se-ia contentado em fazer uma cama da própria rocha. Encontrou, porém, algo melhor.

Próximo do local onde existia um pouco de água, descobriu uma pequena galeria natural que, através de inúmeros meandros, conduzia ao interior da montanha e terminava num aterro, trinta metros mais adiante. Esse extremo da galeria era tão exíguo que Grenouille tocava nas pedras com os dois ombros e apenas curvado lhe era possível manter-se de pé. Podia, no entanto, sentar-se e deitar-se, enroscado como um cão. Isso satisfazia perfeitamente a sua necessidade de conforto. O lugar oferecia-lhe preciosas vantagens: ao fundo deste túnel, reinavam as trevas mesmo em pleno dia, havia um silêncio de morte e a atmosfera exalava uma frescura húmida e salgada. Grenouille farejou, de imediato, que jamais qualquer ser vivo havia penetrado neste lugar. Ao tornar-se seu proprietário, foi invadido por uma espécie de temor sagrado. Estendeu com cuidado a sua manta no chão, como se cobrisse um altar, e deitou-se por cima dela. Sentia-se divinamente. Na montanha mais solitária de França, cinquenta metros abaixo da terra, era como se jazesse no seu próprio túmulo. Jamais em toda a vida se sentira tão protegido. Nem sequer no ventre da sua mãe; longe disso. Lá fora, o mundo podia arder que ele nem se daria conta. Começou a chorar silenciosamente, não sabia a quem agradecer tanta felicidade.

Depois, apenas saía para o ar livre a fim de lamber a rocha húmida, libertar-se rapidamente da urina e dos excrementos e caçar lagartos e serpentes. De noite, era fácil apanhá-los, pois metiam-se sob as pedras lisas ou em pequenos buracos onde ele os descobria através do odor.

Durante as primeiras semanas, subiu ainda, várias vezes, ao cume, a fim de farejar o horizonte a perder de vista. Isso não tardou, no entanto, a tornar-se mais um hábito fastidioso do que uma necessidade, dado que nem uma só vez farejou a menor ameaça. Acabou por renunciar, igualmente, a estas excursões, apenas preocupado em regressar à sua cripta o mais rapidamente possível, mal havia realizado os gestos indispensáveis à sua sobrevivência. Era nessa cripta que ele vivia em plenitude. Ou seja, que se conservava sentado umas boas vinte horas por dia, imerso nas trevas, num silêncio absoluto e numa total imobilidade, sobre a sua manta ao fundo do caminho rochoso de costas apoiadas no entulho, os ombros entalados entre os rochedos e bastando-se a si próprio.

São conhecidos casos de gente que busca a solidão: penitentes, frustrados, santos e profetas. Costumam retirar-se para o deserto, onde se alimentam de gafanhotos e de mel silvestre. Alguns habitam, igualmente, em cavernas ou ermidas em ilhas, longe de tudo, ou, ainda mais espectacularmente, em gaiolas montadas em estacas e afastados do solo. Fazem-no para estarem mais próximos de Deus. Mortificam-se através da solidão, que lhes serve de penitência. Comportam-se assim, persuadidos de levar uma vida que agrada a Deus. Ou ainda aguardam meses e anos, envoltos na sua solidão, que lhes seja dirigida uma mensagem divina que se apressam a ir divulgar pelo mundo.

Nenhum destes casos se assemelhava ao de Grenouille. Nenhum dos seus actos tinha a ver com Deus. Não fazia penitência, nem esperava qualquer inspiração vinda do Além. Era unicamente para seu próprio prazer que se retirara do contacto com o mundo, para estar mais próximo do seu íntimo. Banhava-se na sua existência orientada num sentido meramente pessoal e achava que isso era fantástico. Jazia como o seu próprio cadáver nesta cripta rochosa, respirava dificilmente e o seu coração mal batia e, no entanto, conservava-se vivo e presa de um arrebatamento como ninguém que existisse no mundo exterior jamais conhecera.

26

O teatro destes arrebatamentos (que outra coisa poderia ser?) era esse império interior onde, desde que nascera, tinha gravado os contornos de todos os odores que conhecera. Quando queria pôr-se de bom humor, começava por evocar os mais antigos, os mais longínquos: a atmosfera hostil e fria do quarto de dormir, em casa de Madame Gaillard; o gosto a cabedal curtido que tinham as suas mãos; o desagradável hálito a vinho do padre Terrier; a transpiração quente, maternal e histérica da ama Jeanne Bussie; o fedor a cadáveres do Cemitério dos Inocentes; o odor a crime que a sua mãe emanava. Sentia-se invadido pela repugnância e o ódio e a pele arrepiava-se-lhe, tomado de um horror que o satisfazia.

Por vezes, sempre que este aperitivo de ignomínias não chegava para o pôr em forma, permitia-se um desvio olfactivo pelos lados da oficina de curtumes de Grimal e saboreava o fedor das peles cruas, não descarnadas, e dos banhos de curtume ou imaginava as emanações concentradas de seiscentos mil parisienses sob o calor asfixiante da canícula.

Nesses momentos verificava-se a súbita explosão — era essa a finalidade do exercício — com a violência de um orgasmo de todo o seu ódio acumulado. Semelhante a uma tempestade, desabava sobre estes odores, que tinham ousado ofender as suas nobres narinas. Flagelava-os com a violência da saraiva num campo de trigo, pulverizava todo este esterco como um furacão e afundava-o num gigantesco dilúvio purificador de água destilada. Era tão justa a sua ira! Era tão tremenda a sua vingança! Ah, que sublime instante! Grenouille, o homenzinho, tremia de excitação, todo o corpo se lhe contorcia de um êxtase maravilhoso e arqueava-se de tal maneira que, durante uns momentos, batia com a cabeça no cimo do aterro para, em seguida, se deixar tombar lentamente e ficar estendido, liberto e profundamente satisfeito. Era, de facto, imensamente agradável este acto eruptivo mediante o qual extinguia todos os odores repugnantes, bastante agradável... Este número era praticamente o seu preferido no seu enorme teatro interior, porque lhe deixava a sensação maravilhosa do saudável esgotamento que resulta dos actos heróicos e verdadeiramente grandiosos.

Dava-se então ao luxo de repousar um instante com a consciência tranquila. Distendia-se fisicamente e tanto quanto lhe era possível neste reduzido espaço de pedra. Interiormente, porém, nos espaços então limpos da sua alma, estiraçava-se indolentemente, gozando toda a embriaguez causada pelo esvoaçar dos odores mais subtis junto ao nariz: por exemplo, um ligeiro sopro perfumado, como se tivesse flutuado sobre os prados primaveris; um vento morno de Maio, soprando por entre as primeiras folhas, que coloriam as faias de verde; uma brisa marítima, com o sabor acre a amêndoas salgadas. Levantava-se ao começo da tarde — um começo de tarde fictício, dado que ali não existia, naturalmente, começo de tarde nem final de manhã, tal como não havia noite, nem manhã nem luzes ou trevas, nem prados primaveris ou folhas verdejantes de faias... não havia coisas no universo interior de Grenouille; mas unicamente o odor das coisas. (A referência a este universo na qualidade de paisagem é apenas uma *façon de parler*, mas é uma forma de expressão adequada e a única possível, dado que a nossa linguagem não serve para descrever o mundo dos odores). Era, por conseguinte, ao começo da tarde, ou seja, um estado e um momento na alma de Grenouille, tal como no Sul o fim da sesta, quando desaparece, gradualmente, o torpor desta hora e se pretende retomar a vida até aí parada. O calor impiedoso e inimigo dos perfumes sublimes já tinha desaparecido e a horda dos demónios fora aniquilada. Os campos interiores estendiam-se, claros e suaves, envoltos no repouso lascivo do despertar e aguardando a vontade do seu dono.

Grenouille levantava-se, pois, como se disse, e sacudia toda a sensação de sono do corpo. Punha-se de pé, o Grande Grenouille interior, erguendo-se em todo o seu imponente esplendor. Constituía um espectáculo magnífico (era quase uma pena que ninguém pudessse vê-lo!) e olhava em redor, orgulhoso e soberano.

Sim! Era ali o seu reino! O reino grenouilliano, único no seu género! Que Grenouille, igualmente único no seu género, tinha criado e no qual reinava, que devastava quando lhe apetecia e voltava a reconstruir, que alargava ao infinito e defendia veementemente contra todos os intrusos. Aqui apenas imperava a sua vontade, a vontade do Grande, do único, do Magnífico Grenouille. E agora que os terríveis fedores do passado tinham sido eliminados, ele queria que o seu reino cheirasse bem. Percorria com enormes passadas as terras em pousio e nelas semeava perfumes das mais diversas espécies, ora com largueza, ora com parcimónia, em imensas plantações ou em pequenos e íntimos rincões, atirando os grãos às mãos-cheias ou enterrando-os, um por um, em lugares escolhidos. O Grande Grenouille, o impetuoso jardineiro, chegava às regiões mais distantes do seu reino e em breve não havia um só recanto isento de um grão de perfume.

E, ao certificar-se de que tudo estava em ordem e de que todo o reino se encontrava impregnado da semente divina de Grenouille, o Grande Grenouille fazia cair uma chuva de espírito de vinho, doce e a espaços regulares, e logo tudo e em todos os lugares se punha a germinar, a verdejar e a crescer, que era uma alegria para o coração! A colheita luxuriante ondulava nas plantações e nos jardins secretos surgiam os rebentos. Os botões das flores quase rebentavam os cálices.

Nessa altura, o Grande Grenouille ordenava à chuva que parasse. E assim acontecia. E fazia pairar no país o suave sol do seu sorriso e logo o esplendor destes milhares de flores explodia de uma ponta à outra do reino, tecendo um único tapete multicolor, feito de miríades de corolas de perfumes deliciosos. E o Grande Grenouille via que tudo corria às mil maravilhas. E levantava no país o vento do seu hálito. E as flores, acariciadas, exalavam os seus odores, numa mistura infinda de perfumes, constituindo um perfume único em permanente mutação e, contudo, sempre único, um perfume universal de adoração que lhe era dirigido, a Ele, o Grande, o Único, o Magnífico Grenouille; e ele, ocupando o trono de uma nuvem perfumada de ouro, voltava a aspirar em seu redor, de narinas dilatadas e sentia-se satisfeito com o odor da oferenda. E condescendia em abençoar, por várias vezes, a sua criação, o que esta lhe agradecia mediante hinos de alegria e júbilo e inundando-o de novo com ondas de perfumes magníficos. Entretanto, caíra a noite, os perfumes misturavam-se ao longe com o azul da noite, em combinações sempre mais maravilhosas. Isto provocaria uma verdadeira noite de baile para todos estes perfumes, acompanhada de um gigantesco fogo-de-artifício de perfumes seleccionados.

O Grande Grenouille estava, porém, agora, um pouco fatigado.

— Executei uma grande obra que muito me agrada — declarou, bocejando. — Porém, como tudo o que, está terminado, começa a aborrecer-me. Vou retirar-me e, para acabar este dia de duras tarefas, vou proporcionar mais uma pequena festa ao mais fundo do meu coração.

Assim falava o Grande Grenouille e, desdobrando as asas, enquanto por baixo dele o pequeno aglomerado de perfumes dançava e se entregava alegremente à sua festa, descia da sua nuvem de ouro, percorria a paisagem nocturna da sua alma e regressava à sua casa, ao seu coração.

27

Ah, como era agradável regressar a casa! Não eram poucos os esforços requeridos pela dupla função de vingador e de criador do mundo e o facto de, em seguida, deixar que a sua progenitura o homenageasse durante horas a fio também não contribuía para que repousasse. Fatigado pelas suas tarefas divinas de criação e representação, o Grande Grenouille ansiava pelas alegrias domésticas.

O seu coração era um castelo de cor púrpura. Situava-se num deserto de pedra, camuflado por detrás das dunas, rodeado por um oásis de lama e cercado por sete muralhas de pedra. Era apenas acessível do ar. Possuía mil quartos, mil caves e mil salões requintados, tendo um deles um simples canapé de cor púrpura, onde Grenouille, que agora já não era o Grande Grenouille, mas apenas Grenouille ou simplesmente o amado Jean-Baptiste, costumava repousar das fadigas do dia.

Ora, nas salas do castelo, havia prateleiras, desde o chão ao tecto, que continham todos os odores que Grenouille coleccionara ao longo da vida, vários milhões deles. E nas caves do castelo repousavam, em tonéis, os melhores perfumes da sua vida. Na altura devida eram trasfegados e metidos em garrafas, que depois se alinhavam, segundo o ano e a origem, em quilómetros de galerias frescas e húmidas; e eram tantas que uma vida inteira não chegaria para as beber todas.

E quando o amado Jean-Baptiste, finalmente de volta a *sua casa*, se tinha estendido no seu canapé simples e macio, no salão cor de púrpura — e descalçado as botas, se assim se lhe quiser chamar — batia as mãos para chamar os seus servidores, que eram invisíveis e inaudíveis, impossíveis de tocar e sobretudo de cheirar, portanto, servidores totalmente imaginários, e ordenava-lhes que fossem às salas procurar este ou aquele volume na grande biblioteca dos odores e descessem às caves para lhe trazerem de beber. Os servidores imaginários apressavam-se a obedecer e Grenouille sentia o estômago crispar-se-lhe de uma impiedosa impaciência. Sentia-se repentinamente como o alcoólico que, ao balcão, receia que, por qualquer motivo, lhe recusem a bebida que acaba de encomendar. O que aconteceria se, repentinamente, as caves e as salas estivessem vazias, ou o vinho metido nos tonéis se achasse deteriorado? Por que demoravam tanto? Por que não vinham? Precisava da satisfação imediata da sua ordem, tinha uma necessidade imperiosa, iria morrer ali mesmo se não lhe trouxessem o que pedira.

Calma, Jean-Baptiste! Calma, amigo! Vão trazer-te o que desejas. Eis que acorrem os servidores! Trazem numa bandeja invisível o livro de odores, trazem nas mãos invisíveis e enluvadas de branco as preciosas garrafas, pousam-nas com o máximo de precaução, inclinam-se e desaparecem.

Finalmente deixado só (uma vez mais!) Jean-Baptiste estende a mão para os odores tão esperados, abre a primeira garrafa, enche um copo até acima, leva-o aos lábios e bebe. Bebe este copo de odor fresco e esvazia-o de um trago e é uma maravilha! Uma delícia a tal ponto libertadora, que o amado Jean-Baptiste tem lágrimas de prazer nos olhos e serve-se, de imediato, de mais um copo deste odor: um odor do ano de 1752, colhido na Primavera, antes do nascer do Sol, na Ponte Royal, com o nariz virado para oeste, de onde soprava uma leve brisa em que se misturavam um odor a mar, um odor a floresta e um pouco de odor de alcatrão das barcaças amarradas à margem. Era o odor do primeiro fim de noite que passara a farejar em Paris, sem permissão de Grimal. Era o odor fresco do aproximar do dia, do primeiro alvorecer que vivia em liberdade. Aquele odor fora uma promessa de liberdade. O odor dessa manhã era, para Grenouille, um odor de esperança. Mantinha-o cuidadosamente. E bebia-o todos os dias.

Após ter esvaziado esse segundo copo, desapareciam todos os vestígios de nervosismo, de dúvida e de incerteza, sentia-se invadido por uma calma extraordinária. Recostava-se nas almofadas macias do canapé, abria um livro e dedicava-se a ler as suas recordações. Lia sobre os odores de infância, os odores da escola, os odores de ruas e de recantos da cidade, odores de gente. E percorriam-no agradáveis estremecimentos, pois o que ali se evocava eram os odores detestados, aqueles que havia exterminado. Grenouille lia o livro dos odores repugnantes com um interesse enojado e quando o nojo se sobrepunha ao interesse, fechava simplesmente o livro, pousava-o e pegava noutro.

Não cessava, por outro lado, de absorver perfumes requintados. Seguidamente à sua garrafa do perfume de esperança, desrolhava uma do ano de 1744, cheia do odor a madeira quente, diante da casa de Madame Gaillard. E bebia depois uma garrafa do odor de uma noite de Verão, onde se misturavam pesados aromas florais e vapores de reais perfumes que ele havia colhido na orla de um parque de Saint-Germain-des-Prés, no ano de 1753.

Nessa altura já estava bem embriagado. Os membros pesavam-lhe cada vez mais nas almofadas. No seu espírito pairava uma bruma maravilhosa. E, todavia, ainda não chegara ao termo da sua embriaguez. Na realidade, os seus olhos já não conseguiam ler e há muito que o livro lhe caíra das mãos... não tencionava, porém, acabar a noite sem esvaziar a última garrafa, a mais maravilhosa: era o perfume da jovem da Rua des Marais...

Bebia-o religiosamente e, para o fazer, sentava-se bem direito no canapé, embora lhe fosse difícil, na medida em que o salão cor de púrpura tremia e girava a cada um dos seus gestos. À semelhança de um rapazinho educado, com os joelhos unidos e os pés juntos, a mão esquerda apoiada na coxa esquerda, era assim que o pequeno Grenouille bebia o perfume mais delicioso trazido das caves do seu coração, copo após copo e sentindo-se cada vez mais triste. Tinha consciência de que bebia demasiado. Sabia que lhe era impossível suportar uma tal quantidade de coisas boas. E mesmo assim bebia até esvaziar a garrafa: metia-se pelo corredor escuro, que levava da ruela ao pátio das traseiras; avançava para o halo de luz; a jovem estava sentada e descaroçava as ameixas; escutava-se, ao longe, o estalar dos foguetes e os petardos do fogo-de-artifício...

Pousava o copo e, como que petrificado pela emoção e pela bebida, conservava-se sentado mais uns minutos, o espaço de tempo necessário para a última gota ter sido absorvida pela língua. Mantinha-se imóvel, de olhos redondos e vidrados. O seu cérebro ficava subitamente tão vazio como as garrafas. Em seguida, tombava de lado no canapé cor de púrpura e mergulhava instantaneamente num sono de chumbo.

Ao mesmo tempo, adormecia também o Grenouille exterior na sua manta. E o seu sono era tão profundo como o do Grenouille interior, porque os trabalhos hercúleos e os excessos deste haviam igualmente esgotado o primeiro; porque, numa palavra, eles eram uma única e a mesma pessoa.

Quando acordava, todavia, nem sempre era no salão cor de púrpura do seu castelo, por detrás das sete muralhas, nem nos campos primaveris e perfumados da sua alma, mas única e simplesmente no reduto em pedra, ao fundo do túnel, na pedra dura e no escuro. Sentia náuseas, tão grande era a sua fome e sede; tremia e tinha sintomas iguais aos de um alcoólico inveterado, após uma noite de bebedeira. Saía da galeria de gatas.

No exterior, era uma qualquer hora do dia, regra geral o começo ou o fim da noite, mas mesmo quando era meia-noite, a claridade das estrelas picava-lhe os olhos como agulhas. O ar parecia-lhe cheio de poeira, áspero e queimava-lhe os pulmões; a paisagem era inóspita e Grenouille tropeçava nas pedras. E mesmo os odores mais subtis provocavam no seu nariz, desabituado do mundo, a impressão de uma mordedura implacável. A carraça tornara-se tão sensível como um caranguejo que abandona a casca e erra desprotegido no mar.

Dirigia-se ao lugar onde se encontrava a água, lambia a humidade da parede rochosa durante uma ou duas horas, o que era uma tortura, num espaço em que o tempo se mostrava interminável e o mundo real lhe queimava a pele. Arrancava uns pedaços de musgo às pedras, engolia-os com dificuldade, acocorava-se em qualquer lado e defecava enquanto comia (depressa, depressa, era necessário que tudo se processasse depressa!) e, em seguida, como se fosse um pequeno animal de carne tenra perseguido pelos abutres que no céu voavam em círculo, regressava a correr à sua caverna, seguia até ao fundo do aterro e à sua manta. Lá, encontrava-se de novo em segurança.

Recostava-se no entulho; estendia as pernas e aguardava. Necessitava, então de manter o corpo completamente imóvel; tão imóvel como um recipiente que corre o risco de transbordar por se ter enchido de mais. Devagar, conseguia controlar a respiração. O seu coração excitado batia mais compassadamente e a ressaca interior acalmava-se pouco a pouco. E a solidão voltava a cobrir, de súbito, a sua alma, semelhante a um espelho negro. Fechava os olhos. A porta sombria do seu reino interior abria-se e ele transpunha-a. Nessa altura, podia efectuar-se a actuação seguinte do teatro interior de Grenouille.

28

E tudo isto se repetiu, dia após dia, semana após semana, mês após mês. E assim se passaram sete anos.

Durante esse tempo, o mundo exterior foi devastado pela guerra e verificou-se mesmo uma guerra mundial. Combateu-se na Silésia e na Saxónia, em Hanôver e na Bélgica, na Boémia e na Pomerânia. Os exércitos do rei foram morrer em Hesse e na Vestefália, nas Baleares, nas Índias, no Mississípi e no Canadá, quando o tifo os poupou durante a viagem. A guerra custou a vida a um milhão de homens, ao rei de França custou o seu império colonial e a todos os estados que nela participaram custou tanto dinheiro, que decidiram, finalmente e contrariados, pôr-lhe termo.

Durante este tempo Grenouille quase morreu gelado uma vez, no Inverno e sem que se desse conta. Permanecera cinco dias no salão cor de púrpura e, quando acordou no reduto, estava paralisado pelo frio. Fechou de imediato os olhos para morrer durante o sono. Sobreveio, no entanto, uma mudança de tempo que o descongelou e o salvou.

Uma vez, a neve era tão espessa que ele não teve força para abrir uma passagem até aos líquenes. Alimentou-se, então, de morcegos enregelados.

Um dia, encontrou um corvo à entrada da caverna. Comeu-o. Foram estes os únicos acontecimentos exteriores de que teve consciência em sete anos. De resto, viveu unicamente na sua montanha, no reino da sua alma que ele próprio criara. E aí se teria conservado até à morte (pois nada lhe faltava!) se não fosse a interferência de uma catástrofe que o expulsou da montanha e voltou a cuspi-lo para o mundo.

29

A catástrofe não foi um tremor de terra, nem um incêndio na floresta, nem um desabamento de terras, nem um desmoronamento subterrâneo. Não se tratou de uma catástrofe exterior, mas de uma catástrofe interior e particularmente dolorosa, na medida em que afectou a via de fuga predilecta de Grenouille. Verificou-se durante o sono. Ou melhor, em sonho. Ou melhor em-sono-no-seu-sonho, no seu-coração-na-sua-imaginação.

Estava deitado no canapé do salão cor de púrpura e dormia. À sua volta havia garrafas vazias. Tinha bebido imensamente e terminado mesmo com duas garrafas do perfume da jovem ruiva. Foi provavelmente demasiado, porque o seu sono, embora tão profundo como a morte, não se verificou desta vez isento de sonhos mas foi invadido por pedaços fantasmagóricos de sonhos. Estes pedaços eram nitidamente os atómos de um odor. Primeiro, passaram sob o nariz de Grenouille como meros filamentos ténues, após o que se adensaram e transformaram em nuvens. Teve, nessa altura, a sensação de que se encontrava no meio de um pântano, de onde subia um nevoeiro. O nevoeiro subia lentamente e a uma altura cada vez maior. Grenouille não tardou a ver-se completamente envolvido pelo nevoeiro, embebido em nevoeiro e entre as espirais de nevoeiro deixou de haver a mínima lufada de ar. Para não asfixiar, via-se obrigado a respirar esse nevoeiro. E esse nevoeiro era, como se disse, um odor. E Grenouille sabia, aliás, de que odor se tratava. Esse nevoeiro era o seu próprio odor. O seu, o de Grenouille, o seu odor pessoal era esse nevoeiro.

E esse facto revelava-se atroz, dado que embora Grenouille soubesse que era o *o seu* odor, não podia cheirá-lo. Completamente afundado no seu íntimo, era incapaz de cheirar.

Quando se apercebeu do que se passava, soltou um grito tão horrível como se o tivessem queimado vivo. Esse grito fez desabar as paredes do salão, as muralhas do castelo, brotou-lhe do coração, franqueou os fossos, os pântanos e os desertos, relampejou sobre a paisagem nocturna da sua alma como uma tempestade de fogo, saiu-lhe do fundo da garganta, percorreu a caverna sinuosa e precipitou-se no mundo exterior, para lá do planalto de Saint-Flour... Era como se a montanha gritasse. E Grenouille foi acordado pelo seu próprio grito. Ao acordar, debateu-se para afastar o nevoeiro sem odor que queria asfixiá-lo. Estava morto de medo e todo o corpo se lhe agitava, tomado pelos estremecimentos de um terror fatal. Se o grito não tivesse rasgado o nevoeiro, Grenouille afogar-se-ia em si próprio: uma morte atroz. E enquanto ainda se conservava sentado a tremer e tentava coordenar os pensamentos confusos e angustiados, algo se lhe tornou, de imediato, claro: ia mudar de vida, quanto mais não fosse por não querer repetir um sonho tão horrível. Jamais sobreviveria a essa repetição.

Colocou a manta sobre os ombros e rastejou até ao ar livre. Lá fora, a manhã começava naquele momento, uma manhã do fim de Fevereiro. O sol brilhava. A região cheirava a pedra molhada, a musgo e a água. O vento trazia-lhe um leve odor de anémonas. Enroscou-se em cima da terra, diante da caverna. O sol aqueceu-o. Aspirou o ar fresco. Ainda tinha arrepios ao pensar no nevoeiro ao qual escapara e estremecia de bem-estar ao sentir o calor nas costas. Era, apesar de tudo, benéfico que este mundo exterior existisse, quanto mais não fosse como refúgio. Nem queria pensar no terror que o invadiria se, ao sair do túnel, não tivesse encontrado nenhum mundo! Nenhuma luz, nenhum odor, nada de nada — apenas e unicamente aquele horrível nevoeiro, no interior, no exterior, por todo o lado...

A pouco e pouco, o efeito do choque desvaneceu-se. A pouco e pouco, a angústia libertou a presa das suas garras e Grenouille começou a sentir-se mais seguro. Por volta do meio-dia, tinha recuperado o sangue-frio. Aplicou o indicador e o médio da mão esquerda por baixo do nariz e aspirou, assim, por entre os ossos dos dedos. Cheirou o ar húmido da Primavera, perfumado de anénoma. Não cheirava os dedos. Voltou a mão ao contrário e cheirou-a em concha. Apercebia-se do calor, mas não cheirava qualquer odor. Então, enrolou a manga esfarrapada da camisa e enterrou o nariz na cova do braço. Sabia que era este o local onde as pessoas se cheiram a si próprias. Ele, todavia, não cheirava a nada. E também não tinha qualquer odor nos sovacos, nos pés, no sexo, sobre o qual se inclinou até onde lhe era possível. Que coisa grotesca: ele, Grenouille, que podia farejar a léguas de distância a presença de qualquer outro ser humano, não era capaz de cheirar o odor do seu próprio sexo a um palmo de distância! Não se deixou, no entanto, arrastar pelo pânico. «Não é que eu não cheire, porque tudo cheira», disse de si para si, após uma fria reflexão. «Apenas não cheiro que cheiro, porque desde o meu nascimento que me cheiro de manhã à noite, e, por esse motivo, o meu nariz não reage ao meu próprio odor. Se conseguisse separar de mim o meu odor ou, pelo menos, uma parte e ocupar-me dele passado um certo tempo de desabituação, poderia cheirá-lo e, assim, cheirar-me.»

Desembaraçou-se da manta e despiu a roupa ou o que dela restava, libertou-se dos farrapos, dos pedaços. Há sete anos que não os tirava do corpo. Deviam estar completamente impregnados do seu odor. Pô-los num monte à entrada da caverna e afastou-se. E, pela primeira vez desde há sete anos, voltou a trepar ao cume da montanha. Colocou-se, tal como quando ali chegara, no mesmo lugar, virou o nariz para oeste e deixou que o vento soprasse em redor do seu corpo nu. Fazia tenção de se arejar a fundo, de se inundar a tal ponto com o vento de oeste — ou seja, com o odor do mar e dos prados húmidos — que esse odor eclipsaria todo o cheiro do seu próprio corpo e criar-se-ia, dessa forma, uma diferença a nível olfactivo, entre ele e as suas roupas, colocando-o em posição de aperceber claramente essa diferença. E a fim de receber no nariz um mínimo do seu próprio cheiro, inclinou o tronco para diante, estendeu o pescoço o mais que podia na direcção do vento e afastou os braços bem para trás. Parecia um nadador quando se prepara para mergulhar na água.

Conservou-se durante várias horas nesta posição perfeitamente ridícula, ao mesmo tempo que a sua pele esbranquiçada e desabituada da luz ficava tão vermelha como uma lagosta, embora o sol ainda não incidisse com força. Ao cair da noite, voltou a descer até à sua caverna. Avistou, ao longe, o monte de roupa. Ao percorrer os últimos metros, tapou o nariz e só o destapou quando estava inclinado, aproximando-o, então do monte de roupa. Procedeu à experiência olfactiva de acordo com o método que Baldini lhe tinha ensinado, aspirando uma grande lufada de ar e expirando-a depois em fragmentos. A fim de captar o odor, colocou as mãos em sino por cima da roupa, após o que mergulhou o nariz, à guisa de badalo. Fez tudo o que lhe era possível para cheirar o seu próprio odor nas roupas. Contudo, não havia qualquer odor. Decididamente não existia. Havia ali mil outros odores. O odor da pedra, da areia, do musgo, da resina, do sangue de corvo... até mesmo o odor do salpicão que tinha comprado, há anos atrás, perto de Sully, era ainda claramente perceptível. As roupas continham um diário olfactivo dos últimos sete ou oito anos. Só não continham um odor e esse era o odor daquele que as tinha usado incessantemente ao longo de todo esse espaço de tempo.

Nessa altura, começou a sentir-se um pouco inquieto. O Sol pusera-se. Grenouille estava de pé e nu à entrada deste reduto, em cujo extremo obscuro vivera durante sete anos, o vento era frio e ele estava gelado, mas nem se dava conta de que tinha frio, porque o habitava um outro frio, o do medo. Não se tratava do mesmo medo que tinha sentido em sonho, esse medo atroz de se asfixiar-em-e--por-si-próprio, esse medo que era preciso afastar a qualquer preço e ao qual conseguira fugir. O medo que agora sentia era o de desconhecer ao que se agarrar. Esse medo era o contrário do outro. A este não podia fugir; via-se obrigado a enfrentá-lo. Tinha de — mesmo que a verdade se revelasse terrível — saber, sem sombra de dúvida, se possuía ou não odor. E tinha de o saber imediatamente. Nesse mesmo instante.

Voltou a entrar na caverna. Mal percorreu alguns metros ficou envolto numa obscuridade total, mas para ele era como se fizesse dia claro. Executara aquele trajecto milhares de vezes e conhecia cada passo e cada curva, farejava cada ponta rochosa que pudesse atingi-lo de cima e a mais pequena saliência rochosa do solo. Encontrar o caminho não era difícil. Difícil era a luta que tratava contra a recordação do seu sonho claustrofóbico, que o atingia, como a maré cheia e mais intensamente a cada passo. Agiu, porém, com coragem. Ou seja, combateu o medo de saber através do medo de desconhecer; e ganhou, porque sabia que não lhe restava outra alternativa. Ao chegar ao fundo do aterro, junto à parede de entulho, esses dois medos abandonaram-no. Sentia-se calmo, com o pensamento claro e o nariz tão afiado como uma navalha. Acocorou-se, colocou as mãos sobre os olhos e cheirou. Havia passado sete anos deitado neste túmulo de pedra, longe do mundo. Se existia algum lugar do mundo capaz de conservar o seu odor, era esse. Respirou devagar. Analisou minuciosamente. Levou tempo, antes de fazer o juízo final. Manteve-se acocorado um bom quarto de hora. A sua memória era infalível e ele sabia exactamente ao que cheirava o local, sete anos antes: um odor a pedra, a frescura húmida e salgada, um odor tão puro que jamais algum ser vivo, homem ou animal, ali poderia ter entrado... Ora, era esse exactamente o odor que reinava no local.

Conservou-se mais um instante agachado, calmo, apenas inclinando levemente a cabeça. Em seguida, deu meia volta e partiu, primeiro curvado e, em seguida, quando a altura do aterro o permitiu, muito direito, até desembocar no ar livre.

No exterior, voltou a cobrir-se com os farrapos (os sapatos há anos que tinham apodrecido), pôs a manta aos ombros e abandonou nessa mesma noite o Plomb du Cantal, tomando a direcção do Sul.

30

Oferecia um espectáculo horrível. Os cabelos chegavam-lhe abaixo dos joelhos e a fina barba ao umbigo. As unhas assemelhavam-se a garras e, nos braços e nas pernas, nos lugares onde os farrapos já não lhe lhe cobriam o corpo, a pele caía-lhe aos pedaços.

As primeiras pessoas que encontrou — camponeses num terreno perto da cidade de Pierrefort — fugiram aos gritos e tão depressa quanto as pernas lho permitiram. Na cidade, pelo contrário, causou sensação. As pessoas acorriam às centenas para o olharem boquiabertas. Algumas tomaram-no por um evadido das galés. Outros afirmavam que ele não era um verdadeiro ser humano, mas um cruzamento de homem e de urso, uma espécie de homem do mato. Um indivíduo que outrora andara no mar, afirmou que ele se parecia com os índios de uma tribo selvagem de Caiena, do outro lado do vasto oceano. Levaram-no ao presidente da Câmara. Ali, e para grande admiração dos presentes, ele exibiu o seu certificado de operário, abriu a boca e, com uma linguagem um tanto atabalhoada (eram as primeiras palavras que pronunciava, após uma interrupção de sete anos), mas de maneira compreensível, contou que, ao atravessar a França, tinha sido atacado por ladrões que o haviam levado e feito seu prisioneiro durante sete anos. Ao longo de todo esse tempo, não vira a luz do Sol, nem qualquer ser humano; uma mão invisível tinha-o alimentado, fazendo descer cestos no meio da escuridão e, por fim, fora libertado graças a uma escada que lhe tinham atirado, mas nunca soubera porquê e nunca pusera os olhos nos seus atacantes nem nos seus salvadores. Imaginara esta história, na medida em que lhe parecia mais verosímil do que a realidade e de facto, assim aconteceu, já que esse tipo de ataques pelos salteadores eram frequentes nas montanhas de Auvergne, nas Cevenas e no Languedoc. De qualquer maneira, o presidente da Câmara lavrou o auto sem hesitar e relatou o caso ao marquês de Taillade-Espinasse, governador do feudo e membro do Parlamento de Toulouse.

Aos quarenta anos, o Marquês virara costas a Versalhes e à sua vida cortesã e tinha-se retirado para as suas propriedades, onde se dedicava às ciências. Da sua pena saíra uma obra sobre economia política onde propunha que se abolissem todas as rendas anuais sobre as propriedades e os produtos agrícolas, que se instaurasse um imposto complementar sobre a diminuição de produtividade, em que os pobres seriam os mais atingidos, a fim de os obrigar a desenvolver mais vigorosamente as suas actividades. Encorajado pelo sucesso deste opúsculo, escreveu um tratado sobre a educação dos rapazes e das raparigas dos cinco aos dez anos e abordou, em seguida, a agricultura experimental: mediante o tratamento de diversas forragens com esperma de touro, tentou obter um produto híbrido — um animal-vegetal — produtor de leite, uma espécie de flor com tetas. Após sucessos iniciais prometedores, que lhe chegaram a permitir a preparação de um queijo de leite vegetal, que a Academia das Ciências de Lião certificou ter «um sabor caprino, embora um pouco amargo», viu-se obrigado a suspender as suas experiências devido ao elevadíssimo custo dos hectolitros de esperma de touro que tinha de espalhar nos campos. Contudo, esta abordagem dos problemas agrobiológicos despertara-lhe o interesse não só pelo que se concordou em chamar de gleba, mas pela terra em geral e as suas relações com a biosfera.

Ainda mal havia terminado os seus trabalhos práticos acerca da flor com tetas lactíferas, quando se deitou com redobrado vigor científico à elaboração de um vasto ensaio sobre as relações entre a energia vital e a proximidade da terra. Defendia a tese de que a vida apenas poderia desenvolver-se a uma certa distância da terra, na medida em que esta exalava permanentemente um gás deletério que ele designava de *fluidum letale* e que, na sua opinião, paralisava as energias vitais e, mais cedo ou mais tarde, as destruía por completo. Este o motivo por que todos os seres vivos em crescimento se esforçavam por se afastar da terra e não por se enraizarem; este igualmente o motivo por que erguiam para o céu as suas partes mais preciosas: o trigo, a espiga; a planta, a flor; o homem, a cabeça; e este também o motivo por que quando a idade os dobrava e os voltava a curvar na direcção da terra, sucumbiam irremediavelmente a este gás mortífero em que, aliás, eles próprios se transformavam através do processo de decomposição resultante da morte.

Mal chegou aos ouvidos do marquês de Taillade-Espinasse que fora assinalada em Pierrefor a presença de um indivíduo que teria vivido sete anos numa caverna (e, assim, totalmente rodeado pelo elemento deletério que a terra constituía aos seus olhos), ficou entusiasmadíssimo e logo mandou que lhe trouxessem Grenouille ao seu laboratório, onde o submeteu a um exame minucioso. Viu a sua teoria confirmada ao grau de máxima evidência: o *fluidum letale* já havia actuado de tal forma sobre Grenouille, que o seu organismo de vinte e cinco anos apresentava visíveis sintomas de decadência, característicos da velhice. A única coisa que lhe salvara a vida — foi esta a explicação fornecida por Taillade-Espinasse — residia no facto de ao longo do seu sequestro, terem fornecido a Grenouille uma alimentação à base de pão e de frutos. De momento, a saúde do indivíduo apenas poderia restabelecer-se sob condição de o libertar por completo do *fluidum letale*, o que permitiria a aplicação de um invento de Taillade-Espinasse, o aparelho de ventilação de ar vital. Possuía um no armazém da sua mansão em Montpelllier e, se Grenouille acedesse a submeter-se a uma experiência de carácter científico, o Marquês não só o curaria da sua intoxicação mortal provocada pelo gás telúrico, como também lhe daria uma significativa quantia em dinheiro…

Duas horas depois, meteram-se a caminho na carruagem. Embora as estradas se apresentassem num estado deplorável, percorreram em dois dias as sessenta e quatro léguas que os separavam de Montpellier porque, apesar da sua idade avançada, o Marquês não confiou a mais ninguém a missão de fustigar os cavalos e servir de cocheiro e consertou, várias vezes e com as suas próprias mãos, um eixo ou uma mola partidos, a tal ponto se encontrava satisfeito com a sua descoberta e desejoso de a apresentar o mais rapidamente possível a um público culto. Por seu lado, Grenouille não teve permissão de sair uma única vez da carruagem. Foi obrigado a manter-se no interior com os seus farrapos e envolto dos pés à cabeça numa coberta embebida em argila húmida. Como alimento, só teve direito ao longo do trajecto a raízes cruas. Desta maneira, o Marquês gozava antecipadamente o prazer de perpetuar por mais algum tempo o grau ideal de intoxicação através do fluido telúrico.

Uma vez chegado a Montpellier, alojou de imediato Grenouille na cave da sua mansão e logo enviou convites a todos os membros da Faculdade de Medicina, da Sociedade de Botânica, da Escola de Agricultura, da Associação dos Físicos e Químicos, da Loja Maçónica e das restantes sociedades eruditas que na cidade não eram menos de uma dúzia. E alguns dias mais tarde — exactamente uma semana após ter abandonado a solidão da montanha — Grenouille encontrava-se num estrado da Aula Magna da Universidade de Montpellier, diante de uma multidão de quatrocentas pessoas, a quem foi apresentado como o acontecimento científico do ano.

Na sua exposição, Taillade-Espinasse declarou que ele era a prova real da exactidão da teoria do *fluidum letale* telúrico. Enquanto arrancava, um por um, os farrapos a Grenouille, o Marquês referia-se aos efeitos devastadores que o gás deletério provocara no seu corpo: notavam-se pústulas e cicatrizes causadas pela corrosão gasosa; no peito, um enorme e inflamado carcinoma gasoso; uma destruição generalizada da epiderme; e mesmo uma visível atrofia fluida do esqueleto, que se apresentava sob a forma do pé boto e da corcunda. Os órgãos internos, tais como o pâncreas, o fígado, os pulmões, a vesícula biliar e o tubo digestivo haviam igualmente sofrido graves afecções de origem gasosa, segundo comprovava, indubitavelmente, a análise às fezes que se encontravam num recipiente aos pés do orador e que todos poderiam examinar. Em resumo, podia assim concluir-se que a paralisia das energias vitais resultante de sete anos de intoxicação pelo «*fluidum letale* de Taillade» atingira nesse momento uma tal fase que o indivíduo — cujo aspecto exterior denotava, aliás, bastantes semelhanças com o de uma toupeira — deveria considerar-se mais próximo da morte do que da vida. Contudo, e embora o indivíduo estivesse normalmente votado a uma morte próxima, o orador propunha-se aplicar-lhe uma terapêutica ventilatória que, aliada a um regime revitalizador, o recomporia no espaço de oito dias, a ponto de os indícios de uma cura total aparecerem aos olhos de todos de uma forma indubitável. A fim de poderem verificar a exactidão do prognóstico e de se convencerem, mediante factos concretos, quanto à justeza doravante comprovada da teoria do *fluidum letale* telúrico, os presentes ficavam desde esse momento, convidados a comparecerem ali mesmo no prazo de uma semana.

A conferência obteve um extraordinário sucesso. O público erudito aplaudiu calorosamente, após o que desfilou diante do estrado, onde Grenouille se mantinha de pé. Devido ao estado lamentável em que o haviam conservado, com todas as suas cicatrizes e antigas enfermidades à vista, causava efectivamente uma impressão tão horrível, que todos o julgavam em semidecomposição e irremediavelmente perdido, embora ele se sentisse de perfeita saúde e cheio de vigor. Alguns daqueles cavalheiros deram-lhe pancadinhas com expressões entendidas, tiraram-lhe medidas, examinaram-lhe a boca e os olhos. Outros dirigiram-lhe a palavra, questionando-o sobre a sua vida na caverna e o seu estado de saúde actual. Ele cingiu-se, no entanto, estritamente às instruções que o Marquês lhe dera de antemão e apenas respondeu a esse tipo de perguntas emitindo grunhidos e apontando desesperadamente com as duas mãos na direcção da laringe, a fim de dar a entender que também esta se encontrava corroída pelo *fluidum letale*.

No final deste espectáculo, Taillade-Espinasse voltou a embalá-lo e a reexpedi-lo para as caves da sua mansão. Ali e na presença de alguns eleitos, médicos da Faculdade de Medicina, fechou-o no aparelho de ventilação de ar vital; este compunha-se de um tabique estanque construído com tábuas de pinho, onde uma chaminé de arejamento, aberta no alto do telhado, permitia a passagem de uma forte corrente de ar colhido nas alturas e, por conseguinte, isento de gás letal; este ar escapava-se, seguidamente, através de uma válvula situada ao nível do solo. Este dispositivo era accionado por um grupo de criados, cuja missão consistia em zelar para que os ventiladores instalados na chaminé nunca parassem, nem de dia nem de noite. E, enquanto Grenouille era assim mergulhado numa corrente de ar purificador, passavam-lhe de hora a hora, através de uma abertura gradeada de porta dupla colocada num dos lados, alimentos dietéticos estranhos à terra: caldo de pombo, *pâté* de cotovia, ragu de pato selvagem, compotas de frutos de árvores, pão de variedades de trigo com hastes extremamente elevadas, vinho dos Pirenéus, leite de cabra-montês e ovos postos por galinhas criadas no sótão da mansão.

Esta dupla cura de descontaminação e de revitalização durou cinco dias. Nessa altura, o Marquês mandou parar os ventiladores e transportar Grenouille para uma casa de barrela, onde o deixaram de molho, várias horas, em banhos de água da chuva tépidos, até que, finalmente, o lavaram da cabeça aos pés com um sabonete de óleo de nozes proveniente da cidade de Potosi, nos Andes. Cortaram-lhe as unhas das mãos e dos pés, limparam-lhe os dentes com cré em pó fino dos Dolomitas, barbearam-no, cortaram-lhe e desenriçaram-lhe os cabelos que, em seguida, pentearam e empoaram. Mandaram vir um alfaiate, um sapateiro e Grenouille viu-se com uma camisa de seda, peitilho branco e mangas de renda, meias de seda, uma casaca, calções e uma jaqueta em veludo azul, além de uns belos escarpins em cabedal preto, que dissimulavam perfeitamente o seu pé direito, aleijado. O Marquês cobriu de talco com as suas mãos alvas o rosto cheio de cicatrizes de Grenouille, pôs-lhe carmim nos lábios e nas maçãs do rosto e, ajudado por um lápis de carvão de madeira de tília, desenhou as sobrancelhas numa curva verdadeiramente distinta. Vaporizou-o, em seguida, com o seu perfume pessoal, uma água de violetas bastante rudimentar, recuou uns passos e necessitou de um longo momento antes de conseguir encontrar as palavras adequadas ao seu deslumbramento.

— Estou encantado comigo próprio, senhor — acabou por dizer. — O meu génio deixa-me atónito. Nunca duvidei, evidentemente, de que a minha teoria fluídica estivesse certa; vê-la, porém, tão espantosamente confirmada pela prática terapêutica, perturba-me. Era um animal e fiz de si um homem. Um acto verdadeiramente divino. Permita-me que me sinta emocionado... Dirija-se até esse espelho e contemple-se. Verificará, pela primeira vez na vida, que é um ser humano; nada de particularmente extraordinário ou distinto, mas de qualquer forma um ser humano perfeitamente aceitável. Aproxime-se, senhor! Contemple-se e admire o milagre que executei na sua pessoa!

Era a primeira vez que alguém tratava Grenouille por «senhor».

Dirigiu-se ao espelho e contemplou-se. Até esse momento, jamais se vira reflectido num espelho. Viu na sua frente um cavalheiro vestido com uma bela casaca azul, uma camisa branca e meias de seda e curvou-se, instintivamente, diante da sua própria imagem, como sempre havia feito na presença de tais cavalheiros. Contudo, o elegante cavalheiro curvou-se igualmente e, quando Grenouille se endireitou, o cavalheiro fez outro tanto; nesse momento ambos se imobilizaram e se olharam fixamente.

O que mais espantava Grenouille era o facto de ter um ar tão inacreditavelmente normal. O Marquês tinha razão: ele nada tinha de especial, não era bonito, mas também não era de uma fealdade assustadora. Não era um homem alto, tinha um porte um tanto desajeitado, o rosto era um tanto inexpressivo, numa palavra, assemelhava-se a milhares de outros seres. Se descesse à rua, ninguém se voltaria à sua passagem. Nem ele próprio se notaria, caso se cruzasse com a sua pessoa. Excepto se se apercebesse de que esse alguém que se lhe assemelhava tinha tão pouco odor, excluindo a água de violetas, como aquele cavalheiro reflectido no espelho e o outro em frente do mesmo.

E, todavia, ainda há dez dias, os camponeses fugiam aos gritos quando o avistavam. Nessa altura, sentia-se de facto a mesma pessoa e se neste momento fechasse os olhos não se sentiria em nada diferente do que era então. Farejou o ar que o seu corpo exalava, cheirou o perfume de baixa qualidade, o veludo e o cabedal colado de fresco dos sapatos; cheirou a seda, o pó, o cosmético, o odor discreto do sabonete de Potosi. E tomou súbita consciência de que não havia sido o caldo de pombo, nem estes imbecis rituais ventilatórios que o tinham transformado num homem normal, mas sim estas roupas, este corte de cabelo e um pouco de artifícios cosméticos.

Abriu os olhos, semicerrando as pálpebras, e verificou que o cavalheiro do espelho fazia o mesmo; um pequeno sorriso pairava-lhe nos lábios pintados de carmim, como que a manifestar-lhe que não o achava antipático. E o próprio Grenouille achou que aquele cavalheiro do espelho, aquela silhueta sem odor, disfarçada e maquilhada de homem possuía algo; parecia-lhe, de qualquer maneira, que — caso se aperfeiçoasse a maquilhagem — poderia causar qualquer efeito no mundo exterior, um efeito que Grenouille jamais teria sonhado para si próprio. Esboçou um pequeno aceno de cabeça à silhueta e verificou que, ao corresponder-lhe, ela dilatava discretamente as narinas...

31

No dia seguinte, quando o Marquês se dedicava a ensinar-lhe as poses, os gestos e os passos de dança que exigiam a sua próxima aparição em público, Grenouille simulou uma tontura e deixou-se cair num sofá, aparentemente sem forças e como que prestes a sufocar.

O Marquês ficou fora de si. Chamou os criados aos gritos, exigiu que lhe trouxessem leques e ventiladores portáteis e, enquanto os criados se afastavam a correr a fim de executar as ordens recebidas, ajoelhou-se junto a Grenouille, agitou o ar à sua volta com o lenço impregnado de perfume, suplicou-lhe de joelhos que por amor de Deus se recompusesse e que não entregasse a alma precisamente nesse instante, mas esperasse, se possível, até ao dia seguinte; caso contrário, o futuro da sua teoria do fluido letal ficaria deveras comprometida.

Grenouille dobrava-se em dois, torcia-se, asfixiava, gemia, esbracejava para afastar de si o lenço e, a finalizar, deixou-se cair espectacularmente do sofá e foi enroscar-se no canto mais afastado da sala.

— Esse perfume, não! — gritava como num último fôlego. — Esse perfume, não! Ele mata-me!

Só quando Taillade-Espinasse atirou o lenço pela janela e a sua casaca, que cheirava igualmente a violetas, para a sala vizinha, é que Grenouille se acalmou e explicou num tom de voz cada vez mais calmo que, na sua qualidade de perfumista, tinha um nariz de uma sensibilidade profissional e que, desde sempre, mas em particular nesse instante de convalescença, reagia de uma forma muito violenta a determinados perfumes. Acrescentou que o facto de ter sido a tal ponto afectado pelo odor da violeta, uma flor em si encantadora, resultava na sua opinião de o perfume do Marquês conter uma elevada percentagem de extracto de raízes de violeta, cuja origem subterrânea se reflectia nefastamente sobre um indivíduo já exposto à agressão do fluido letal. Na véspera, quando da primeira aplicação deste perfume, sentira os nervos em franja e, nesse dia, ao cheirar novamente esse odor de raízes, tivera a sensação de que voltavam a atirá-lo para o horrível e fedorento buraco na terra, onde vegetara durante sete anos. Não podia encontrar melhor explicação do que a revolta do seu organismo, na medida em que agora que a arte do «senhor Marquês» lhe proporcionara uma vida de ser humano numa atmosfera isenta de fluido, preferia morrer ali mesmo do que expor-se uma vez mais a esse odioso fluido. Ainda agora se sentia preso de convulsões só de pensar neste perfume de raízes. Tinha, no entanto, a firme convicção de que se recomporia imediatamente, se o Marquês o autorizasse, para conseguir expulsar esse perfume em definitivo, a criar um perfume de sua lavra. Estava, por exemplo, a pensar num aroma particularmente leve e aéreo, feito com base em ingredientes afastados da terra, como a água de amêndoas e de flor de laranjeira, eucalipto, óleo de agulhas de pinheiro e óleo de cipreste. Bastava um esguicho de um tal perfume na sua roupa, apenas umas gotas no pescoço e nas faces e ficaria para sempre protegido contra a repetição de uma penosa crise, idêntica à que acabava de sofrer...

Tudo aquilo que, no sentido de uma maior clareza, aqui relatámos, substancialmente e por ordem lógica, consistiu de facto, ao longo de uma meia-hora, numa torrente de palavras febris e entrecortadas à mistura com tosse, estertores e asfixias que Grenouille fez acompanhar de tremores, gesticulações e revirar de olhos. O Marquês ficou consideravelmente impressionado. A subtil argumentação do seu protegido, que se enquadrava perfeitamente na teoria do fluido letal, convenceu-o mais do que os sintomas do mal. O perfume de violetas, claro! Um produto horrivelmente terrestre e subterrâneo mesmo! Era provável que ele próprio, depois de o ter usado anos a fio, se encontrasse intoxicado. Sem suspeitar que com este perfume se ia matando, gradualmente, dia a dia. A sua fota, a rigidez da nuca, a moleza do sexo, as hemorróidas, o zumbido nos ouvidos, os dentes apodrecidos resultavam, obviamente, dos miasmas emanados por essa raiz de violeta, infectada pelo fluido. E era, afinal, este homenzinho imbecil, este pedaço de gente miserável encolhido ao canto da sala, que o levava a reflectir no assunto! O Marquês sentiu-se enternecido. Esteve quase a ponto de o ajudar a levantar-se e a apertá-lo de encontro ao coração. Teve, no entanto, receio de ainda cheirar a violetas, e, portanto, voltou a chamar os seus servidores aos gritos e ordenou-lhes que fizessem desaparecer da sua casa todo o perfume de violetas, que arejassem toda a mansão, que lhe desinfectassem a roupa no ventilador de ar vital e levassem imediatamente Grenouille na sua liteira ao melhor perfumista da cidade. Ora, era este exactamente o objectivo pretendido por Grenouille ao simular a crise.

A perfumaria usufruía de velhas tradições em Montpelllier e, embora nos últimos tempos a concorrência de Grasse tivesse produzido efeitos nefastos, continuava a haver na cidade alguns bons mestres perfumistas e luveiros. O mais famoso dentre eles, um tal Runel, tomando em consideração as lucrativas relações que mantinha com a casa do marquês de Taillade-Espinasse, ao qual fornecia sabonetes, óleos e perfumes de todo o género, concordou com o insólito pedido que lhe era dirigido: a cedência do seu laboratório, durante uma hora, a esse estranho artesão perfumista parisiense, transportado na liteira. Aquele declinou quaisquer explicações, não quis sequer saber o lugar das coisas e declarou que conseguiria arranjar-se; fechou-se, em seguida, no *atelier*, onde permaneceu uma boa hora, enquanto Runel, acompanhado pelo mordomo do Marquês, foi despejar uns copos de vinho à taberna e escutou os motivos que haviam feito cair a sua água de violetas em desgraça.

O *atelier* e a loja de Runel estavam longe de um aprovisionamento parecido com o da perfumaria de Baldini, em Paris. Com aqueles óleos de flores, águas e especiarias, um perfumista médio não poderia, de forma alguma, conseguir maravilhas. No entanto, Grenouille farejou, logo à entrada, que os ingredientes disponíveis bastavam, na perfeição, para o que desejava fazer. Não tencionava criar um grande perfume; não queria inventar uma combinação prestigiosa como, outrora, para Baldini, algo que emergisse do oceano da mediocridade e enlouquecesse as pessoas. O seu verdadeiro objectivo não era sequer uma simples água de flor de laranjeira, como prometera ao Marquês. As vulgares essências de neroli, eucalipto e folha de cipreste teriam como função exclusiva camuflar o verdadeiro odor que ele se propunha fabricar, ou seja, o odor a ser humano. Pretendia mesmo que não passasse de um baixo sucedâneo, adquirir este odor a ser humano de que se encontrava desprovido. Não existia, obviamente, *um* odor a ser humano, tal como não existia *um* rosto humano. Cada pessoa tinha um odor diferente e ninguém o sabia melhor do que Grenouille, que conhecia milhares e milhares de odores individuais e que, desde a nascença, distinguia as pessoas através do olfacto. E havia, no entanto, um elemento fundamental do odor humano e, na realidade, bastante simples: um elemento constante, gorduroso, sudatório, acre como o queijo, no seu conjunto bastante repugnante, comum a toda a gente e sobre o qual flutuavam em seguida as pequenas nuvens infinitamente diversificadas e que proporcionavam as auras individuais.

No entanto, essas auras, esses códigos extraordinariamente complexos e na totalidade diversos que definiam o odor *pessoal* não eram, aliás, perceptíveis à maioria dos seres humanos. A maioria das pessoas ignorava que possuía um odor específico e fazia, aliás, todo o possível por o dissimular sob as roupas ou utilizando os aromas artificiais em moda. Conheciam meramente aquele odor fundamental, aquela fragrância primitiva da Humanidade; nela viviam e nela se sentiam protegidos e todos os que exalassem esse repugnante odor universal logo eram reconhecidos como pertencendo à sua casta.

Foi um estranho perfume o que Grenouille criou nesse dia. O mundo jamais havia conhecido qualquer outro tão estranho. Não cheirava a um perfume, era antes um *odor humano*. Se se tivesse cheirado este perfume numa divisão imersa na obscuridade, julgar-se-ia que ali se encontrava outra pessoa. E, caso tivesse sido utilizado por um ser revestido do seu próprio odor humano, ter-se-ia a impressão olfactiva de estar frente a dois seres humanos ou, pior ainda, a uma criatura monstruosamente dupla, idêntica a uma forma que não se consegue fixar com o olhar, móvel e ondulante, como quando se contempla o fundo de um lago de águas agitadas.

A fim de imitar este odor humano (de forma muito imperfeita, segundo ele próprio estava consciente, mas mesmo assim com capacidade bastante para iludir os outros), Grenouille procurou os ingredientes mais insólitos no *atelier* de Runel.

Por detrás da ombreira da porta, que dava para o pátio, encontrou um excremento de gato ainda relativamente fresco. Retirou a metade de uma colherinha que colocou na garrafa de mistura, em simultâneo com algumas gotas de vinagre e sal fino. Sob a mesa de trabalho do laboratório descobriu uma migalha de queijo do tamanho da unha de um polegar e manifestamente resultante de uma refeição de Runel. Datava de há bastantes dias, começava a deteriorar-se e emanava um forte cheiro a azedo. Da tampa de uma lata de sardinhas, que se encontrava nas traseiras da loja, arrancou umas raspas que cheiravam a peixe rançoso e que misturou com o ovo podre e castóreo, amoníaco, noz-moscada, raspas de corno e coiro de porco queimado e igualmente raspado. Adicionou uma dose bastante forte de lima, misturou com álcool todos estes horríveis ingredientes, deixou-os assentar e filtrou-os para uma segunda garrafa. Esta mistura exalava um odor insuportável. Tinha um fedor de esgoto, de cadáver em decomposição e quando as suas emanações se diluíam um pouco no ar mais puro provocado pelo agitar de um leque, tinha-se a impressão de se estar em Paris, num dia quente de domingo, na esquina da Rua aux Fers com a Rua de la Lingerie, onde se reuniam os odores das Halles, do Cemitério dos Inocentes e dos prédios a abarrotar de gente.

A esta base horrível que, na realidade, cheirava mais a cadáver do que a homem, adicionou uma camada de aromas de óleos frescos: hortelã-pimenta, alfazema, terebintina, limão, eucalipto, os quais, por sua vez, doseou e dissimulou agradavelmente sob um conjunto de subtis óleos florais como o gerânio, a rosa, a flor de laranjeira e o jasmim. Após mais uma percentagem de álcool e uma pitada de vinagre, esta mistura perdera o odor repugnante que ao princípio a caracterizara. Graças à frescura dos ingredientes acrescentados, o fedor latente tornara-se quase imperceptível, o perfume das flores cortara a exalação fétida, tornando-a quase agradável e, curiosamente, nada, mas mesmo nada, recordava o odor a decomposição. O perfume emanava, pelo contrário, um alegre e forte aroma a vida.

Grenouille dividiu-o por dois frascos que meteu nos bolsos. Em seguida, lavou cuidadosamente as garrafas, o almofariz, o funil e a colher, esfregou-os com óleo de amêndoa amarga, a fim de eliminar qualquer vestígio de odor e pegou numa outra garrafa de mistura. Compôs rapidamente um segundo perfume, uma espécie de cópia do primeiro, igualmente fabricado com essências frescas e florais mas com uma base completamente isenta da papa de bruxaria: tratava-se, banalmente, de um pouco de almíscar, âmbar, uma pitada de lima e de óleo de madeira de cedro. Este perfume tinha um odor muito diferente do primeiro: mais fraco, mais inocente, menos virulento, dado faltar-lhe o que compõe o odor humano. Contudo, se um ser humano o aplicasse, misturando-o com o seu odor pessoal, não se diferenciaria daquele que Grenouille tinha fabricado para seu uso exclusivo.

Após ter enchido mais dois frascos com este segundo perfume, despiu-se por completo e aspergiu as roupas com o primeiro. Em seguida, humedeceu os sovacos, pô-lo entre os dedos dos pés, no sexo, no peito e no pescoço, atrás das orelhas e nos cabelos, vestiu--se novamente e saiu do *atelier*.

32

Quando se viu na rua, sentiu um medo repentino, consciente de que era a primeira vez na sua vida que exalava um odor humano. No entanto, ele próprio tinha a sensação de que exalava um fedor repugnante. E era-lhe impossível imaginar que os outros não achassem o seu odor igualmente pestilento. Não se atreveu a entrar na taberna onde Runel e o mordomo o esperavam. Pareceu-lhe menos arriscado testar primeiro esta nova aura num meio anónimo.

Optando pelas ruelas mais estreitas e mais sombrias, esquivou-se até ao rio, em cuja margem os curtidores e os tintureiros tinham os seus *ateliers* e exerciam a sua actividade nauseabunda. Sempre que se cruzava com um deles ou passava diante de um alpendre, onde brincavam crianças ou as velhas estavam sentadas, abrandava o passo e espalhava o seu odor numa grande e espessa nuvem à sua volta.

Desde muito novo que se habituara a passar despercebido, não porque as pessoas o desprezassem (como o julgara em certa altura da vida), mas porque nada as advertia da sua presença. Não possuía espaço à sua volta, não produzia vagas na atmosfera como os outros, não emitia, por assim dizer, uma sombra no rosto dos outros. Só quando chocava com alguém de frente, se via no meio da multidão ou a qualquer esquina, é que a sua presença era momentaneamente apercebida; e quando tal acontecia era, na generalidade, com receio de que o outro o observasse fixamente durante uns segundos, como se estivesse diante de um ser que, de facto, jamais deveria ter existido; um ser que, embora inegavelmente ali, de uma certa forma não se encontrava presente; e o outro afastava-se apressadamente logo de seguida e instantes depois esquecera-o...

Naquele momento, porém, ao percorrer as ruelas de Montpellier, Grenouille sentiu e apercebeu-se indubitavelmente (e em cada uma dessas vezes inundou-o um enorme sentimento de orgulho) de que produzia efeito nas pessoas. Ao passar junto a uma mulher, que estava inclinada sobre uma nascente, notou que ela erguia a cabeça por instantes, a fim de ver quem estava por perto e que, em seguida, manifestamente tranquilizada, voltava a prestar atenção à sua selha. Um homem que se encontrava de costas para ele, virou-se para o seguir curiosamente com o olhar durante uns bons momentos. As crianças com as quais se cruzou no caminho afastaram-se, não por medo, mas para o deixar passar; e mesmo quando saíam a correr das portas das casas e quase chocavam de encontro às suas pernas não se assustavam, mas esquivavam-se ao embate, como se tivessem pressentido a aproximação de alguém.

Diversos encontros deste género contribuíram para que ajuizasse da força e do impacte da sua nova aura e ganhasse mais autoconfiança e temeridade. Avançava na direcção das pessoas com um passo mais rápido, roçava-as ao de leve e chegou mesmo a afastar um pouco o cotovelo para tocar, como que por acaso, no braço de um transeunte. Em determinado momento, chocou distraidamente com um indivíduo, que pretendia ultrapassar, e este que ainda no dia anterior ficaria petrificado ante o súbito aparecimento de Grenouille, procedeu como se nada fosse, aceitou a desculpa, esboçou mesmo um leve sorriso e deu uma palmada no ombro de Grenouille.

Abandonou as ruelas e desembocou na praça diante da Catedral de São Pedro. Os sinos tocavam e as pessoas comprimiam-se dos dois lados do portal. Era a saída de um casamento. Todos queriam ver a noiva. Grenouille acorreu a misturar-se com a multidão. Empurrava, abria caminho com os cotovelos, queria chegar até onde a mesma era mais densa, roçar a pele pelas pessoas, colocar-lhes o seu perfume debaixo do nariz. E conservava os braços afastados do corpo no meio daquele aperto e mantinha, igualmente, as pernas bem abertas, tendo desabotoado o colarinho para que emanasse o perfume em cheio... e sentiu uma enorme alegria ao tomar consciência de que os outros não se apercebiam de nada, absolutamente de nada; de que todos aqueles homens, aquelas mulheres e aquelas crianças que se comprimiam à sua volta, se deixavam iludir com a maior das facilidades; que inalavam o fedor que ele fabricara à base de excremento de gato, de queijo e de vinagre, como se se tratasse do odor de um seu semelhante; e que o aceitavam a ele, Grenouille, o patinho feio da ninhada, como um ser humano no meio dos semelhantes.

Sentiu de encontro aos joelhos uma criança, uma menina, apertada no meio dos adultos. Pegou-lhe com uma hipócrita solicitude e ergueu-a nos braços para que ela visse melhor. A mãe não só lho permitiu como ainda lhe agradeceu e a menina soltava gritos de alegria.

Grenouille conservou-se, assim, um bom quarto de hora no meio da multidão, apertando uma criança desconhecida de encontro ao seu coração falso. E, enquanto o cortejo desfilava ao som dos sinos e das aclamações da multidão sobre a qual caiu uma chuva de moedas, explodiu uma outra alegria no coração de Grenouille; uma alegria maligna, um sentimento de triunfo perverso que o fazia estremecer e o embriagava como uma lufada de desejo sexual e sentiu dificuldade em não cuspir toda a sua bílis e o seu veneno no rosto daquela gente, gritando-lhe vitoriosamente que não tinha medo dela; que nem sequer a detestava; que, pelo contrário, a desprezava do mais fundo do seu íntimo, pela sua estupidez fedorenta; porque se deixava iludir e enganar por ele; porque nada era e ele era tudo! E, como que por desprezo, apertou a criança mais fortemente de encontro ao coração, tomou fôlego e juntou-se ao coro dos outros.

— Viva a noiva! — gritava. — Vivam os noivos! Viva este belo casal!

Após a noiva partir e a multidão começar a dispersar-se, devolveu a criança à mãe e entrou na igreja, a fim de se recompor da sua excitação e descansar. No interior da catedral, a atmosfera estava carregada de incenso, que se elevava, em nuvenzinhas frias, de dois receptáculos colocados de cada lado do altar e cobria, à semelhança de uma capa asfixiante, os odores mais subtis das pessoas que tinham assistido à cerimónia. Grenouille sentou-se, encolhido, num dos bancos por baixo do coro.

Sentiu-se, repentinamente, invadido por uma enorme satisfação. Não uma embriaguez semelhante à que outrora experimentara no coração da montanha quando das suas orgias solitárias, mas um contentamento lúcido e muito frio, que resulta da consciência do poder. Conhecia, agora, as suas capacidades. Com a ajuda dos processos mais modestos, tinha conseguido, graças ao seu próprio génio, reconstruir o odor humano, e fizera-o de uma forma tão perfeita que mesmo uma criança se enganara. Sabia agora que os seus poderes ainda iam mais além. Sabia que podia melhorar este perfume. Seria capaz de criar um perfume não só humano, mas sobre-humano; um perfume angelical, tão indescritivelmente bom e pleno de energia vital, que quem o respirasse ficaria enfeitiçado e quem o usasse amaria Grenouille de todo o coração.

Sim, era preciso que o amassem, quando estivessem debaixo do sortilégio do seu perfume; não apenas que o aceitassem como um deles, mas que o amassem até à loucura, até ao auto-sacrifício, que estremecessem de delírio, que gritassem, que chorassem de volúpia sem saber porquê, era preciso que caíssem de joelhos como ante o odor frio de Deus, sempre que o cheirassem, a ele, Grenouille! Tencionava ser o deus omnipotente do perfume, como o havia sido nas suas fantasias, mas que esta omnisciência se exercesse, doravante, no mundo real e em seres humanos reais. E sabia que isso estava nas suas mãos. De facto, os homens podiam fechar os olhos ante a grandiosidade, ante o louvor, ante a beleza e fechar os ouvidos a melodias ou palavras lisonjeiras. Não podiam, no entanto, furtar-se ao odor, dado que o odor era irmão da respiração. Penetrava nos homens em simultâneo com ela; não podiam erguer-lhe obstáculos, caso lhes interessasse viver. E o odor penetrava directamente neles até ao coração e ali tomava decisões sobre a simpatia e o desprezo, a repugnância e o desejo, o amor e o ódio. Quem controlava os odores, controlava o coração dos homens.

Grenouille estava totalmente descontraído no seu banco da catedral de São Pedro e sorria. Não se sentia eufórico ao forjar aquele plano de dominar os homens. Não havia uma centelha de loucura nos seus olhos, nem qualquer esgar demente no rosto. Estava no seu perfeito juízo. Achava-se tão lúcido e sereno que se interrogou mesmo sobre o motivo que o levava a desejar tudo isso. E concluiu que o desejava porque era essencialmente mau. E o pensamento fê-lo sorrir de contentamento. Tinha um ar da mais absoluta inocência, semelhante a qualquer homem feliz.

Conservou-se um momento sentado e envolto naquela calma do recolhimento, inalando com força o ar saturado de incenso. E um sorriso divertido voltou a pairar-lhe no rosto: que odor miserável tinha este deus! como era ridiculamente de baixa qualidade o perfume que este deus desprendia em seu redor. Nem sequer era incenso verdadeiro o que fumegava nos receptáculos. Era um mau substituto à base de madeira de tília, pó de canela e salitre. Deus cheirava mal. Este pobre pequeno deus era fedorento. Ou enganavam este deus ou era ele próprio a enganar os outros, tal como Grenouille, só que de uma forma bem mais cruel!

33

O marquês de Taillade-Espinasse ficou encantado com o novo perfume. Declarou que até mesmo para ele, o inventor da teoria do fluido letal, constituía uma espantosa revelação verificar a influência decisiva que mesmo uma coisa tão efémera e acessória como um perfume podia exercer no estado geral de um indivíduo, quer este perfume resultasse de substâncias ligadas à terra, ou, pelo contrário, afastadas dela. Grenouille, que ainda algumas horas antes jazia ali, prostrado e prestes a desmaiar, tinha um ar tão fresco e vigoroso como qualquer um dos seus contemporâneos cheios de saúde e podia mesmo afirmar-se (com todas as reservas impostas a um homem da sua condição e pouca cultura) que adquirira como que uma espécie de personalidade. De qualquer maneira, Taillade-Espinasse exporia o seu caso no capítulo que tencionava dedicar à dietética vital, no tratado que ia publicar em breve sobre a teoria do fluido letal... De momento, porém, queria perfumar-se com este novo odor.

Grenouille entregou-lhe os dois frascos com o perfume convencional e o Marquês aspergiu-se. Mostrou-se doido de contentamento ante o efeito conseguido. Confessou que, após ter usado durante todos estes anos o horrível odor de violeta, que o oprimia como chumbo, tinha um pouco a impressão de que lhe cresciam asinhas floridas; e, se não estava errado, a dor atroz que sentira no joelho havia desaparecido juntamente com o zumbido nos ouvidos; pesando bem os factos, sentia-se cheio de dinamismo e energia e com menos uns anos em cima. Aproximou-se de Grenouille, apertou-o nos braços, chamou-lhe «meu irmão de fluido», explicando que o título que lhe conferia não estava, de forma alguma, ligado ao aspecto social mas estritamente espiritual, *in conspectu universalitatis fluidi letalis*, dado que perante este fluido — e apenas ele! — os homens eram todos iguais; e acrescentou (diminuindo o abraço, mas de forma afável, sem a menor repugnância e quase como se Grenouille se tratasse de um seu igual) que projectava, aliás, fundar muito em breve uma loja internacional e sem diferença de condições com o objectivo de vencer por completo o *fluidum letale* e substituí-lo, nos mais pequenos detalhes, pelo *fluidum vitale* para o que contava, a partir desse momento, que Grenouille fosse o primeiro prosélito. Anotou seguidamente a receita do perfume floral numa pequena folha de papel que meteu no bolso e mandou dar cinquenta luíses em ouro a Grenouille.

No dia previsto, exactamente uma semana após a sua primeira conferência, o marquês de Taillade-Espinasse voltou a apresentar o seu protegido na Aula Magna da Universidade. Estava presente uma enorme multidão. Ali se encontrava reunida Montpellier em peso: não só a Montpellier dos eruditos, mas também e sobretudo da alta sociedade e, entre ela, inúmeras damas que desejavam ver o fabuloso homem das cavernas. E, embora os adversários de Taillade, em especial os representantes da Associação dos Amigos dos Jardins Botânicos da Universidade e os membros da Liga para o Progresso da Agricultura, houvessem mobilizado todos os seus simpatizantes, verificou-se um sucesso retumbante. A fim de reavivar na memória da assistência o estado em que Grenouille se encontrava oito dias antes, Taillade-Espinasse começou por fazer circular desenhos em que o troglodita figurava em toda a sua fealdade e decadência. Apresentou seguidamente o novo Grenouille, vestido com a bela casaca azul, a camisa de seda, maquilhado, empoado e frisado; e apenas a sua forma de andar, o tronco bem direito, com pequenos passos e um elegante movimentar das ancas, a maneira como subiu ao estrado sem necessitar de ajuda, descreveu uma longa vénia e inclinou a cabeça sorrindo em redor, logo reduziu ao silêncio os cépticos que se haviam apresentado dispostos a criticar. Até mesmo os Amigos dos Jardins Botânicos não pronunciaram palavra. A transformação era por de mais espantosa, o prodígio por de mais estupidificante: em lugar da fera bruta e ouriçada que se enroscava sobre si própria uma semana antes, viam-se perante um homem civilizado e com boa aparência. No anfiteatro gerou-se uma atmosfera quase de recolhimento e quando Taillade-Espinasse iniciou a sua conferência, reinava um silêncio religioso. Ele voltou a expor a sua teoria bem conhecida do fluido letal emanado pela terra, explicando depois quais os métodos mecânicos e dietéticos de que se servira para expulsar o dito fluido do corpo do indivíduo, substituindo-o por fluido vital. E, para concluir, incitou todos os presentes, tanto os amigos como os adversários, a permitir que uma prova tão visível abalasse a sua resistência à nova doutrina e se lhe juntassem a ele, Taillade-Espinasse, no combate contra o mau fluido e instauração do bom fluido vital. Pronunciado este discurso, cruzou os braços sobre o peito e ergueu os olhos para o céu, no que foi imitado por vários eruditos presentes, enquanto as mulheres choravam.

Grenouille conservava-se em pé no estrado e não ouvia uma só palavra. Observava com o maior contentamento o efeito produzido por um outro fluido muito mais real: o seu. Tomando em conta as dimensões do anfiteatro, tinha-se perfumado abundantemente e, mal subira ao estrado, a aura do seu perfume logo se espalhara em plena pujança ao seu redor. Ele viu-a — viu-a, de facto, com os seus próprios olhos! — apoderar-se dos espectadores das primeiras filas, propagar-se, em seguida, na direcção do fundo da sala e chegar, por fim, às últimas filas. E sempre que tocava em alguém (o coração de Grenouille saltava-lhe de alegria no peito), esse alguém transformava-se a olhos vistos. Sob a magia do perfume e sem que se apercebessem, as pessoas mudavam de fisionomia, de atitude, de sentimentos. Quem, de início, fixara em Grenouille um olhar de mera estupefacção, passava a observá-lo de uma forma mais benévola; quem se havia afundado na cadeira, com a testa franzida pela dúvida e os cantos da boca marcados pela desconfiança, inclinava-se para a frente com a expressão descontraída de uma criança; e mesmo nos rostos dos receosos, dos apavorados, dos hipersensíveis, que encaravam medrosamente o seu aspecto anterior e o seu aspecto actual com uma boa dose de cepticismo, liam-se indícios de afabilidade, mesmo de simpatia, mal o seu perfume os atingia.

No final da exposição, toda a assistência se levantou e aplaudiu entusiasticamente.

— Viva o fluido vital! — gritavam. — viva Taillade-Espinasse! Viva a teoria fluídica! Abaixo a medicina ortodoxa!...

Assim reagiu o público culto de Montpellier que era, nessa altura, a mais importante das cidades universitárias do Sul da França e o marquês de Taillade-Espinasse viveu o momento mais grandioso da sua existência.

Grenouille, porém, ao descer do seu estrado e ao meter-se pelo meio da multidão, sabia que toda esta ovação lhe era, de facto, dirigida a ele, Jean-Baptiste Grenouille, somente a ele, embora nenhuma das pessoas que o aclamavam naquela sala disso tivesse consciência.

34

Ficou mais umas semanas em Montpellier. Tinha adquirido bastante fama e convidavam-no para os salões, onde o interrogavam sobre a sua vida na caverna e a sua cura pelo Marquês. Via-se constantemente obrigado a relatar a história dos salteadores que o tinham raptado, do cesto que desciam até ele e da escada. E em cada uma das vezes ele enriquecia sumptuosamente a narrativa, inventando novos detalhes. Foi desta forma que readquiriu um certo exercício da palavra — a bem dizer limitado, dado que em toda a sua vida a linguagem jamais constituiu o seu forte — e, também, para ele muito mais importante, um manejar rotineiro da mentira.

Verificou que, no fundo, era capaz de contar o que lhe apetecesse às pessoas. Após ter-lhes conquistado a confiança — o que se verificava mal respiravam o seu odor artificial — acreditavam em tudo. Adquiriu igualmente um certo à-vontade em sociedade, algo que jamais conseguira. Este facto manifestou-se mesmo a nível físico. Dir-se-ia que tinha crescido. A sua corcunda dava a sensação de ter diminuído. Caminhava praticamente direito. E quando lhe dirigiam a palavra, deixou de se sobressaltar, mantinha-se direito e olhava o interlocutor de frente. Não se tornou, obviamente, em tão curto espaço de tempo, um homem de sociedade, nem a coqueluche dos salões, nem o mundano perfeito. Perdeu, no entanto, a olhos vistos, o que tivera de constrangido e desajeitado, adoptou um comportamento que podia passar por uma leve timidez natural e impressionou mais de um homem e mais de uma dama: existia, nessa altura, um fraco por tudo o que era natural e por uma espécie de encanto ingénuo e primitivo.

No começo de Março empacotou as suas coisas e esquivou-se em segredo, ao romper do dia, mal se abriram as portas, disfarçado com uma capa castanha, que comprara na véspera no mercado e com um chapéu usado, que lhe cobria metade do rosto. Ninguém o reconheceu, ninguém o notou nem o viu, dado que nesse dia se abstivera cuidadosamente de pôr o seu perfume. E quando, por volta do meio-dia, o Marquês procedeu a buscas, as sentinelas juraram a pés juntos que tinham visto sair o tipo de pessoas da cidade, mas não o célebre homem das cavernas que, indubitavelmente, não lhes passaria despercebido. O Marquês espalhou o boato de que Grenouille abandonara Montpellier com o seu acordo a fim de ir tratar de uns assuntos de família a Paris. No íntimo, porém, sentia-se furioso, dado que tinha o projecto de fazer uma digressão com Grenouille por todo o reino, a fim de recrutar adeptos para a sua teoria fluídica.

Decorrido algum tempo acalmou-se, dado que a sua fama se espalhou mesmo sem digressão e sem que isso lhe custasse qualquer esforço. No *Journal des Savants* e mesmo no *Courrier de l'Europe* foram publicados extensos artigos sobre o *fluidum letale Taillade* e de muito longe chegaram doentes, atingidos pela intoxicação letal, que pretendiam ser tratados por ele. No Verão de 1764 fundou a primeira Loja do Fluido Vital, que contava com cento e vinte membros em Montpellier e abriu filiais em Marselha e Lião. Resolveu então partir à conquista da capital e dali converter todo o mundo civilizado à sua teoria; desejava, no entanto, antes do mais e a fim de apoiar a sua campanha de propaganda, empreender um importante acto fluídico, que eclipsaria a cura do homem das cavernas e todas as suas outras experiências; fez-se, assim, acompanhar, no início de Dezembro, por um grupo de adeptos intrépidos e com eles procedeu à escalada do Canigou, que se situava no meridiano de Paris e passava pelo mais alto cume dos Pireneús. Este homem que se encontrava às portas da velhice, pretendeu fazer-se içar até este cume de dois mil e oitocentos metros e ali se expor, durante três semanas, ao ar mais puro e fresco, a fim de (segundo proclamava) voltar a descer precisamente na noite de Natal, com as feições de um enérgico jovem de vinte anos.

Logo a seguir a Vernet, o último lugar habitado na base da terrível montanha, os adeptos abandonaram-no. O Marquês, pelo contrário, nada temia. Iniciou sozinho a escalada sob o vento glacial, despojando-se com gestos exuberantes de toda a roupa e soltando gritos de júbilo. A última imagem que dele restou foi a de uma silhueta, que estendia as mãos para o céu, entoando cânticos e que desapareceu sob a tempestade de neve.

Na noite de Natal os discípulos em vão esperaram o regresso do marquês de Taillade-Espinasse. Ele não reapareceu nem com traços de velho nem de jovem. E mesmo no começo do Verão seguinte, quando os mais audaciosos partiram à sua procura e treparam ao cume, ainda coberto pela neve do Canigou, não se encontrou o mínimo vestígio da sua pessoa, nem sequer uma peça de roupa, um membro ou um osso.

Este facto não prejudicou, a bem dizer, a sua doutrina. Antes pelo contrário. Não tardou a espalhar-se a lenda de que, no cume da montanha, ele desposara o fluido vital eterno, dissolvendo-se nele e dissolvendo-o em si e que, a partir de então, flutuava invisível, mas eternamente jovem, por cima dos cumes dos Pireneús; e que todos os que até ele subissem, participavam da sua essência e ficavam um ano isentos de doenças e de envelhecimento. Em pleno século XIX, a teoria fluídica de Taillade contava com adeptos em mais do que uma faculdade e numerosas seitas ocultas procederam à sua aplicação terapêutica. Ainda hoje existem dos dois lados dos Pireneús, mais exactamente em Perpignan e em Figueras, lojas tailladianas secretas, que se reúnem uma vez por ano e fazem a escalada do Canigou.

Ali, os seus adeptos acendem uma enorme fogueira, oficialmente para assinalar o solstício e em honra de São João, mas, na realidade, para prestar culto ao seu mestre Taillade-Espinasse e obter a vida eterna.

TERCEIRA PARTE

35

Se Grenouille precisara de sete anos para a primeira etapa da sua travessia da França, efectuou a segunda em menos de sete dias. Deixou de evitar as estradas frequentadas e as cidades e não fez quaisquer desvios. Tinha um odor, tinha dinheiro, tinha autoconfiança e tinha pressa.

No próprio dia da sua partida de Montpellier, chegou à noite a um pequeno porto a sudoeste de Aigues-Mortes, chamado Le-Grau-du-Roi, onde embarcou num cargueiro com destino a Marselha. Em Marselha nem sequer saiu do porto, mas procurou, de imediato, um barco que o levasse até mais longe, na direcção leste, ao longo da costa. Dois dias mais tarde encontrava-se em Toulon e, passados mais três dias chegou a Cannes. Fez o resto do caminho a pé. Seguiu por um atalho que conduzia a norte, através das colinas.

Levou duas horas a chegar ao cume e aos seus pés estendia-se uma espécie de gigantesca bacia natural com várias léguas de diâmetro, orlada a toda a volta de colinas pouco inclinadas e montanhas abruptas, apresentando-se a ampla cavidade coberta de campos arados recentemente, jardins e olivais. Naquele lugar, reinava uma atmosfera única e de uma estranha intimidade. Embora o mar estivesse tão próximo que se avistava dessas cristas, não cheirava a maresia, a nada de salgado ou de arenoso, a nada de aberto, mas antes a uma tranquila reclusão, como se a costa estivesse a dias de viagem. E, embora a norte se elevassem montanhas cobertas de neve que assim se manteriam por longo tempo, aquele lugar nada tinha de pobre ou primitivo, nem havia vento frio. A Primavera já ia mais adiantada do que em Montpellier. Uma ligeira bruma cobria os campos, semelhante a uma campânula de vidro. Os damasqueiros e as amendoeiras estavam em flor e no ar quente pairava um odor a narcisos.

No extremo oposto daquela vasta bacia, talvez a umas duas léguas erguia-se, ou melhor, colava-se, uma cidade no flanco da montanha. Observada de longe, não causava uma impressão particularmente imponente. Não se avistava uma sumptuosa catedral a dominar as casas, mas apenas o companário de uma igrejinha; nem sombra de cidadela ou de construções marcadamente pomposas. As muralhas nada tinham de arrogante, as casas ultrapassavam mesmo em vários pontos os seus limites, sobretudo em baixo, na direcção da planície, o que proporcionava ao conjunto uma aparência de uso. Era como se aquele lugar tivesse sido muitas vezes conquistado e em seguida evacuado, como se já estivesse cansado de mais para poder resistir ainda seriamente a futuros assaltantes; não por uma questão de fraqueza, mas antes de desenvoltura, ou mesmo um sentimento de força. Aquele lugar dava a sensação de não precisar de se impor. Reinava sobre essa grande bacia perfumada aos seus pés e isso parecia bastar-lhe.

Esse lugar simultaneamente insignificante e pleno de segurança, era a cidade de Grasse e, desde há dezenas de anos, a capital incontestada do fabrico e do comércio de perfumes, dos seus ingredientes, de sabonetes e de óleos. Giuseppe Baldini sempre pronunciara o seu nome com exaltação e entusiasmo. Dizia que era a Roma dos odores, a terra prometida dos perfumistas; quem ali não tivesse estudado, não teria direito ao nome de perfumista.

Grenouille contemplou friamente a cidade de Grasse. Não viera à procura da terra prometida dos perfumistas e não se enterneceu ao avistar aquele pequeno burgo, apegado às suas colinas, do outro lado. Viera porque sabia que ali se podia aprender melhor do que em qualquer outro lugar determinadas técnicas de extracção de perfumes. E eram essas técnicas que ele queria aprender, dado serem-lhe necessárias para os objectivos que perseguia. Retirou do bolso o frasco contendo o seu perfume, aspergiu-se um pouco e meteu-se, de novo, a caminho. Uma hora e meia depois, cerca do meio-dia, chegava a Grasse.

Comeu numa taverna na parte mais alta da cidade, na Praça aux Aires. Esta era atravessada a todo o comprimento por um rio, onde os curtidores lavavam as suas peles para, em seguida, as estenderem a secar. Reinava um odor tão desagradável, que mais do que um cliente havia perdido o apetite. Grenouille não. Estava familiarizado com esse odor, que lhe fornecia uma sensação de segurança. Em todas as cidades começava sempre por procurar o bairro dos curtidores. Ao partir, por conseguinte, do centro do fedor para ir explorar os outros locais, tinha a impressão de já não ser um estrangeiro.

Levou a tarde inteira a percorrer a cidade. Era inacreditavelmente suja, apesar de toda a água que jorrava de dúzias de nascentes e fontes, ou mais precisamente, devido a toda essa água, pois ela derramava-se gorgolejante na parte baixa da cidade, em valetas e esgotos, que minavam as ruelas ou as inundavam de lama. Em certos bairros, as casas comprimiam-se tanto que havia apenas uma passagem de cerca de um metro e vinte e os transeuntes, que chapinhavam na lama, tinham inevitavelmente de se acotovelar. E até mesmo nas praças, e em algumas ruas um pouco mais largas, as carroças só dificilmente não chocavam.

Contudo, apesar de toda aquela porcaria, imundície e exiguidade, a cidade fervilhava de actividade industrial. Durante a sua travessia da cidade, Grenouille detectou nada menos que sete fabricantes de sabonetes, uma dúzia de mestres perfumistas e luveiros, uma infinidade de pequenas destilarias, de fábricas de pomadas e lojas de especiarias e, finalmente, alguns sete grossistas de perfume.

Havia ali, na realidade, alguns que dispunham de quantidades consideráveis de mercadorias. Ao olhar para as suas lojas não se suspeitava, muitas vezes, que assim era. As fachadas viradas para a rua tinham um aspecto burguês e modesto. O que se encontrava, no entanto, guardado por detrás delas, em armazéns e caves gigantescas, a nível de tonéis de óleo, montanhas de preciosos sabonetes de alfazema, garrafões de extractos de flores, vinhos, álcoois, pacotes de couro perfumado, cofres, caixas e sacos a transbordar de especiarias (Grenouille cheirava tudo isto, em pormenor, através das paredes mais espessas), constituíam riquezas como nem os príncipes possuíam. E sempre que cheirava mais cuidadosamente ainda, apercebia-se que, afastados das ruas, para lá das lojas e vulgares armazéns e das traseiras destas casas apertadas, havia edifícios mais sumptuosos. Rodeadas por pequenos mas belos jardins onde cresciam palmeiras e loureiros-rosas e onde se escutava o murmúrio dos jogos de água de repuxos encaixados em grandes tabuleiros de flores, erguiam-se as verdadeiras casas da cidade, de fachadas viradas regra geral para sul e de telhados em forma de «U»: casas inundadas de sol e atapetadas de seda, com luxuosos salões forrados de painéis exóticos no rés-do-chão e salas de jantar que, por vezes, se prolongavam em terraços até aos jardins e onde, realmente, segundo afirmara Baldini, se comia em baixela de ouro e porcelana. Os donos das casas, assim ocultas sob a camuflagem de uma decoração modesta, cheiravam a ouro e a poder, emanavam um odor de uma riqueza considerável e sólidas, e esse odor era mais forte do que tudo o que Grenouille havia cheirado no género durante a sua viagem pela província.

Demorou-se mais tempo a contemplar um desses palácios camuflados. A casa situava-se logo ao princípio da Rua Droite, uma rua enorme que atravessava a cidade inteira de oeste a leste. Não tinha uma aparência extraordinária, dispondo apenas de uma fachada um pouco maior e mais bem conservada do que a dos prédios vizinhos, mas sem nada de imponente. Em frente do pórtico estava estacionado um carro para transporte de tonéis que nessa altura descarregavam ao longo de uma rampa. Um outro veículo mantinha-se à espera. Um homem entrou no escritório com documentos na mão, voltou a sair na companhia de um outro. Grenouille estava no outro lado da rua e seguia o desenrolar da operação. O que se estava a passar não lhe interessava e, no entanto, conservava-se ali de pedra e cal. Algo o retinha.

Fechou os olhos e concentrou-se nos odores que lhe chegavam do edifício em frente. Havia os odores dos tonéis, vinagre e vinho, em seguida, centenas de odores capitosos do armazém, depois os odores de riqueza que transpiravam pelas paredes como um fino suor de ouro e, por fim, os odores de um jardim que possivelmente se encontrava do outro lado da casa. Tornava-se difícil captar os perfumes mais delicados desse jardim, dado que eles apenas se filtravam tenuemente até à rua, por cima dos telhados inclinados. Grenouille distinguia magnólias, jacintos, dafnes e rododendros...

parecia-lhe haver ainda outra coisa, qualquer coisa que cheirava maravilhosamente naquele jardim; um odor de um extraordinário requinte como nunca cheirara na vida, ou... apenas uma só vez. Tinha de se aproximar daquele odor. Interrogou-se se deveria simplesmente passar pelo pórtico, a fim de entrar naquela casa. Havia entretanto, tanta gente ocupada a descarregar e a controlar os tonéis que certamente se faria notar. Decidiu subir a rua, a fim de encontrar qualquer ruela ou passagem que o conduzisse talvez a um dos lados da casa. Ao cabo de uns metros, tinha chegado à porta da cidade, onde começava a Rua Droite. Transpôs a porta, virou de imediato à esquerda e seguiu ao longo da muralha, descendo. Não teve de avançar muito para cheirar o odor do jardim de início fraco e, em seguida, misturado com o ar dos campos e, por fim, cada vez mais intenso. Soube então que estava próximo. O jardim era limítrofe às muralhas da cidade. Grenouille encontrava-se mesmo ao lado. Recuando um pouco, avistou os ramos das laranjeiras por cima do cercado da casa.

Voltou a fechar os olhos. Os odores do jardim invadiram-no, nítidos e bem desenhados, semelhantes às faixas coloridas de um arco-íris. E o odor exacto, aquele que o arrebatava, estava bem próximo. Grenouille ardia de volúpia e sentia-se gelado de terror. O sangue subiu-lhe ao rosto como se fosse um miúdo endiabrado apanhado em falta, após o que lhe desceu até meio do corpo, voltou a subir, desceu mais uma vez e ele nada podia fazer. O ataque deste perfume fora demasiado brusco. O espaço de um instante, de um suspiro que lhe pareceu uma eternidade. Teve a sensação de que o tempo se desdobrava ou desaparecia radicalmente, pois deixou de saber se agora era agora, se aqui era aqui, ou se, pelo contrário, o aqui e o agora eram outrora e noutro local: mais precisamente na Rua des Marais, em Paris, em Setembro de 1753. Na realidade, o perfume que pairava no ar, proveniente deste jardim, era o perfume da jovem ruiva que ele assassinara nessa altura. O facto de ter reencontrado esse perfume na vastidão do mundo levou-o a derramar lágrimas de felicidade... e que tal pudesse ser imaginário enchia-o de um terror mortal.

Teve vertigens, cambaleou um pouco e viu-se obrigado a apoiar-se no muro do recinto e a deixar-se escorregar, lentamente, até se acocorar. Recompondo-se e tomando coragem, pôs-se a respirar esse terrível perfume em lufadas mais curtas e menos arriscadas. E verificou que esse perfume, do outro lado do muro, se assemelhava extraordinariamente ao perfume da jovem ruiva, mas não era uma cópia perfeita. Emanava, igualmente, de uma jovem ruiva, disso não lhe restava a menor dúvida. Grenouille via diante dele essa jovem na sua imaginação olfactiva como num quadro: não estava tranquilamente sentada, mas saltitava de um lado para o outro, aquecia para depois arrefecer; entregava-se a qualquer brincadeira em que é preciso deslocar-se bruscamente e parar, em seguida, abruptamente — e fazia-o com uma segunda pessoa, com um odor insignificante. Tinha uma pele de uma brancura alva. Tinha olhos verdes. Tinha sardas no rosto, no pescoço e nos seios, quer dizer... Grenouille susteve um pouco a respiração; em seguida inalou mais vigorosamente e esforçou-se por reavivar a recordação olfactiva da jovem da Rua des Marais... Quer dizer, esta jovem ainda não tinha seios na verdadeira acepção da palavra! Os seus seios apenas começavam a delinear-se; os seus seios eram meros botões, infinitamente macios e quase inodoros, salpicados de sardas e que só haviam começado a assumir forma talvez há alguns dias, talvez há algumas horas... talvez naquele mesmo instante. Em resumo: esta jovem era ainda uma criança. Mas que criança!

Grenouille tinha a testa coberta de suor. Sabia que as crianças não têm odor, à semelhança das flores antes de desabrochar. Contudo, esta flor, quase fechada ainda, por detrás do seu muro, que acabava de emanar os seus primeiros eflúvios, sem que ninguém se desse conta, à excepção de Grenouille, tinha a partir desse momento um perfume tão prodigiosamente divino que a pele se lhe arrepiava! Quando tivesse atingido o seu pleno e esplendoroso desabrochar, espalharia um perfume como ninguém no mundo havia cheirado. «A partir de agora tem um odor ainda mais delicioso do que o da jovem da Rua des Marais», pensava Grenouille. «Menos intenso, menos voluminoso e, contudo, mais subtil, multifacetado e simultaneamente mais natural.» Ora, dali a um ou dois anos, esse odor teria amadurecido e adquirido uma tal intensidade que nenhum ser humano, homem ou mulher, poderia subtrair-se-lhe. E as pessoas ficariam à sua mercê, desarmadas, sem defesa ante o encanto desta jovem e sem conhecerem o motivo. E na medida em que são estúpidas e ignoram como servir-se do nariz excepto para respirar e julgam poder saber tudo através do olhar, diriam: é porque esta jovem possui beleza, elegância e graciosidade. Dentro do seu característico espírito limitado elogiariam as suas feições regulares, a figura esbelta e os seios perfeitos. E comparariam os seus olhos a esmeraldas, os dentes a pérolas, os membros a marfim e Deus sabe quantas idiotices diriam mais! Acabariam por elegê-la Rainha do Jasmim e ela deixar-se-ia retratar por pintores estúpidos e as pessoas ficariam boquiabertas ante o seu retrato e considerá-la-iam a mais bela mulher de França. E os jovens passariam noites a fazer-lhe serenatas debaixo da janela ao som de bandolins... e velhos cavalheiros, gordos e ricos, arrastar-se-iam aos pés do pai, a fim de lhe mendigar a mão... E as mulheres de todas as idades suspirariam ao vê-la e sonhariam em possuir o seu encanto fatal, nem que fosse por um só dia. E todos ignorariam que não era realmente à sua aparência que sucumbiriam, nem à suposta pereição da sua aparente beleza, mas ao seu incomparável e magnífico perfume! Só ele o saberia, ele, Grenouille, só ele. Já o sabia!

Ah! Ele queria ter este perfume! Não tê-lo de uma forma tão fugaz e desajeitada como outrora o da jovem da Rua des Marais. Naquele caso apenas se embriagara e ao mesmo tempo destruíra-o. Não queria apropriar-se verdadeiramente do perfume da jovem que se encontrava do outro lado do muro; arrancar-lho como a uma pele e fabricar com ele o seu próprio perfume. Ignorava ainda como o faria. Contudo, tinha dois anos na sua frente para aprender. No fundo, isso não poderia ser mais difícil do que extrair o perfume a uma flor rara.

Pôs-se novamente em pé. Com recolhimento e como se abandonasse um santuário ou uma bela adormecida, afastou-se, curvado, sem fazer o mínimo ruído, a fim de que ninguém pudesse vê-lo nem ouvi-lo e não descobrisse o seu precioso achado. Esquivou-se assim, seguindo ao longo das muralhas até ao extremo oposto da cidade, onde por fim o perfume da jovem desapareceu e ele regressou pela chamada Porta dos Fénéants. Parou à sombra das casas. O fedor das ruelas devolveu-lhe a serenidade e ajudou-o a reprimir a paixão que o inflamara. Passado um quarto de hora, tinha recuperado a calma. Pensou que, de momento, não voltaria a aproximar--se do jardim das muralhas. Não era necessário. Isso punha-o num estado de demasiada excitação. A flor que ali desabrochava não precisava dele, e, de qualquer maneira, ele sabia como se processaria esse desabrochar. Era necessário que não se embriagasse intempestivamente com o seu perfume. Precisava mergulhar no trabalho. Precisava aumentar os seus conhecimentos e aperfeiçoar as suas capacidades técnicas, a fim de estar preparado quando a época da colheita chegasse. Tinha ainda dois anos pela frente.

36

A pouca distância da Porta dos Fénéants, na Rua de la Louve, Grenouille descobriu um pequeno *atelier* de perfumista e foi pedir trabalho.

Ficou ao corrente que o patrão, o mestre perfumista Honoré Arnulfi, tinha morrido no Inverno anterior e de que a viúva, uma mulher morena e dinâmica, que devia andar pelos trinta anos, geria o negócio sozinha com a ajuda de um artesão.

Madame Arnulfi, após prolongadas queixas sobre os tempos difíceis e a precaridade da sua situação financeira, declarou que, verdadeiramente, não podia permitir-se admitir um segundo artesão mas que, por outro lado, precisava urgentemente de um, dado todo o trabalho que havia a fazer; acrescentou que não podia alojar em sua casa um segundo artesão mas que, de qualquer forma, possuía uma pequena cabana no seu olival, atrás do convento franciscano (a apenas uns dez minutos de distância), onde em caso de necessidade poderia pernoitar um jovem de modestas pretensões; disse ainda que conhecia perfeitamente as suas obrigações de zelar pelo conforto dos seus artesãos, mas que não via forma de poder fornecer-lhe duas refeições quentes diárias... Em resumo, Madame Arnulfi era (e Grenouille logo o farejara passado um momento) uma mulher abastada e com grande sentido do negócio. E dado que ele não se preocupou com questões de dinheiro e declarou aceitar essas míseras condições e dois francos de salário por semana, firmaram o acordo. Foi chamado o primeiro artesão, um gigante chamado Druot que Grenouille percebeu de imediato que costumava partilhar a cama da patroa e que esta visivelmente não tomava certas decisões sem o consultar. Ele plantou-se diante de Grenouille que, diante deste colosso, tinha verdadeiramente o ar de um ridículo peralvilho e apreciou-o; com as pernas afastadas, de onde saía um forte odor a esperma, fixou-o no fundo dos olhos, como para descobrir qualquer intenção pérfida ou desmascarar um possível rival e, a finalizar, esboçou um sorriso condescendente e concordou com um aceno de cabeça.

Tudo ficou imediatamente regularizado. Grenouille teve direito a um aperto de mão, um pão para a noite, uma manta e uma chave da cabana, um reduto sem janelas que cheirava agradavelmente a feno velho e a excrementos de ovelha e onde ele se instalou o melhor que conseguiu. No dia seguinte começou a trabalhar no *atelier* de Madame Arnulfi.

Era a época dos narcisos. Madame Arnulfi mandava cultivá-los nas parcelas de terreno que lhe pertenciam, na grande bacia por baixo da cidade, ou comprava-os aos camponeses, mas primeiro regateava encarniçadamente cada carregamento. As flores eram entregues ao alvorecer, despejadas às corbelhas no *atelier*, onde dezenas de milhares de corolas se comprimiam em pilhas aromáticas, volumosas, mas leves como o ar. Durante esse espaço de tempo, Druot derretia gordura de porco e de boi num grande caldeirão, a fim de obter uma papa cremosa que Grenouille devia mexer, incessantemente, com uma espátula do tamanho de uma vassoura e onde Druot deitava as flores frescas aos alqueires. Estas, semelhantes a olhos reflectindo o medo da morte, flutuavam um segundo à superfície e descoravam mal a espátula as empurrava e a gordura quente as aborvia. E, quase instantaneamente, amoleciam e murchavam, e a morte colhia-as tão de súbito que não lhes restava outra escolha senão o exalar do último suspiro perfumado numa entrega ao elemento que as afundava; pois (assim verificava Grenouille com um entusiasmo indescritível), quantas mais flores mergulhava no caldeirão, mais forte era o perfume que se desprendia da gordura. Ora, não eram de forma alguma as flores mortas que continuavam a emanar o seu perfume na gordura, mas a própria gordura que se tinha apropriado do perfume das flores.

Entretanto, a papa tornava-se demasiado espessa e tinham de a verter, rapidamente, em grandes peneiras, a fim de a libertar dos cadáveres exangues e prepará-la para receber flores frescas. E continuavam, assim, a derramar, a agitar e a filtrar incessantemente ao longo do dia, pois o negócio não permitia atrasos, até ao momento em que, à noite, todo o carregamento de flores passara pelo caldeirão. E, sobretudo para que nada se perdesse, os restos eram regados com água a ferver e secos na prensa, o que, apesar de tudo, proporcionava ainda um delicado óleo aromático. Contudo, o grosso do perfume, a alma deste oceano de flores, mantinha-se prisioneiro no caldeirão, onde era conservado nessa papa baça, de um cinzento-esbranquiçado, que se consolidava lentamente.

No dia seguinte, continuava-se a maceração (era este o nome do processo), voltava a acender-se o fogo sob o caldeirão, a gordura fundia-se de novo e misturavam-se-lhe mais flores. E a operação repetia-se, durante vários dias, de manhã à noite. O trabalho era extenuante. Grenouille sentia os braços como chumbo, tinha bolhas nas mãos e dores nas costas, quando à noite chegava a cambalear à sua cabana. Druot que era, sem exagero, três vezes mais vigoroso do que ele, deixava-o mexer sem o substituir um único momento, contentando-se em derramar as flores leves como o ar, manter o fogo aceso e, de vez em quando por causa do calor, ir beber um copo. Contudo, Grenouille não se furtava. Sem um queixume, remexia as flores na gordura, desde manhã até à noite e, naquele momento, nem sequer sentia a fadiga, tal o fascínio causado pela operação que se desenrolava aos seus olhos e sob o seu nariz: as flores que murchavam rapidamente e a absorção do seu perfume.

Ao fim de algum tempo, Druot decidia que a gordura estava saturada e não absorveria mais perfume. Apagavam o fogo, filtravam uma última vez a espessa papa e enchiam cadinhos em gesso, onde ela não tardava a consolidar-se numa pomada com um perfume magnífico.

Chegava o grande momento da entrada em cena de Madame Arnulfi, que vinha testar o precioso produto, colocar-lhe uma etiqueta e registar, meticulosamente, nos seus livros, a quantidade e a qualidade da colheita. Após ter pessoalmente fechado os cadinhos, depois de os ter selado e feito descer até às frescas profundezas da sua cave, punha o vestido negro, colocava o véu de viúva e fazia a volta pelos negociantes e grossistas de perfume da cidade. Com palavras comoventes, expunha a sua situação de mulher só a esses cavalheiros, escutava ofertas, comparava os preços e por fim vendia... ou não vendia. Conservada numa atmosfera fresca, a pomada durava muito tempo. E quem sabe se os preços que, de momento, deixavam muito a desejar, não subiriam durante o Inverno ou na Primavera seguinte? Em vez de negociar com esses grosseiros comerciantes de especiarias, podia também encarar-se uma hipótese de entendimento com outros pequenos produtores sobre a expedição conjunta, por barco, de um carregamento de pomada destinado a Génova ou a participação num transporte com destino à Feira de Outono de Beaucaire: operações sem dúvida arriscadas mas muitíssimo lucrativas em caso de sucesso. Madame Arnulfi ponderava cuidadosamente as vantagens das várias possibilidades antes de se decidir e, algumas vezes, era ela própria a tomar a iniciativa vendendo uma parte dos seus tesouros, conservando outra e arriscando uma terceira numa transacção comercial. Quando, porém, as suas investigações a levavam a concluir que o mercado das pomadas estava saturado e que a mercadoria não constituiria uma raridade nem se revelaria lucrativa, apressava-se a regressar a casa, com o véu de viúva esvoaçando e encarregava Druot de submeter todo o armazenamento a uma lavagem e transformá-lo em essência absoluta.

Toda a pomada era então trazida da cave, cuidadosamente reaquecida nos recipientes fechados, acrescida de um espírito de álcool puríssimo e, com a ajuda de um misturador incorporado e accionado por Grenouille, longamente remexida e lavada. De novo transportada até à cave, esta mistura voltava a arrefecer rapidamente, a gordura da pomada consolidava-se e o álcool que se separava podia ser engarrafado. Transformava-se então quase num perfume de uma enorme intensidade, ao passo que o que restava da pomada perdera a maior parte do seu odor. O perfume das flores sofrera, por conseguinte, uma nova alteração. Contudo, o processo ainda não terminara. Após ter cautelosamente filtrado o álcool perfumado através da gaze, que não deixava passar o mínimo grão de gordura, Druot derramava-o num pequeno alambique e destilava-o devagar em lume brando. Após a evaporação do álcool, ficava na retorta uma quantidade ínfima de um líquido esbranquiçado, que Grenouille conhecia bem mas que jamais, no *atelier* de Runel ou mesmo na loja de Baldini, havia cheirado com esta qualidade e pureza: o óleo puro das flores, o seu perfume nu, cem mil vezes concentrado para proporcionar umas gotas de essência absoluta. O odor desta essência nada conservava de agradável: era um odor forte e intenso, quase doloroso. E, no entanto, bastava derramar uma gota num litro de álcool para lhe dar nova vida e ressuscitar um campo inteiro de flores.

A colheita final era terrivelmente escassa. Na retorta do alambique mal ficava líquido bastante para encher três frasquinhos. Três frasquinhos era tudo o que restava do perfume de cem mil flores. Esses frasquinhos valiam, porém, uma fortuna, mesmo aqui, em Grasse. E muito mais ainda, caso fossem expedidos com destino a Paris, a Génova ou a Marselha! Ao observar aqueles pequenos frascos, Madame Arnulfi mostrava-se comovida, acariciava-os com os olhos humedecidos de lágrimas e, ao fechá-los hermeticamente com rolhas de vidro trabalhado, sustinha a respiração para não soprar a mínima parcela daquele valioso conteúdo. E para que, mesmo depois de fechados, não se evaporasse um átomo que fosse, selava as rolhas com cera líquida e revestia-as com bexiga de peixe que atava firmemente em redor do gargalo. Metia em seguida os frasquinhos num pequeno cofre forrado de algodão e ia fechá-los à chave na cave.

37

Em Abril maceraram giestas e flores de laranjeira, em Maio um mar de rosas, cujo odor mergulhou, durante um mês, a cidade numa bruma invisível, cremosa e adocicada. Grenouille trabalhava como uma besta. Modestamente e com uma docilidade quase servil, encarregava-se de todas as tarefas subalternas que Druot lhe destinava. Contudo, à medida que com um ar supostamente imbecil mexia, vazava, lavava as tinas, varria o *atelier* ou transportava a lenha, nada escapava à sua atenção relativamente às operações essenciais, à metamorfose dos perfumes. De uma forma mais exacta do que Druot conseguiria fazê-lo, ou seja, com o nariz, Grenouille seguia e vigiava a passagem dos perfumes de pétalas a álcool, passando pela gordura, até serem metidos nos deliciosos frasquinhos. Cheirava, muito antes que Druot se desse conta, quando a gordura aquecia de mais, cheirava quando as flores estavam gastas, quando a papa estava saturada de perfume, cheirava o que se passava nas garrafas de mistura e o momento exacto em que se impunha terminar a destilação. E tomava a palavra oportunamente, na realidade, sem insistir nem abandonar o seu comportamento dócil. Dizia que lhe parecia que talvez a gordura estivesse um pouco quente de mais; que se sentia tentado a achar que, em breve, poderia filtrar-se; que tinha a impressão de que o álcool do alambique acabara de se evaporar... E Druot, que não era um prodígio de inteligência mas também estava longe da imbecilidade total, apercebeu-se com o tempo que não poderia tomar melhores decisões do que dando ouvidos ao que «parecia» a Grenouille ou ao «que ele se sentia tentado a achar». E na medida em que Grenouille jamais se armava em importante ou pretensioso quando expressava o que se sentia tentado a achar ou as suas impressões, e como jamais (sobretudo na presença de Madame Arnulfi!) punha em dúvida a autoridade de Druot nem a sua posição preponderante de primeiro artesão, Druot não via qualquer razão para deixar de seguir os conselhos de Grenouille e dar-lhe cada vez mais, aberta e frequentemente, a iniciativa de decidir.

Dentro de um breve espaço de tempo, Grenouille não só agitava, mas também doseava, aquecia e filtrava, enquanto Druot dava um salto aos Quatre Dauphins para esvaziar um copo ou ir a casa ver se a senhora precisava de alguma coisa. Sabia que podia confiar em Grenouille. E embora este ficasse com trabalho a dobrar, sentia-se feliz por estar só, por poder aperfeiçoar-se nesta nova arte e entregar-se, ocasionalmente, a experiências inéditas. Verificou com uma enorme alegria que a pomada preparada com os seus cuidados era incomparavelmente mais fina e a sua essência absoluta alguns graus mais pura do que as resultantes da sua colaboração com Druot.

No final de Julho, foi a época do jasmim e, em Agosto, a do jacinto-da-tarde. Estas duas plantas possuíam perfumes tão requintados e ao mesmo tempo tão frágeis que não só as suas flores precisavam ser colhidas antes do nascer do Sol como exigiam um processo de preparação mais especial e delicado. O calor atenuava-lhes o perfume e a imersão súbita na gordura a ferver e a maceração tê-lo-iam destruído. Estas rainhas entre as restantes flores não deixavam com facilidade que se lhes arrancasse a alma; havia literalmente que subtrair-lha com artimanha e lisonja. Num local reservado à sua odorização, eram colocadas em placas de vidro revestidas de gordura fria ou, então, envoltas, com cuidado, em panos brancos impregnados de óleo e era necessário que morressem, adormecendo suavemente. Só decorridos três ou quatro dias murchavam e deixavam o seu perfume na gordura ou no óleo. Retiravam-se então com cuidado e colocavam-se flores frescas no seu lugar. A operação repetia-se umas dez ou vinte vezes e, até que a pomada ficasse saturada ou que pudessem espremer-se os panos impregnados de óleo aromático, chegava Setembro. O resultado era nitidamente ainda mais escasso do que no caso da maceração. Contudo, a pasta de jasmim ou o óleo de tuberosa obtidos por este processo de odorização a frio possuíam uma qualidade superior à de qualquer outro produto da arte dos perfumistas, a nível de requinte e fidelidade ao original. No caso específico do jasmim, tinha-se a sensação de que o odor erótico das flores, doce e persistente, deixara o seu reflexo nas placas gordurosas, como num espelho que agora o devolvesse naturalmente — *cum grano salis*, é óbvio. Pois escusado será dizer que o nariz de Grenouille ainda conseguia detectar a diferença entre o odor das flores e o seu perfume guardado em conserva: o odor característico da gordura (por mais pura que fosse) envolvia, à semelhança de um fino véu, a imagem do aroma original, atenuava-o, enfraquecendo um pouco o impacte, tornando possivelmente desta forma suportável a sua beleza para o vulgo... De qualquer forma, a odorização a frio era o meio mais requintado e eficaz de captar os perfumes delicados. Não existia outro que lhe fosse superior. E embora este método ainda não bastasse para convencer totalmente o nariz de Grenouille, este tinha consciência de que era mil vezes bastante para iludir um mundo de narizes grosseiros.

O aluno necessitou de pouco tempo para ultrapassar o mestre, não só no âmbito da maceração mas também na arte da odorização a frio; e Grenouille logo o deu a entender a Druot da maneira discreta e obsequiosa de que anteriormente dera provas. Druot cedeu-lhe de bom grado a tarefa de ir ao matadouro comprar as gorduras mais adequadas, limpá-las, estendê-las, filtrá-las e proceder à dosagem — uma tarefa extremamente delicada e que Druot sempre receava, na medida em que uma gordura pouco limpa, rançosa ou que cheirasse demasiado a porco, a cordeiro ou a boi podia estragar o mais valioso produto. Confiou-lhe a tarefa de determinar o intervalo entre as placas no local da odorização, o momento em que se tornava necessário renovar as flores, o grau de saturação da pomada; não tardou, em resumo a deixá-lo tomar todas as decisões de que ele, Druot, tal como Baldini na sua época, apenas podia tomar aproximadamente, mediante regras aprendidas, ao passo que Grenouille as tomava com a sabedoria do seu nariz... o que na realidade Druot ignorava.

— Ele tem a mão certa — afirmava Druot. — Tem uma boa intuição das coisas.

«É simplesmente mais dotado do que eu», pensava também algumas vezes. «Vale cem vezes mais do que eu como perfumista.» Tal não impedia que o considerasse como um verdadeiro imbecil, dado julgar que Grenouille não sabia tirar o menor partido dos seus dons, ao passo que ele, Druot, com as suas capacidades mais limitadas, em breve passaria a mestre. E Grenouille fazia tudo para o levar a manter esse juízo, aplicava-se a passar por estúpido, não denotava a mínima ambição, procedia como se desconhecesse o seu génio e agia meramente sob as instruções de um Druot bem mais experiente do que ele e sem o qual seria uma nulidade. E, por conseguinte, entendiam-se às mil maravilhas.

Depois veio o Outono e, em seguida, o Inverno. No *atelier* reinava um ambiente mais calmo. Os perfumes das flores estavam prisioneiros na cave, em cadinhos ou frascos e, salvo quando a senhora queria transformar esta ou aquela pomada em essência, ou destilar um saco de especiarias secas, não havia muito mais a fazer. Havia as azeitonas, algumas corbelhas que chegavam semanalmente. Extraíam o azeite virgem e o resto passava ao moinho. E ainda vinho que Grenouille destilava em álcool, purificando uma parte.

Druot mostrava-se cada vez menos. Cumpria o seu dever na cama da senhora e quando aparecia, tresandando a suor e a esperma, era para logo se esquivar até aos Quatre Dauphins. E a senhora também raras vezes marcava presença. Ocupava-se a gerir a sua fortuna e a transformar o guarda-roupa para o final do ano de luto. Muitas vezes passava-se o dia sem que Grenouille avistasse vivalma, à excepção da criada que lhe dava a sopa ao meio-dia e o pão com azeitonas à noite. Não saía. Relativamente às actividades da sua corporação, ou seja, as reuniões e os desfiles periódicos dos artesãos, apenas participava o suficiente para não se fazer notado, nem pela presença nem pela ausência. Não possuía amigos nem relações, mas zelava, com cuidado, de forma a não passar por arrogante ou selvagem. Deixava que os outros artesãos considerassem a sua companhia insípida e monótona. Tornara-se mestre na arte de espalhar o tédio e passar por um pobre imbecil, mas sem chegar ao ponto de permitir que o ridicularizassem ou o tornassem vítima de qualquer partida em que a corporação era especialista. Conseguia tornar-se totalmente desinteressante. Deixavam-no em paz. E era tudo o que ele queria.

38

Grenouille passava o tempo no *atelier*. Aos olhos de Druot simulou querer inventar uma receita de água-de-colónia. Procedia, no entanto, as experiências sobre perfumes completamente diversos. O perfume que ele fabricara em Montpelier estava a chegar ao fim, embora o usasse com grande parcimónia. E criou um novo. Desta vez, porém, não se satisfez em misturar, apressadamente e à toa, os ingredientes para conseguir um simulacro do odor humano, mas fez ponto de honra em se fornecer de um perfume pessoal, ou melhor, de uma série de perfumes pessoais.

Fabricou primeiro um perfume banal, uma capa olfactiva de um cinzento-rato para todos os dias, onde ia figurar o odor a queijo azedo característico da Humanidade, mas que apenas chegava ao exterior através de uma espessa camada de roupas de linho e lã, envolvendo a pele seca de um velho. Esse odor permitia-lhe misturar-se, comodamente, no meio da multidão. O perfume tinha intensidade bastante para uma justificação olfactiva de uma existência humana, mas era, ao mesmo tempo, tão discreto, que não incomodava ninguém. Grenouille não tinha, na realidade, a sua presença marcada pelo odor e, todavia, ela estava muito humildemente justificada: uma posição híbrida que lhe convinha na perfeição, tanto na casa Arnulfi, como quando se deslocava eventualmente à cidade.

Em certas alturas, no entanto, esse perfume modesto tinha os seus inconvenientes. Quando ia fazer compras para Druot ou por sua própria conta e queria adquirir em qualquer loja um pouco de lima ou uns grãos de almíscar, acontecia, por vezes, passar de tal forma despercebido, que o esqueciam e não o serviam; ou, então, reparavam nele mas serviam-no mal ou esqueciam-no a meio. Para os casos idênticos, fabricara um perfume um pouco mais áspero, cheirando levemente a suor, um pouco mais penetrante e subtil, olfactivamente falando, que lhe proporcionava uma personalidade mais brusca e dava a entender às pessoas que tinha pressa e coisas urgentes a fazer. Possuía igualmente uma imitação da *aura seminalis* de Druot (reconstituída ilusoriamente a partir da odorização de um lençol sujo e com a ajuda de uma pasta feita de ovos frescos de pata e fermento aquecido) que fornecia bons resultados quando se tratava de provocar uma certa chamada de atenção.

Um outro perfume do seu arsenal destinava-se a suscitar a compaixão e comprovou-se eficaz em mulheres de meia-idade e de idade avançada. Cheirava a leite magro e a madeira polida e limpa. Sempre que o punha, Grenouille — mesmo que estivesse mal barbeado, com um ar lúgubre e envolto numa capa — produzia o efeito de um rapazinho pálido, vestido com uma roupinha usada e que se impunha ajudar. No mercado, ao cheirarem o seu odor, os comerciantes metiam-lhe nos bolsos nozes e peras secas, na medida em que, segundo diziam, ele tinha um ar esfomeado e desamparado. E a mulher do homem do talho, que era além do mais uma safada implacável, deixava-o escolher entre os restos nauseabundos de carne e ossos e levá-los gratuitamente, porque esse perfume de inocência fazia vibrar a corda maternal no seu íntimo. Esses restos forneciam-lhe, por sua vez, mediante extracção directa pelo álcool, os principais ingredientes de um odor que ele aplicava sempre que queria estar só a todo o custo e que se afastassem dele. Essa composição suscitava à sua volta uma atmosfera ligeiramente nauseante, um hálito putrefacto, semelhante ao que emanam as bocas velhas e mal cuidadas ao despertar. Era tão eficaz que o próprio Druot, que nada tinha de frágil, se via obrigado a virar costas e a manter-se ao largo, sem, aliás, saber claramente o que, de facto, o havia afastado. E algumas gotas desse *repelente* derramadas à entrada da cabana bastavam para conservar à distância qualquer intruso, homem ou animal.

Sob a protecção dos vários odores que mudava como de roupa segundo as necessidades exteriores e cuja totalidade lhe permitia jamais ser incomodado no mundo dos homens e dissimular o seu verdadeiro íntimo, Grenouille passou a consagrar-se à sua real paixão: a caça subtil aos perfumes. E dado que já tinha em mira um grandioso objectivo e ainda dispunha de um ano, não dava unicamente provas de um zelo fervoroso mas também de uma cuidada sistematização e organização para afiar as armas, apurar as técnicas e aperfeiçoar cada vez mais os seus métodos. Retomou as coisas no ponto onde as deixara na loja de Baldini: a extracção dos odores das coisas inanimadas, pedra, metal, vidro, madeira, sal, água, ar...

O que, então, falhara com o processo primitivo da destilação, obtinha actualmente êxito graças à forte capacidade de absorção denotada pelos corpos gordurosos. Grenouille envolveu, por conseguinte, durante alguns dias, em unto de vaca, uma maçaneta em latão, cujo odor leve, frio e bafiento lhe agradara. E quando retirou o sebo e o testou, sentiu o odor menos intenso mas mais nítido da maçaneta. E mesmo após a lavagem com álcool, o odor manteve-se infinitamente subtil, longínquo, abafado pelos vapores do espírito do álcool e, sem dúvida, apenas perceptível neste mundo pelo apurado nariz de Grenouille... mas continuava presente, ou seja, pelo menos em princípio, podia utilizar-se. Se ele tivesse possibilidade de conseguir dez mil maçanetas e mergulhá-las, durante milhares de dias, em unto de vaca, adquiriria uma gotinha de essência absoluta de maçaneta em latão e tão intensa que qualquer pessoa teria ao alcance do nariz a irrefutável ilusão do original.

Obteve idêntico resultado com o odor gredoso e poroso de uma pedra que tinha encontrado no olival, diante da sua cabana. Macerou-a e extraiu-lhe umas raspas de pomada de terra, cujo odor infinitesimal lhe causou uma alegria indescritível. Combinou-o com outros odores provenientes de todo o tipo de objectos espalhados em redor da cabana e construiu, progressivamente, um modelo em miniatura desta madeira de oliveira por detrás do convento franciscano; fechou essa amostra num frasco minúsculo que trazia consigo e, sempre que lhe apetecia, podia ressuscitá-lo olfactivamente.

Eram acrobacias de perfumista talentoso o que ele executava, maravilhosas brincadeiras que, a bem dizer, só ele podia apreciar ou conhecer. No entanto, estas proezas gratuitas encantavam-no e nunca na sua existência, nem antes nem depois, viveu momentos de uma felicidade tão inocente como nesta época em que se entregava zelosamente a criar para o olfacto paisagens, naturezas-mortas ou imagens deste ou daquele objecto. Em breve passou a coisas vivas.

Começou a caçar moscas, larvas, ratos, gatinhos e afogá-los em gordura a ferver. À noite, introduzia-se nos estábulos onde, durante algumas horas, tapava as vacas, cabras ou porcos com panos brancos embebidos em gordura ou atava-lhes ligaduras oleosas. Ou então, penetrava furtivamente num curral de ovelhas para tosquiar um cordeiro em segredo, lavando depois a lã cheirosa em espírito de álcool. De início, os resultados não foram muito satisfatórios, dado que contrariamente a objectos dóceis como uma maçaneta ou uma pedra, os animais mostravam-se recalcitrantes a que se lhes extraísse o odor. Os porcos esfregavam-se no chiqueiro para arrancarem as ligaduras. Os cordeiros berravam na noite quando ele se aproximava, munido da faca. As vacas sacudiam obstinadamente os panos gordurosos das tetas. Alguns insectos, que ele havia apanhado, produziam secreções de um fedor repugnante no momento de serem submetidos ao seu tratamento; e os ratos, indubitavelmente por uma questão de medo, deixavam excrementos nas suas pomadas tão sensíveis aos odores. Esses animais que ele pretendia macerar, não se assemelhavam às flores: não entregavam o seu odor sem um queixume ou apenas com um suspiro silencioso, mas lutavam desesperadamente contra a morte, não era com facilidade que se deixavam afogar, agitavam-se e debatiam-se a tal ponto que produziam doses excessivas de suores de medo e agonia, cuja acidez estragava a gordura quente. Essas condições não permitiam um trabalho eficaz. Tornava-se necessário imobilizar essas coisas e de forma tão repentina que não tivessem tempo de sentir medo ou de resistir. Tinha de os matar.

Começou por um cãozinho. Por detrás do matadouro, atraiu-o para longe da mãe com um bocado de carne e levou-o até ao *atelier*; e quando o animalzinho, pulando e ofegante de alegria, se preparava para apanhar a carne, que Grenouille segurava na mão esquerda, este aplicou-lhe uma enorme pancada seca na cabeça com um toro de lenha que conservava na mão direita. A morte sobreveio tão repentinamente que o cãozinho ainda tinha nos beiços e nos olhos uma expressão de felicidade, muito tempo depois de Grenouille o ter instalado num local de odorização, deitado numa grelha entre as placas untadas de gordura e onde ele pôde então emanar o seu odor de cão em toda a pureza e sem qualquer suor frio. Era, obviamente, necessário tomar precauções. Os cadáveres, à semelhança das flores colhidas, não tardam a apodrecer. Grenouille montou, por conseguinte, guarda junto da sua vítima durante cerca de doze horas, até se dar conta de que o corpo do cão começava a emanar os primeiros eflúvios, agradáveis mas incomodativos, de um odor de cadáver. Parou de imediato a odorização, fez desaparecer o cadáver e recolheu o pedacinho de gordura odorífera numa caçarola, onde a lavou cuidadosamente com álcool. Destilou o álcool até obter uma quantidade bastante para encher um dedal e colocou esta relíquia num minúsculo tubo de vidro. O perfume tinha, claramente, o odor húmido e um pouco forte dos pêlos gordurosos do cão, possuía-o mesmo de uma forma extraordinariamente intensa. E quando Grenouille o deu a cheirar à velha cadela do matadouro, ela soltou uivos de alegria e latidos, sem querer afastar o focinho do pequeno tubo. Grenouille voltou, no entanto, a fechá-lo hermeticamente, meteu-o outra vez no bolso e durante muito tempo não o abandonou como recordação deste dia de triunfo, em que conseguira, pela primeira vez, despojar um ser vivo da sua alma odorífera.

Passou, em seguida, a interessar-se, progressivamente e com o máximo cuidado, pelos seres humanos. Efectuou primeiro a caça a uma distância prudente e com uma rede de malhas largas, na medida em que lhe interessava muito mais testar o princípio do seu método do que as grandes presas.

Camuflado sob o seu perfume discreto da banalidade, misturava-se, à noite, com os clientes da taberna dos Quatre Dauphins e fixava pedacinhos de tecido impregnados de óleo e de gordura debaixo dos bancos e das mesas e nos recantos. Decorridos alguns dias, recolhia-os e examinava-os. Na verdade, para além de todo o género de vapores de comida, fumo de tabaco e bafo de vinho, eles exalavam também um pouco de odor humano. Este, porém, apresentava-se muito ténue e velado, enquadrando-se mais na qualidade de vago reflexo de uma emanação global do que de odor pessoal. Grenouille conseguiu recolher uma aura com idêntica generalidade, mas mais pura e mais rica em transpiração e sublimidade, na catedral onde atou os seus pedacinhos de tecido experimentais debaixo dos bancos em 24 de Dezembro e os retirou no dia 26, após os fiéis terem assistido, sentados, a nada menos do que sete missas. Tal proporcionou-lhe um insuportável aglomerado olfactivo: suor de traseiros, sangue menstrual, coxas húmidas, mãos fervorosamente unidas, tudo misturado com o hálito expelido por mil gargantas entoando cânticos ou debitando Avé-Marias e os vapores asfixiantes do incenso e da mirra. Tudo isto ficara retido nos pedacinhos de tecido impregnados de gordura. Este concentrado era insuportável pela sua globalidade, falta de contornos e fedor, mas era, apesar de tudo, um odor indubitavelmente humano.

Grenouille captou o primeiro odor individual no hospício de caridade. Conseguiu apoderar-se de um lençol que se dispunham a queimar e pertencera a um bolseiro, que acabava de morrer tuberculoso e nele se deitara dois meses. O tecido encontrava-se a tal ponto impregnado da gordura deste homem que lhe absorvera os suores tão bem como uma pasta de odorização e podia lavar-se directamente com álcool. O resultado foi espectacular: sob o nariz de Grenouille, o bolseiro surgiu do espírito do álcool, ressuscitando olfactivamente dos mortos e pôs-se a flutuar ali, no espaço, desfigurado, obviamente, por este estranho método de reprodução e pelos inúmeros miasmas da sua doença, mas identificável pelo perfil individual do seu odor. Tratava-se de um homenzinho de trinta anos, louro, com um nariz achatado, membros curtos, pés chatos e cheirando a queijo, sexo intumescido, temperamento bilioso e mau hálito. Não era olfactivamente belo este bolseiro; não valia a pena conservá-lo muito tempo, como no caso do cãozinho. E, no entanto, Grenouille pôs a pairar na sua cabana, durante uma noite, o seu odor fantasmagórico, cheirando-o permanentemente, encantado e satisfeitíssimo com o sentimento do poder que desta forma detinha sobre a aura de um outro ser humano. No dia seguinte, deitou fora o líquido.

Durante os dias de Inverno procedeu a um outro teste. Pagou um franco a uma mendiga muda, que errava pela cidade, a fim de que ela usasse sobre a pele durante um dia, uma manta de farrapos preparados com diversas misturas de gorduras e óleos. Concluiu que o que melhor retinha o odor humano era uma combinação de unto de rins de cordeiro e de banhas, várias vezes purificadas, de porco e de vaca na proporção de dois, cinco, três, acrescida de um pouco de azeite virgem.

Grenouille não avançou mais. Renunciou a apoderar-se de qualquer outro ser humano vivo para lhe conferir um tratamento de perfumista. Isso apenas comportaria riscos e nenhuma nova aprendizagem. Sabia que, doravante, controlava as técnicas de arrancar o odor a um ser humano e não precisava de voltar a pôr-se à prova.

De resto, o odor humano por si só era-lhe indiferente. Era capaz de imitar bastante bem o odor humano com substitutos. O que ele desejava era o odor de *determinados* seres humanos: mais precisamente desses raríssimos seres que inspiram o amor. Eram eles as suas vítimas.

39

Em Janeiro, a viúva Arnulfi desposou o seu primeiro empregado, Dominique Druot, de imediato promovido a mestre luveiro e perfumista. Teve lugar um grande banquete para os mestres da guilda e um mais modesto para os artesãos. Madame Arnulfi comprou um novo colchão para o leito que, daí em diante, partilharia oficialmente com Druot e retirou do armário o seu guarda-roupa de cores alegres. Quanto ao resto, tudo continuou como dantes. Manteve o bom e velho nome de Arnulfi e conservou, igualmente, a sua riqueza na íntegra, a gestão financeira do negócio, bem como as chaves da cave. Druot cumpria diariamente as suas obrigações conjugais, após o que ia pavonear-se até à taberna; e se bem que Grenouille fosse actualmente o primeiro e único artesão, executava a parte mais dura do trabalho, sem que em nada se tivesse alterado o seu magro salário, a sua parca alimentação e a miserável toca.

O ano iniciou-se com a torrente amarela de giestas, jacintos, violetas, narcisos narcóticos. Num domingo do mês de Março — decorridos talvez cerca de um ano desde a sua chegada a Grasse —, Grenouille resolveu ver como corriam as coisas por detrás do muro, no outro extremo da cidade. Desta vez estava preparado para o odor, sabia com bastante precisão o que o esperava... e, todavia, quando a cheirou, logo a partir da Porta Nova, a meio caminho apenas deste sítio das muralhas, o coração começou a bater-lhe com mais força no peito e sentiu o sangue a ferver-lhe de felicidade. Ela continuava lá, esta planta de incomparável beleza, tinha passado o

Inverno intocada, estava viçosa, crescia, desenvolvia-se, desabrochava em todo o esplendor! O seu odor, tal como ele esperava, tornara-se mais forte sem nada perder do seu requinte. O que no ano anterior era ainda delicadamente ténue e em pequenos grãos ligara-se agora para constituir um fluxo cremoso de perfume, polvilhando de mil cores. E Grenouille verificou delirante que esse fluxo provinha de uma fonte cada vez mais fértil. Um ano mais, um ano apenas, somente doze meses e esta fonte transbordaria e ele poderia vir agarrá-la e captar a abundante explosão do seu perfume.

Caminhou rapidamente ao longo das muralhas até ao famoso sítio, para lá do qual se situava o jardim. Embora a jovem não se encontrasse no jardim, mas em casa, num quarto de janelas fechadas, o seu perfume chegava-lhe sob a forma de uma suave brisa ininterrupta. Grenouille conservou-se na mais perfeita imobilidade. Não se sentia embriagado nem aturdido, como da primeira vez em que a cheirara. Invadia-o a felicidade do apaixonado, que espreita ou observa, de longe, a sua amada, sabendo que virá buscá-la dali a um ano. De facto, Grenouille, a carraça solitária, este ser abominável, este monstro Grenouille, que jamais havia sentido o amor e nunca poderia inspirá-lo, estava nesse dia de Março sob as muralhas de Grasse, amava e esse amor conferia-lhe uma felicidade ilimitada.

Não amava, certamente, um ser humano; estava longe de amar aquela jovem que habitava a casa, lá em baixo, do outro lado do muro. Amava o perfume. Amava-o só a ele e nada mais e amava-o unicamente porque lhe pertenceria. Jurou pela sua vida que viria buscá-lo dali a um ano. E após ter feito essa jura aberrante ou ter pronunciado esse voto, essa promessa de fidelidade a si próprio e ao seu futuro perfume, afastou-se alegremente do lugar e voltou a entrar na cidade pela Porta da Alameda.

À noite, deitado na sua cabana, rebuscou ainda o perfume na sua memória (foi incapaz de resistir à tentação), mergulhou nele, acariciou-o e deixou-se acariciar por ele, tão de perto e maravilhosamente no seu sonho, como se já possuísse realmente o perfume, o seu próprio perfume; e amou-o, em si e por si, durante um longo momento de uma deliciosa embriaguez. Pretendeu transportar ao sono esta paixão narcisíaca. No momento porém em que fechou os olhos e que em breve adormeceria, ela deixou-o; havia desaparecido, substituída em seu redor por esse odor frio e azedo do curral das cabras.

Grenouille sentia-se tomado de pânico: «O que acontecerá se este perfume, que possuirei...», pensou. «O que acontecerá, se ele acabar?... É outra coisa diferente da memória, onde todos os perfumes são imorredouros. O perfume real gasta-se em contacto com o mundo. É efémero. E depois de gasto, a fonte onde o terei ido buscar já não existirá. E ficarei nu como dantes e terei que recorrer a sucedâneos. Não, isso será pior que anteriormente! Porque, entretanto, terei conhecido e possuído o meu exclusivo e maravilhoso perfume e não poderei esquecê-lo, pois nunca esqueço um perfume. E continuarei, assim, durante a vida inteira a alimentar-me da recordação que dele me restará, como neste instante me alimento da recordação que tenho de antemão deste perfume que virei a possuir... Para que preciso dele, nesse caso?»

Esta ideia era extraordinariamente desagradável para Grenouille. Aterrorizava-o para lá de todas as palavras o pensamento de que perderia irremediavelmente este perfume que ainda não tinha, se viesse a possuí-lo. Quanto tempo duraria este perfume? Uns dias? Algumas semanas? Talvez um mês, se se perfumasse com a maior parcimónia? E depois? Já se imaginava a agitar o frasco para recolher a última gota, em seguida, lavá-lo com espírito de álcool para não perder o mínimo resquício e, depois via, cheirava o seu adorado perfume a evaporar-se para sempre e irremediavelmente. Tal assemelhar-se-ia a uma lenta agonia, a uma espécie de asfixia às avessas, um diluir progressivo e doloroso de si próprio no horror do mundo.

Sentia-se gelado e tremia. Invadiu-o um súbito desejo de abandonar os seus projectos, esquivar-se durante a noite e partir. Ia atravessar sem se deter as montanhas cobertas de neve e percorrer as cem léguas que o separavam de Auvergne. Ali, refugiar-se-ia na sua caverna e adormeceria para não mais acordar. Contudo, não o fez. Manteve-se sentado sem ceder a este desejo que era, todavia, intenso. Não cedeu, porque partir e refugiar-se numa caverna era um desejo que pertencia ao passado. Conhecia-o. O que, pelo contrário, não conhecia ainda, era possuir um perfume humano tão maravilhoso como o perfume da jovem que se encontrava para lá do muro. E embora consciente de que deveria pagar cruelmente a posse deste perfume devido à sua perda posterior, tanto esta posse *como* esta perda lhe pareceram mais desejáveis do que renunciar bruscamente a ambas. Na realidade, passara a sua vida a renunciar, ao passo que nunca havia possuído e perdido depois.

As dúvidas foram desaparecendo gradualmente e com elas os tremores. Voltou a sentir o sangue a enchê-lo de calor e de vida, sentiu qua a vontade de executar a sua decisão voltara a apoderar-se dele. E com mais força do que anteriormente, pois, agora, esta vontade não resultava de um simples desejo, mas tratava-se de uma decisão longamente amadurecida. Colocada ante a escolha de secar no lugar onde estava ou de se deixar cair, a carraça optava pela segunda hipótese com perfeita consciência de que esta queda seria a última. Grenouille voltou a deitar-se na enxerga, enroscou-se entre a palha e a manta e achou-se de um grande heroísmo.

Grenouille não seria, porém, Grenouille, caso se houvesse mantido, por muito tempo, satisfeito com este heróico fatalismo. Possuía um temperamento excessivamente obstinado, uma natureza demasiado maliciosa e um espírito por de mais subtil para que assim fosse. Muito bem! Decidira possuir este perfume da jovem que vivia do outro lado do muro. E, se ao cabo de algumas semanas voltasse a perdê-lo e morresse, tanto pior. Contudo, mais valia não morrer e possuir apesar de tudo o perfume ou, pelo menos, retardar o mais possível a sua perda. Precisava de conferir maior durabilidade ao perfume. Captar a sua efemeridade, sem o desprover de toda a sua têmpera: era um problema de perfumista.

Há perfumes que se mantêm durante dezenas de anos. Um armário besuntado de almíscar, uma pele impregnada de óleo de canela, uma bola de âmbar, uma caixa em madeira de cedro possuem quase a vida eterna, olfactivamente falando. E outros perfumes — óleo de lima, bergamota, extractos de narciso e de tuberosa e muitas essências florais — evaporam-se ao cabo de umas horas, se forem expostas ao ar em estado puro e sem estarem ligadas. O perfumista contorna esta importuna dificuldade ligando os aromas demasiado efémeros a aromas persistentes que, de certa maneira, lhes colocam entraves e lhes refreiam a aspiração de liberdade, consistindo a arte em dar certas rédeas a estes entraves para que o odor que atingem pareça conservar a sua liberdade, mas aprisionando-os mesmo assim o suficiente para que não possam escapar-se. Um dia, Grenouille conseguira esta façanha com um óleo de tuberosa, onde havia aprisionado o aroma efémero mediante ínfimos acréscimos de lima, baunilha, lábdano e cipreste que em muito o haviam valorizado. Por que não tratar o perfume da jovem de uma forma análoga? Porquê utilizar no estado puro e estragar este perfume que era o mais precioso e frágil de todos? Que estupidez! Que extraordinária falta de requinte! Alguém deixa de lapidar diamantes? Ou usa pepitas de ouro à volta do pescoço? Era ele, Grenouille, um rude extractor de odores como Druot e como os outros maceradores, destiladores e trituradores de flores? Era ele afinal, sim ou não, o melhor perfumista do mundo?

Bateu com a mão na testa, surpreendido por não ter pensado nisso mais cedo: era, obviamente, necessário não utilizar em estado bruto este perfume único no mundo! Era necessário engastá-lo, como à mais preciosa das pedras. À semelhança de um ourives, era necessário fabricar um diadema odorífero, no âmago e na base do qual, inserido nos outros aromas e ao mesmo tempo dominando-os, o *seu* perfume cintilaria. Fabricaria um perfume segundo todas as regras da arte e cuja alma seria o odor da jovem que se encontrava do outro lado do muro.

Para lhe conferir, no entanto, o corpo, a base, o tronco e a cabeça, para lhe fornecer a intensidade e fixá-lo, os auxiliares adequados não eram naturalmente o almíscar, o óleo de rosas ou o neroli. Um tal perfume, um perfume humano, exigia outros ingredientes.

40

No mês de Maio desse mesmo ano foi descoberto num campo de rosas, a leste de Grasse e a meio caminho da aldeiazinha de Opio, o cadáver nu de uma jovem de quinze anos. Fora atingida na nuca com uma pancada de cacete. O camponês que encontrou o corpo ficou tão perturbado com o terrível achado que quase atraiu suspeitas sobre si próprio: declarou, com voz trémula, ao tenente da polícia que nunca vira nada de tão belo... quando na realidade, pretendia dizer que nunca vira nada de tão terrível.

A jovem era, realmente, de uma extraordinária beleza. Enquadrava-se no género de mulheres lânguidas e indolentes que parecem feitas de mel, de sabor açucarado, uma pele macia e uma enorme untuosidade; basta-lhes um gesto negligente, atirar os cabelos para trás ou um único e moroso olhar fulminante para dominarem o espaço à sua volta e verem-se, tranquilamente, no meio de um ciclone, parecendo ignorar o campo de gravitação para o qual atraem irresistivelmente na sua direcção os corpos e as almas de homens e mulheres. E ela era jovem, muito jovem e fresca, e todo o encanto característico do seu tipo não tivera ainda tempo de murchar. Os membros ainda eram lisos e firmes, os seios assemelhavam-se a ovos cozidos acabados de descascar e o rosto de feições regulares, emoldurado por uma farta cabeleira negra, não perdera ainda a suavidade de contornos. A cabeleira em si tinha desaparecido. O assassino cortara-lha e levara-a com ele, o mesmo tendo feito à roupa.

Suspeitou-se dos ciganos. Podia esperar-se tudo dos ciganos. Era do conhecimento geral que os ciganos faziam tapetes com pedaços de roupa velha, que utilizavam cabelos para encher almofadas e fabricavam bonequinhas com a pele e os dentes das suas vítimas. Um crime tão perverso apenas podia ter sido cometido pelos ciganos. Só que naquele momento não havia rasto de cigano numa distância de léguas em redor; fora em Dezembro que os ciganos haviam atravessado a região pela última vez.

Na falta de ciganos transferiram-se seguidamente as suspeitas para os jornaleiros italianos. Contudo, também não havia italianos nessa época, para eles era ainda cedo de mais e apenas chegariam à região em Junho, para a colheita do jasmim, o que também os ilibava. As suspeitas recaíram, por fim, sobre os cabeleireiros e procederam-se a buscas nas suas casas com a finalidade de encontrar os cabelos da jovem assassinada. Sem resultado. Afirmou-se depois que teriam sido, indubitavelmente, os judeus, depois os monges — supostamente lúbricos — do mosteiro beneditino (que, na realidade, haviam todos ultrapassado os setenta anos), depois os cistercienses, depois os franco-maçónicos, depois os loucos do hospício de caridade, depois os carvoeiros e, em última análise, a nobreza corrupta, em particular o marquês de Cabris, na medida em que era casado pela terceira vez e se dizia que celebrava missas negras nas suas caves e bebia sangue de virgem para estimular a virilidade. Em resumo, nada conseguiu provar-se de concreto. Ninguém fora testemunha do crime e não se encontraram as roupas nem os cabelos da morta. Decorridas algumas semanas, o tenente da polícia considerou o inquérito encerrado.

A meio de Junho, chegaram os italianos, muitos acompanhados das famílias, a fim de se fazerem contratar para as colheitas. Os camponeses empregaram-nos mas, devido ao crime, proibiram que as mulheres e as filhas convivessem com eles. Embora esses jornaleiros não fossem, de facto, responsáveis pelo crime que ocorrera, poderiam em princípio tê-lo sido: mais valia pois prevenir do que remediar.

Pouco depois da colheita do jasmim, verificaram-se mais dois crimes. As vítimas foram, uma vez mais, belas jovens, do tipo moreno e lânguido, e mais uma vez as encontraram nuas e de cabelos rapados nos campos de flores, apresentando uma contusão na nuca. E, de novo, nem um traço do assassino. A notícia espalhou-se como um rastilho de pólvora e as represálias iam começar a atingir os estrangeiros, quando se soube que as duas jovens eram italianas e filhas de um jornaleiro genovês.

Foi então que o medo se abateu sobre a cidade. As pessoas já não sabiam contra quem dirigir a sua raiva impotente. Restavam ainda alguns capazes de levantar suspeitas, como os loucos ou o sinistro marquês, mas ninguém acreditava verdadeiramente nessa hipótese, pois os primeiros encontravam-se sob vigilância dia e noite e o último há muito que viajara até Paris. Começaram a apertar o cerco. Os camponeses abriram os celeiros aos viajantes que até ali sempre haviam dormido ao ar livre. Os cidadãos instalaram uma patrulha nocturna em cada bairro. O tenente da polícia duplicou a guarda das portas da cidade. Estas medidas comprovaram-se, no entanto, da mais absoluta inutilidade. Apenas uns dias depois do duplo crime, voltou a encontrar-se o cadáver de uma jovem num estado idêntico ao das outras. Tratava-se desta vez de uma lavadeira sardenha do palácio episcopal, morta com a pancada de um cacete junto ao grande lavadouro da Fonte de la Foux, mesmo às portas da cidade. E, embora os vereadores, sob a pressão dos habitantes enraivecidos, tomassem medidas suplementares (controlos mais rigorosos das portas, reforço da guarda nocturna, proibição às pessoas dos dois sexos de saírem após o pôr do Sol), em todas as semanas desse Verão se descobria o cadáver de uma jovem. E eram sempre raparigas que acabavam de se tornar mulheres, sempre as mais belas e geralmente desse mesmo tipo moreno e lânguido... Mas, dentro em pouco, o criminoso passou a interessar-se também pelo género mais comum da população local: as raparigas de pele leitosa e um pouco mais cheias. Nos últimos tempos contavam-se mesmo entre as suas vítimas jovens de cabelo castanho, mesmo castanho-claro, desde que não fossem magras. Ele desencantava-as em todo o lado, não só nos arredores de Grasse, mas em plena cidade e mesmo nas casas. A filha de um carpinteiro foi encontrada morta no seu quarto, no quinto andar e dentro de casa ninguém ouvira o mínimo ruído e nenhum dos cães dera sinal, embora habitualmente ladrassem mal farejavam um desconhecido. O assassino parecia impossível de agarrar, imaterial, um puro espírito.

As pessoas revoltavam-se e insultavam as autoridades. O mínimo boato transformava-se em motim. Um bufarinheiro, que vendia a poção do amor e outras charlatanices, teve dificuldade em escapar, porque se desencadearam boatos de que as suas poções continham pó de cabelos de jovem. Verificaram-se tentativas de incêndio no Hotel de Cabris e no hospício de caridade. O fanqueiro Alexandre Misnard abateu com um tiro o seu próprio criado de quarto, que regressava noite fechada, ao tomá-lo pelo sinistro assassino das jovens. Os que possuíam meios de o fazer, enviavam as filhas adolescentes para casa de parentes afastados ou internatos em Nice, Aix ou Marselha. A instâncias da Câmara, o tenente da polícia foi afastado das suas funções. O seu sucessor encarregou uma junta médica de examinar os corpos destas beldades rapadas, a fim de verificar se elas haviam permanecido virgens. Concluiu-se que todas estavam intactas.

Curiosamente, essa informação contribuiu para aumentar o pânico, em vez de o atenuar: todos haviam, tacitamente, partido do princípio de que estas jovens tinham sido violadas. Desta forma, existiria pelo menos o móbil do crime. Agora ignorava-se tudo, caminhava-se às escuras. E os crentes refugiaram-se na oração, suplicando a Deus que pelo menos poupasse aos seus lares esta diabólica provação.

Os vereadores, que tinham assento no Parlamento e eram os trinta mais ricos e mais respeitados aristocratas e burgueses de Grasse, na sua maioria filósofos e anticlericais, até essa altura pouco ligavam ao bispo e de bom grado teriam transformado conventos e abadias noutros tantos armazéns e fábricas. Ora, no meio da sua perturbação, esses orgulhosos e poderosos personagens não consideraram uma perda de prestígio dirigir ao bispo uma humilde petição, implorando a Sua Excelência, dado que o poder temporal não conseguia eliminar o monstro que dizimava as virgens, que o excomungasse e amaldiçoasse, à semelhança do seu Reverendíssimo antecessor, que se servira do mesmo processo, em 1708, com os horríveis gafanhotos que então ameaçavam o país. E, de facto, no final de Setembro, o criminoso de Grasse, nesse momento assassino de vinte e quatro jovens beldades pertencentes a todas as camadas sociais, foi pessoal e solenemente excomungado pelo bispo do alto de todos os púlpitos da cidade, inclusive do de Notre-Dame-du--Puy e a excomunhão foi, além disso, afixada em todas as igrejas.

O resultado foi fulminante. Os crimes cessaram de um dia para o outro. Outubro e Novembro passaram sem que se encontrasse um só cadáver. No começo de Dezembro, chegaram notícias de Grenoble de que ali se encontrava, actualmente, um assassino de jovens que estrangulava as suas vítimas, lhes rasgava as roupas e arrancava os cabelos aos punhados. E embora esses crimes primitivos se mostrassem em total dissonância com os meticulosos assassínios cometidos em Grasse, toda a gente ficou convencida de que se tratava de um mesmo e único assassino. Os habitantes de Grasse benzeram-se três vezes de alívio por aquele animal já não se encontrar entre eles, mas a uma distância de sete dias de caminho, na longínqua Grenoble. Organizaram uma procissão de velas em honra do bispo e uma grande missa de acção de graças em 24 de Dezembro. Por ocasião do dia 1 de Janeiro de 1766, moderaram-se as medidas de segurança que dantes se haviam reforçado e suprimiu-se o recolher obrigatório imposto às mulheres. A vida pública e privada voltou à normalidade com uma surpreendente rapidez. O medo havia desaparecido magicamente e ninguém mais falou do terror que, alguns meses antes, reinava sobre a cidade e o campo. Nem mesmo as famílias das vítimas se referiam ao caso. Era como se a maldição do bispo tivesse expulso não só o assassino, mas a sua própria recordação. E era isso o que convinha às pessoas.

Apenas os que tinham uma filha que atingia a idade crítica continuaram a não gostar de a deixar sem vigilância, a recear o crepúsculo e a sentirem-se felizes, de manhã, ao encontrá-la sã e fresca — sem, na realidade, quererem confessar o porquê.

41

Vivia, no entanto, um homem em Grasse que não se fiava nesta chegada da paz. Chamava-se Antoine Richis, desempenhava o cargo de vice-cônsul e habitava num belo prédio no começo da Rua Droite.

Richis era viúvo e tinha uma filha chamada Laure. Embora ainda não tivesse atingido os quarenta e conservasse toda a sua vitalidade, estava longe dos seus projectos voltar a casar-se nos tempos mais próximos. Tencionava primeiro casar a filha. E casá-la não com o primeiro que aparecesse, mas com um indivíduo de posição. Havia um tal barão de Bouyon que tinha um filho e uma propriedade próximo de Vence, uma boa reputação e uma situação financeira desastrosa. Richis e ele tinham chegado a acordo sobre o futuro casamento dos filhos. Depois de ver Laure casada, ele próprio pensaria em encontrar um partido entre as casas respeitadas como os Drée, os Maubert ou os Fontmichel; não que fosse arrogante e pretendesse a todo o custo meter uma dama nobre no seu leito, mas tencionava fundar uma dinastia e colocar a sua posteridade numa via que conduzisse à mais elevada consideração social e influência política. Para tal, necessitava ainda de pelo menos dois filhos, dos quais um retomaria o seu negócio e o outro, passando por uma carreira jurídica e pelo Parlamento de Aix, conseguiria ingressar na nobreza. Dada, porém, a sua condição, apenas podia acalentar tais ambições com alguma possibilidade de êxito caso ele e a família se ligassem solidamente à nobreza provençal.

Era a sua fabulosa riqueza que lhe permitia elaborar planos tão arrojados. Antoine Richis era, de longe, o cidadão mais rico de toda a região. Era dono de latifúndios não só na região de Grasse, onde cultivava laranjas, azeite, trigo e cânhamo, mas igualmente nas proximidades de Vence e do lado de Antibes, onde contratava trabalhadores à jorna. Possuía prédios em Aix, casas de campo, interesses em navios que negociavam com as Índias, um escritório permanente em Génova e o maior entreposto de França de perfumaria, especiarias, óleos e cabedais.

O que, no entanto, Richis tinha de mais precioso era a sua filha. Era filha única, acabava de completar dezasseis anos, tinha cabelos ruivos e olhos verdes. Era dona de um rosto tão atraente que os visitantes de todos os sexos e idades ficavam, momentaneamente, petrificados e não conseguiam desviar a atenção, lambendo-lhe literalmente o rosto com os olhos, como se lambessem um gelado com a língua e exibindo uma expressão de estúpido abandono, que caracteriza este género de actividades bocais. Ao olhar a filha, o próprio Richis se surpreendia (durante um tempo indeterminado, um quarto de hora, uma meia hora talvez), esquecido do mundo e, em simultâneo, dos negócios, o que, de resto, não lhe acontecia nem mesmo a dormir; e perdia-se inteiramente na contemplação dessa jovem maravilhosa e depois era incapaz de dizer o que acabava de fazer. E desde há um tempo (notara-o com um certo mal-estar), quando, à noite a acompanhava ao leito ou, de manhã, quando ia acordá-la e ela dormia ainda, estendida no leito como que por mão divina, e a camisa lhe desenhava os contornos das ancas e dos seios e que, da região dos seios, das axilas, do cotovelo e do macio antebraço, onde anichara o rosto, lhe chegava a respiração calma e quente... Richis sentia o estômago apertar-se-lhe, um nó na garganta, engolia a saliva e, céus! amaldiçoava-se por ser o pai dessa mulher e não um desconhecido, um homem qualquer, diante do qual ela estaria como agora na sua frente, o que lhe permitiria deitar-se com ela, sobre ela, nela, com todo o seu desejo. Começava a transpirar abundantemente e todo o corpo lhe tremia ao sufocar este desejo atroz que dele se apoderava ao inclinar-se para a acordar com um casto beijo paternal.

No ano anterior, por ocasião dos crimes, ainda não sentia essas tentações. O fascínio que, então, a filha exercia nele — pelo menos assim lhe parecia — era o que se sente ante uma criança. E era esse, aliás, o motivo por que nunca receara seriamente que Laure pudesse ser vítima de um criminoso que se sabia não se interessar por crianças nem mulheres, mas exclusivamente por jovens púberes e virgens. Tinha, sem dúvida, reforçado a guarda da casa, mandado colocar novas grades nas janelas do andar superior e ordenado à criada que dormisse no quarto com Laure. Repugnava-lhe, porém, a ideia de a enviar para longe, como os seus iguais haviam feito com as filhas e mesmo famílias inteiras. Considerava essa atitude desprezável e indigna de um membro do Parlamento e de um vice-cônsul que, na sua opinião, devia oferecer aos seus concidadãos o exemplo de calma, de coragem e de firmeza. Não era, de resto, um homem que se deixasse influenciar por outrem nas suas decisões, nem por uma multidão apavorada e muito menos por qualquer crápula anónimo como o era esse criminoso. Durante aquele terrível período, fora igualmente um dos raros habitantes da cidade a manter uma couraça contra a febre da angústia e a conservar a cabeça fria. Eis, no entanto e curiosamente, que se produzia uma mudança de situação. Enquanto as pessoas, exteriormente, agiam como se tivessem enforcado o assassino, festejavam o fim dos seus malefícios e se apressavam a esquecer a época fatídica, a angústia apoderava-se agora do coração de Richis como um veneno mortífero. Durante muito tempo recusou-se a admitir que era esta angústia que o impelia a adiar viagens que, no entanto, já deveria ter efectuado, a sair de casa contra vontade, a abreviar visitas e reuniões para regressar o mais depressa possível. Perante si próprio encontrava falsas justificações de indisposições e sobrecarga de trabalho e dizia de si para si que andava um pouco preocupado, como acontece, afinal, a qualquer pai que tem uma filha em idade de casar, uma preocupação inteiramente normal... Não se tinha já espalhado no exterior a fama da sua beleza? As pessoas não se viravam para a olhar, quando a acompanhava à missa de domingo? Vários cavalheiros do Parlamento não faziam já alguns avanços em seu nome ou no dos filhos?

42

Mas eis que num dia de Março, Richis estava sentado no salão e viu Laure sair para o jardim. A jovem tinha um vestido azul sobre o qual se derramava a cascata da sua cabeleira ruiva, cintilando ao sol; jamais a vira tão bonita. Desapareceu por detrás de uma sebe. E levou talvez uns dois segundos a mais, o espaço de duas batidas de coração, do que Richis esperava, antes de reaparecer. Ele sentiu um terror de morte, na medida em que durante essas duas batidas do coração julgara tê-la perdido para sempre.

Nessa mesma noite, despertou de um sonho horrível, de cujo contexto não se recordava, mas que se referia a Laure; e precipitou-se até ao seu quarto, convencido de que ela estava morta, de que ia encontrá-la no leito, assassinada, violada e de cabeça rapada... e encontrou-a intacta.

Regressou ao quarto a escorrer suor e trémulo de emoção; não, não era emoção, mas medo; admitiu, finalmente, que era o medo puro e simples o que lhe apertava a garganta e essa confissão levou-o a recuperar a calma e a lucidez. Para ser sincero, nunca acreditara na eficácia da excomunhão feita pelo bispo; acreditava tanto nela como no facto de o criminoso se encontrar agora em Grenoble; nem tão-pouco que abandonara a cidade. Não, ele ainda continuava a viver aqui, no meio dos habitantes de Grasse; e voltaria a atacar de um momento para o outro. Em Agosto e em Setembro, Richis vira algumas das jovens assassinadas. O espectáculo aterrorizara-o e, ao mesmo tempo, devia confessar, fascinara-o, porque elas eram todas, e de uma forma particular, de uma beleza requintada. Jamais lhe tinha ocorrido que houvesse tantas belezas desconhecidas em Grasse. Esse criminoso abrira-lhe os olhos. Esse criminoso tinha um gosto impecável. E actuava segundo um sistema. Não só todos os crimes eram executados da mesma forma metódica, como a escolha das vítimas traduzia, igualmente, uma planificação quase económica. Richis ignorava, na verdade, *o que* o assassino pretendia efectivamente das suas vítimas, dado não se ter apoderado do que elas tinham de melhor, a sua beleza e o encanto da sua juventude... a não ser que... De qualquer maneira, por absurdo que parecesse, o criminoso não era, em sua opinião, um espírito destrutivo, mas, pelo contrário, um coleccionador meticuloso. «Se, de facto», assim pensava Richis, «todas estas vítimas forem imaginadas não como individualidades, consideradas uma por uma, mas como elementos participantes de um princípio superior, e se as suas respectivas qualidades forem também imaginativamente inseridas num todo coerente, o mosaico constituído por uma tal justaposição seria necessariamente a própria imagem da beleza, e a sedução que emanaria não se enquadraria num plano humano, mas divino.» (Como podemos verificar, Richis era um homem esclarecido que não recuava ante deduções blasfematórias e que embora raciocinasse segundo categorias visuais e não olfactivas, estava todavia muito próximo da verdade.)

«Admitindo, por conseguinte», continuava Richis na mesma linha de pensamento, «que o assassino é um coleccionador de beleza e se esforça por conseguir a beleza perfeita, ainda que no quadro da sua mente perturbada; admitindo também que é um homem de gosto requintado e de métodos perfeitos, como o deu na realidade a entender, é impensável que prive a sua composição do elemento mais precioso que poderia encontrar no cimo da Terra: a beleza de Laure. Todos os crimes que cometeu até este momento não terão qualquer valor sem ela. Laure é a pedra-base do seu edifício.»

Enquanto se dedicava a esta horrível dedução, Richis mantinha-se sentado em camisa de noite no seu leito e surpreendeu-se por recuperar a calma a esse ponto. Deixara de ter arrepios e de tremer. A vaga sensação de medo que, há semanas, o atormentava, tinha desaparecido para dar lugar a um perigo concreto: desde o início que os projectos e os esforços do criminoso visavam manifestamente Laure. Todos os outros crimes não passavam de secundários comparativamente a este último crime que iria coroá-los. O objectivo material dos crimes permanecia, na realidade, obscuro, e tão-pouco era certo que o mesmo existisse. Contudo, Richis trouxera à luz do dia o essencial, ou seja, o método sistemático e o seu móbil ideal. E quanto mais reflectia no assunto, mais essas duas ideias lhe agradavam; e o seu respeito pelo criminoso aumentava também — um respeito que se lhe tornava claro como um espelho, pois, no fundo, havia sido ele, Richis, a adivinhar as artimanhas do adversário mediante o seu subtil espírito de análise.

Se ele próprio, Richis, tivesse sido um criminoso e possuído as mesmas ideias apaixonadas do assassino, agiria da mesma maneira e à sua semelhança desencadearia todos os esforços para coroar a sua obra de demente com o assassínio de Laure, este ser único e maravilhoso.

Este último pensamento agradou-lhe muito particularmente. O facto de conseguir pôr-se mentalmente no lugar do futuro assassino da sua filha, tornava-o, na realidade, infinitamente superior a este criminoso. Pois era, sem dúvida, bem claro que este criminoso, mau grado toda a sua inteligência, era incapaz de se colocar na posição de Richis, quanto mais não fosse por decerto não suspeitar que há muito tempo que Richis se pusera no seu. No fundo, isto não se diferençava em muito dos negócios — *mutatis mutandi*, bem entendido. A partir do instante em que se adivinhavam as intenções de um rival, passava-se a uma posição superior; não mais se podia ser intrujado por ele; e, sobretudo, quando se tinha o nome de Antoine Richis, se era fadado para o negócio e se possuía um temperamento de lutador. No fundo, o maior negócio de perfumaria da França, a sua fortuna e o cargo de vice-cônsul não lhe haviam sido entregues pela graça de Deus; conquistara-os através de combates esforçados, desafios e armadilhas, descobrindo os perigos no seu devido tempo, adivinhando astuciosamente os planos dos concorrentes e apresentando os seus trunfos sobre a mesa. E era por esse mesmo processo que atingiria os seus futuros objectivos, o poder e a nobreza. E era também assim que ia contrariar os planos desse criminoso, o seu rival pela posse de Laure, quanto mais não fosse porque Laure era igualmente a base do edifício dele, Richis, o edifício formado pelos seus próprios planos. Amava indubitavelmente a sua filha; mas também necessitava dela. E aquilo de que necessitava para concretizar as suas mais elevadas ambições, jamais permitiria que alguém lho roubasse; defendê-lo-ia com unhas e dentes.

Naquele momento, sentia-se melhor. Agora que conseguira transportar as suas meditações nocturnas sobre a luta contra o demónio a um plano de confronto entre homens de negócios, sentia-se invadido por uma coragem renovada e mesmo entusiasmo. Desaparecera o último vestígio de medo; evolara-se esse sentimento de indecisão e de morosas preocupações; varrera-se essa bruma de pressentimentos lúgubres, onde há semanas se movimentava às apalpadelas. Pisava um terreno familiar e sentia-se à altura de enfrentar qualquer desafio.

43

Foi com alívio e quase de bom humor que saltou da cama, puxou o cordão da campainha e, quando o criado de quarto entrou, a dormir em pé, ordenou-lhe que aprontasse as bagagens e provisões para a viagem, dado que tencionava partir para Grenoble, ao alvorecer, em companhia da filha. Em seguida, levantou-se e arrancou o resto do pessoal ao sono.

Um enorme movimento gerou-se, assim, em plena noite na casa da Rua Droite. O fogo ardia nas cozinhas, as criadas excitadíssimas deslizavam pelos corredores, o criado de quarto subia e descia apressadamente as escadas, nas caves ouvia-se o tilintar do molho de chaves do guarda do armazém, no pátio as chamas cintilavam, alguns palafreneiros acorriam a ir buscar os cavalos, outros tiravam as mulas das estrebarias; colocavam-se os freios e as rédeas, corria-se e carregava-se... Quase poderia julgar-se que as hordas austro-sardenhas invadiam o país, saqueando e queimando tudo à sua passagem, como no ano de 1746, e que o dono da casa se preparava para fugir, em pânico e precipitadamente. Nada disso, porém! Com o porte digno de um marechal francês, o dono da casa estava sentado à secretária do seu escritório, bebia o seu café com leite e dava ordens aos criados que se movimentavam em seu redor. Redigia, em simultâneo, cartas ao presidente da Câmara e ao primeiro-cônsul, ao seu notário, ao seu advogado, ao seu banqueiro em Marselha, ao barão de Bouyon e a diversos fornecedores e clientes.

Por volta das seis da manhã, terminara essa correspondência e tomara as disposições necessárias à concretização dos seus planos. Meteu nos bolsos dois pequenos revólveres de viagem, colocou o cinto onde metia o dinheiro e fechou a secretária à chave. Em seguida, foi acordar a filha.

Às oito da manhã, a pequena caravana pôs-se em marcha. Richis cavalgava à cabeça, oferecendo um espectáculo imponente com uma casaca vermelho-púrpura e bordada a ouro, uma sobrecasaca preta e um chapéu de feltro preto e orlado de plumas. Seguia-se a filha, vestida mais modestamente, mas de uma beleza tão radiosa que, na rua e nas janelas, as pessoas só tinham olhos para ela e soltavam exclamações de genuína admiração, enquanto os homens se descobriam, aparentemente ante o vice-cônsul mas, na realidade, ante ela e o seu porte de rainha. Atrás ia a criada de quarto, que quase passava despercebida, seguida do criado de quarto de Richis com dois cavalos de carga — a utilização de uma carruagem era contra-indicada, dado o estado marcadamente deplorável da estrada de Grenoble — e o cortejo fechava com uma dúzia de mulas carregadas com todo o género de bagagens e conduzidas por dois palafreneiros. Na Porta da Alameda, as sentinelas apresentaram armas e só as baixaram quando a última mula passou, trotando. As crianças corriam atrás, seguiram o cortejo durante um bom bocado, após o que disseram adeus com a mão a este grupo que se afastava lentamente pelo caminho abrupto e sinuoso que trepava a montanha.

A partida de Antoine Richis e da filha causou uma impressão estranhamente profunda nos habitantes. Tiveram a sensação de que assistiam a uma cerimónia arcaica de sacrifício. Havia-se espalhado o boato de que Richis partia para Grenoble: para a cidade, portanto, onde presentemente se alojava o monstro que matava as jovens. As pessoas não sabiam o que pensar. Tratava-se de um acto de criminosa leviandade ou de coragem admirável por parte de Richis? Pretendia desafiar ou apaziguar os deuses? Tinham o vago pressentimento de que haviam visto a bela jovem de cabelos ruivos pela última vez. Tinham o pressentimento de que Laure Richis estava perdida.

Esse pressentimento iria revelar-se correcto, ainda que baseado em hipóteses falsas, na medida em que Richis não se dirigia a Grenoble. A partida com grande pompa havia sido uma mera farsa. A uma légua e meia a noroeste de Grasse, na proximidade da aldeia de Saint-Vallier, deu ordem de paragem ao cortejo. Entregou uma procuração e cartas de recomendação ao seu criado de quarto e ordenou-lhe que conduzisse sozinho as mulas e os palafreneiros até Grenoble.

Por seu lado, e na companhia de Laure e da criada de quarto, ele tomou a direcção de Cabris, onde fez uma pausa para o almoço, após o que seguiu para sul através da montanha de Tanneron. O caminho era extraordinariamente árduo; mas permitia fazer um grande desvio para oeste, em redor de Grasse e da sua bacia, e atingir a costa ao fim da tarde sem se ser visto... No dia seguinte — era esse o plano de Richis — far-se-ia transportar com Laure até às ilhas de Lérins, na mais pequena das quais se situava o bem fortificado Convento de Santo Honorato. Este era dirigido por um punhado de monges idosos mas ainda perfeitamente capazes de se defenderem e com os quais Richis estava bem relacionado, na medida em que há anos comprava e vendia tudo o que este convento produzia: licor de eucalipto, pinhões e óleo de cipreste. E era precisamente aqui, neste Convento de Santo Honorato, sem dúvida o lugar mais seguro de toda a Provença depois do castelo-forte de If e da prisão oficial da ilha de Santa Margarida, que Richis tencionava colocar a sua filha. Ele passaria imediatamente ao continente e, desta vez evitando Grasse, por leste, via Antibes e Cannes, poderia chegar a Vence ao fim desse mesmo dia. Já ali marcara um encontro com o seu notário, para elaborar um acordo com o barão de Bouyon quanto ao casamento dos seus filhos Laure e Alphonse. Faria a Bouyon uma oferta que este não poderia recusar: pagamento das dívidas até ao montante de quarenta mil libras, dote na mesma quantia, bem como várias propriedades e um lagar próximo de Maganosc, além de uma renda anual de três mil libras para o casal. A única condição imposta por Richis seria a de que a boda se celebrasse num prazo de dez dias e o casamento se consumasse de imediato, após o que os recém-casados se instalariam em Vence.

Richis sabia que, ao apressar desta forma os acontecimentos, subiria desmedidamente o preço da aliança entre a sua casa e a casa de Bouyon. Se tivesse aguardado mais tempo, o preço seria menos elevado. Seria o barão a mendigar o consentimento de, por intermédio do filho, fazer subir na esfera social a filha do rude negociante plebeu, pois a fama da beleza de Laure teria aumentado, bem como a fortuna de Richis e a decadência financeira de Bouyon. Que interessava, porém? Neste negócio o seu adversário não era o barão, mas o célebre criminoso. Era o negócio dele que estava em causa estragar. Uma mulher casada, desflorada e eventualmente já grávida, deixava de ter lugar na sua galeria de objectos raros. A última pedra do mosaico ficaria desvalorizada, Laure perderia todo o interesse para o criminoso e a sua obra fracassaria. E tornava-se necessário que ele assistisse a essa derrota! Richis iria celebrar a boda em Grasse com grande pompa e publicamente. Não conhecia o seu adversário nem viria a conhecê-lo, mas mesmo assim usufruiria o prazer de saber que ele estaria presente e seria obrigado a ver, com os seus próprios olhos, passar-lhe diante do nariz o que ele mais desejava no mundo.

O plano fora astuciosamente engendrado. E uma vez mais nos vemos forçados a admirar a perspicácia que em muito aproximou Richis da verdade. De facto, caso o filho do barão de Bouyon desposasse Laure Richis, tal representaria uma derrota esmagadora para o criminoso de Grasse. Esse plano ainda não estava, porém, executado. Richis ainda não colocara a filha sob o véu que a salvaria. Ainda não a levara até ao bem fortificado Convento de Santo Honorato. Os três cavaleiros teriam ainda de percorrer um caminho através da montanha inóspita do Tanneron. Por vezes, os caminhos eram tão árduos que se tornava necessário desmontar. Tudo isto se processava lentamente. Eles esperavam chegar junto do mar, ao anoitecer, a uma pequena localidade a oeste de Cannes chamada La Napoule.

44

No momento em que Laure Richis abandonava Grasse na companhia do pai, Grenouille encontrava-se no extremo oposto da cidade, no *atelier* de Arnulfi, a macerar junquilhos. Estava sozinho e de bom humor. A sua permanência em Grasse aproximava-se do fim. O dia do triunfo não tardaria a chegar. Lá em baixo, na cabana, arrumara, num cofre forrado de algodão, vinte e quatro minúsculos frascos contendo em algumas gotas as auras de vinte e quatro jovens virgens: preciosas essências que Grenouille tinha conseguido ao longo do ano anterior mediante a odorização a frio dos corpos, maceração dos cabelos e das roupas, lavagem e destilação. E iria colher, nesse mesmo dia, a vigésima quinta que era a mais requintada e importante. Com vista a esta última proeza, havia preparado um cadinho cheio de uma gordura várias vezes purificada, um pano do mais fino linho e um garrafão de um álcool que submetera a inúmeras destilações. O terreno fora sondado da forma mais minuciosa. Era lua nova.

Sabia que não fazia sentido tentar assaltar a casa bem guardada da Rua Droite. Pretendia, assim, introduzir-se furtivamente à hora do crepúsculo, antes que fechassem os portões, e esconder-se em qualquer recanto da morada, protegido pela ausência de odor que o tornava tão invisível como um chapéu mágico, tanto para os homens como para os animais. Mais tarde, quando todos estivessem a dormir, subiria, guiado pela bússola do seu nariz, até ao quarto do seu tesouro. Aplicar-lhe-ia, logo ali, o pano de linho impregnado de gordura. Apenas levaria, como era hábito, os cabelos e as roupas, dado que estas partes podiam lavar-se directamente com espírito de álcool, o que se tornava mais cómodo fazer no *atelier*. Previa uma segunda noite para acabar de tratar a pomada e obter o concentrado através da destilação. E caso tudo corresse bem (e não tinha qualquer motivo para duvidar disso), dali a dois dias possuiria todas as essências destinadas ao fabrico do melhor perfume do mundo e abandonaria Grasse na qualidade do homem ao cimo da Terra que teria o odor mais suave.

Por volta do meio-dia, acabou a sua tarefa com os junquilhos. Extinguiu o fogo, tapou o caldeirão cheio de gordura e foi apanhar ar fresco em frente do *atelier*. O vento soprava de oeste.

À primeira lufada de ar que respirou, apercebeu-se de que algo não corria bem. A atmosfera não se apresentava normal. À cobertura olfactiva da cidade, ao seu tecido composto de milhares de fios, faltava o fio dourado. Ao longo das últimas semanas, este fio odorífero tornara-se tão intenso que Grenouille o notava claramente mesmo daquele lado da cidade e junto à sua cabana. Contudo, deixara de marcar a sua presença, havia desaparecido; por mais intensamente que farejasse, era impossível detectá-lo. Grenouille ficou paralisado de terror.

«Ela está morta», pensou. «Um outro roubou-ma», pensou depois, mais aterrorizado ainda. «Um outro desfolhou a minha flor e apoderou-se do seu perfume!» Não conseguiu gritar, tão grande era a sua perturbação; conseguiu, porém, chorar lágrimas que lhe encheram os olhos e escorreram subitamente pelos dois lados do nariz.

Em seguida, Druot regressou da sua visita aos Quatre Dauphins para vir almoçar a casa e contou, de passagem, que o vice-cônsul partira, ao romper do dia, para Grenoble na companhia da filha e de doze mulas. Grenouille engoliu as lágrimas e atravessou a cidade a correr, até à Porta da Alameda. Deteve-se na praça diante do portão e farejou. E, no vento ainda desprovido dos odores da cidade e que chegava de oeste, reencontrou de facto o seu fio de ouro; sem dúvida, ténue e fraco, mas detectável entre mil. Na verdade, porém, o perfume adorado não provinha de noroeste, do lado da estrada de Grenoble, mas da direcção de Cabris, se não mesmo de sudoeste.

Grenouille perguntou à sentinela qual a estrada que o vice--cônsul tomara. O homem apontou com o dedo para norte.

— Não seguiu pela estrada de Cabris? Ou melhor, para sul, na direcção de Auribeau e La Napoule?

— Não, não — respondeu a sentinela. — Vi-o com os meus próprios olhos.

Grenouille voltou a atravessar a cidade a correr até à sua cabana, meteu na mochila o pedaço de linho, o boião de pomada, a espátula, as tesouras e um pequeno cacete liso, em madeira de oliveira, após o que se deitou imediatamente a caminho: não rumo a Grenoble, mas na direcção que o nariz lhe indicava, ou melhor, para sul.

O caminho por onde seguiu levava directamente à localidade de La Napoule, ao longo dos atalhos do Tanneron, passando pelos vales de Frayère e Siagne. Não oferecia dificuldades e Grenouille avançava rapidamente. Quando Auribeau surgiu à sua direita, encarrapitada no cume da montanha, apercebeu-se pelo odor de que estava praticamente em cima dos fugitivos. Pouco depois, apanhava-os. Cheirava-os, agora, um por um, cheirava mesmo a poeira levantada pelos cavalos. Estariam, no máximo, a uma meia-légua a oeste, algures nas florestas do Tanneron. Avançavam para sul, na direcção do mar. Exactamente como ele.

Grenouille chegou à localidade de La Napoule por volta das cinco horas da tarde. Entrou na estalagem, comeu e informou-se sobre um local barato onde pudesse dormir. Apresentou-se como um curtidor vindo de Nice e com destino a Marselha. Disseram-lhe que podia ficar no estábulo. Deitou-se a um canto e repousou. Cheirou a aproximação dos três cavaleiros. Agora, só precisava de esperar.

Duas horas mais tarde — já o dia declinava — eles chegaram. Tinham mudado de roupa, a fim de se manterem no anonimato. As duas mulheres haviam posto vestidos e véus escuros e Richis um casaco preto. Identificou-se como um cavaleiro chegado de Castellane e declarou que pretendia fazer-se transportar, no dia seguinte, até às ilhas de Lérins, devendo para tal o estalajadeiro aprontar-lhe um barco para o romper do dia. Quis saber se havia mais hóspedes, à excepção dele e das pessoas que o acompanhavam. O estalajadeiro respondeu que não, à excepção de um curtidor, que pernoitava no estábulo.

Richis enviou as mulheres para os seus quartos. Dirigiu-se em pessoa ao estábulo, sob pretexto de que se tinha esquecido de algo nos alforges. Não encontrou de imediato o operário curtidor e precisou que o palafreneiro lhe fornecesse um candeeiro. Nessa altura, viu-o, deitado a um canto em cima da palha, coberto com uma manta velha, a cabeça apoiada no saco e profundamente adormecido. Parecia tão insignificante que, por momentos, Richis teve a impressão de que ele não existia verdadeiramente, de que não passava de mera ilusão provocada pelas sombras que o candeeiro desenhava. De qualquer forma, logo se tornou evidente para Richis que este ser, a tal ponto inofensivo que enternecia, não podia representar o mínimo perigo; e afastou-se, sem fazer ruído a fim de não lhe perturbar o sono, regressando à estalagem.

Jantou em companhia da filha, no quarto. Não lhe tinha revelado o destino nem o objectivo desta estranha viagem, embora ela lho tivesse pedido. Prometeu que lhe desvendaria o mistério no dia seguinte e disse-lhe que podia confiar nele: todas estas deslocações e projectos serviriam os seus interesses e a sua felicidade.

Depois do jantar jogaram à arrenegada e ele perdeu todas as partidas, porque em vez de olhar para as cartas, contemplava o rosto da filha e deleitava-se com a sua beleza. Por volta das nove horas, acompanhou-a ao quarto que ficava em frente do seu, desejou-lhe boa noite, beijou-a e fechou a porta à chave do lado de fora. Em seguida, foi-se deitar também.

Sentiu-se repentinamente muito cansado pelas agruras do dia e da noite precedentes e, ao mesmo tempo, muito satisfeito consigo próprio e com a evolução dos acontecimentos. Sem a mínima preocupação, sem qualquer pensamento sinistro idêntico aos que até ao dia anterior o atormentavam com regularidade e o impediam de dormir, apagou a luz e adormeceu de imediato, sem sonhar, sem gemer, sem se agitar convulsivamente nem dar voltas e mais voltas nervosamente na cama. Pela primeira vez e desde há muito tempo, Richis teve direito a um sono profundo, calmo e reparador.

A essa mesma hora Grenouille levantava-se da sua enxerga no estábulo. Também ele estava contente consigo e com a evolução dos acontecimentos e sentia-se extremamente fresco, embora não tivesse dormido um único segundo. Quando Richis fora observá-lo ao estábulo, fingira dormir, para reforçar o ar inofensivo que lhe era conferido pelo seu perfume banal. Enquanto Richis fizera um juízo errado a seu respeito, ele apreciara-o com a maior exactidão, e o alívio que Richis sentira ao vê-lo não lhe havia escapado.

Por conseguinte, na altura do seu breve encontro, haviam ficado ambos convencidos, com razão ou sem ela, da mútua inofensividade; e Grenouille sentiu-se contente que assim fosse, na medida em que este ar inofensivo, fingido nele e verdadeiro em Richis, facilitava as coisas a Grenouille. E esta era uma perspectiva que Richis teria partilhado na íntegra, em posição inversa.

45

Grenouille deitou-se ao trabalho com o porte circunspecto do profissional. Abriu a mochila, de onde retirou o pano de linho, a pomada e a espátula, desdobrou o pano sobre a manta onde se tinha estendido e começou a impregná-lo de pasta gordurosa. Era uma tarefa morosa, na medida em que se tornava necessário que a camada de gordura fosse mais espessa em alguns lugares e menos noutros, segundo a parte do corpo com a qual estaria em contacto. A boca e as axilas, os seios, o sexo e os pés forneceriam elementos mais odoríferos do que, por exemplo, as pernas, as costas ou os cotovelos; as palmas das mãos, mais do que as costas; as sobrancelhas, mais do que as pálpebras, etc., sendo assim necessário untá-las com uma maior quantidade de gordura. Grenouille traçou, pois, no pano uma espécie de diagrama olfactivo do corpo a tratar, e esta faceta do trabalho era, na realidade, a mais compensadora, dado tratar-se de uma técnica artística que utilizava em idênticas proporções os sentidos, a imaginação e as mãos, proporcionando, além do mais, o prazer antecipado que forneceria o resultado final.

Após ter gasto o pequeno boião de pomada, deu mais alguns retoques ao quadro retirando um pouco de gordura de determinado lugar do pano de linho para o colocar noutro sítio, retocando e verificando esta paisagem modelada na gordura — de resto, com o nariz e não com os olhos, dado que todo este trabalho se processava na obscuridade total, o que talvez constituísse mais uma razão para que Grenouille se encontrasse neste estado de humor, de uma alegria aliada à serenidade. Nessa noite de lua nova, nada o distraía. O mundo resumia-se a um odor e a um pequeno barulho do quebrar das ondas que lhe chegava do mar. Estava no seu elemento. Dobrou, em seguida, o pano de linho como se se tratasse de uma tapeçaria e de maneira a que as partes impregnadas se sobrepusessem. Esta era uma operação dolorosa para ele, pois sabia perfeitamente que, apesar de todas as precauções tomadas, alguns contornos marcados iriam achatar-se e deformar-se. Não havia, no entanto, qualquer outra possibilidade de transportar o pano de linho. Após tê-lo dobrado o suficiente para o poder transportar pousado no antebraço sem grande dificuldade, meteu nos bolsos a espátula, a tesoura e o pequeno cacete em madeira de oliveira e esgueirou-se furtivamente até ao exterior.

O céu apresentava-se encoberto. Na estalagem todas as luzes estavam apagadas. A única centelha nessa noite de trevas brilhava a leste, na torre do farol da ilha de Santa Margarida, a mais de uma légua: um minúsculo ponto luminoso num tecido cor de asa de corvo. Do golfo subia uma ligeira brisa com odor a peixe. Os cães dormiam.

Grenouille avançou até à última janela da granja, contra a qual se encontrava apoiada uma escada que retirou do lugar e transportou em equilíbrio, prendendo três degraus sob o braço direito livre e servindo-se do ombro como calço; atravessou, assim, o pátio até se ver debaixo da janela do quarto da jovem. A janela estava entreaberta. Trepou pela escada com extraordinária facilidade e felicitou-se pela circunstância que lhe permitia recolher o perfume da jovem, aqui em La Napoule. Em Grasse, com as janelas gradeadas e uma casa sob pesada vigilância, tudo teria sido muito mais difícil. Aqui, ela dormia sozinha. Nem sequer teria de eliminar a criada.

Empurrou o batente da janela, esgueirou-se para o interior do quarto e desembaraçou-se do pano. Em seguida, virou-se para o leito. Era o perfume dos cabelos que dominava, dado que a jovem se encontrava deitada de barriga para baixo, o rosto envolvido no braço dobrado apresentava-se enterrado na almofada, e a nuca oferecia-se de uma forma verdadeiramente ideal ao golpe do cacete.

O barulho da pancada foi surdo e acompanhado de um estalido. Grenouille detestava este ruído, quanto mais não fosse por se tratar de um ruído que se verificava no meio de um trabalho no resto silencioso. Apenas conseguiu suportar este ruído repugnante de dentes cerrados e, em seguida, manteve-se ainda por instantes rígido e contraído, com a mão crispada no cacete e como que receoso de que o ruído fosse repercutido pelo eco. O ruído não se repercutiu, porém; apenas o silêncio reinava no quarto, um silêncio mais profundo na medida em que a partir daí lhe faltava o doce sussurro de um respirar. Grenouille não tardou a descontrair-se (o que talvez se tivesse, igualmente, podido interpretar como uma atitude de respeito ou uma espécie de minuto de silêncio um tanto primitivo) e o corpo readquiriu lentamente a costumada flexibilidade.

Arrumou o cacete e a partir desse momento actuou com uma enorme rapidez. Antes do mais, desdobrou o pano de odorização e estendeu-o cuidadosamente do avesso sobre a mesa e as cadeiras, certificando-se de que o lado untado de gordura não tocava em nada. Afastou, em seguida, a colcha para trás. O perfume maravilhoso da jovem, liberto subitamente numa lufada quente e forte, não o perturbou. Agora já o conhecia e só o gozaria até à embriaguez mais tarde, depois de verdadeiramente o possuir. De momento, tratava-se de captar o máximo, de perder a mínima quantidade possível; de momento, precisava concentrar-se e actuar rapidamente.

Cortou-lhe a camisa de noite com tesouradas rápidas e arrancou-lha; agarrou no pano impregnado de gordura e voltou a cobrir-lhe o corpo nu. Depois ergueu-a, passou-lhe o pano por baixo, enrolou-a à semelhança de um fabricante de produtos de charcutaria quando fecha um chouriço, envolvendo-a desde os tornozelos à testa. Apenas a cabeleira saía ainda deste invólucro de múmia. Rapou-lhe o couro cabeludo e meteu os cabelos na camisa de noite, que atou num embrulho. Cobriu por fim o crânio rapado com uma ponta livre do pano e alisou suavemente a extremidade com as pontas dos dedos a fim de que ela aderisse na perfeição. Verificou toda a embalagem. Nem uma fenda, um buraquinho, qualquer prega imperfeita poderia deixar escapar o perfume da jovem. Estava completamente enrolada no pano. Nada mais havia a fazer naquele momento, apenas aguardar, durante seis horas, até ao romper do dia.

Agarrou na cadeira, onde se encontravam colocadas as roupas da jovem, aproximou-a do leito e sentou-se. O comprido vestido negro emanava ainda o eflúvio suave do seu perfume, misturado com o odor de biscoitos de anis que ela metera no bolso como provisão para a viagem. Pousou os pés na beira da cama, perto dos dela, cobriu-se com o vestido e comeu os biscoitos de anis. Estava fatigado. Contudo, não queria dormir, pois dormir era algo que não se fazia durante o trabalho, mesmo quando o trabalho se resumia a uma espera. Recordou-se das noites que passava a destilar no *atelier* de Baldini: o alambique negro de fuligem, as chamas trémulas, o ligeiro ruído do condensado a cair da serpentina para o vaso florentino. De vez em quando era necessário vigiar o fogo, voltar a deitar água na caldeira do alambique, mudar o vaso florentino, colocar outras plantas, dado as anteriores estarem esgotadas. E, no entanto, sempre tivera a impressão de que não velava para se entregar a estas actividades ocasionais, mas de que o facto de estar acordado tinha um sentido próprio. Mesmo ali, naquele quarto, onde o processo de odorização se fazia por si e apenas se iria quebrar mediante uma verificação brusca, voltando ou mexendo neste embrulho perfumado, até mesmo aqui Grenouille tinha a sensação de que era importante que estivesse presente e velasse. Dormir colocaria em perigo o sucesso da operação.

De qualquer forma, não lhe custava nada ficar acordado e esperar, mau grado a sua fadiga. *Esta* espera agradava-lhe. Também lhe agradara quando a tinha feito junto das outras vinte e quatro jovens, pois não se tratava de uma espera morna e sem sentido, nem tão-pouco de uma espera impaciente e nostálgica, mas de uma espera acompanhada, que tinha um sentido e um certo dinamismo. Algo acontecia, durante esta espera. Era o essencial que se processava. Não era ele que o fazia, mas fazia-se através dele. Dera o seu melhor. Empregara todo o seu talento. Não havia cometido um só erro. A obra era única no seu género. Seria coroada de êxito... Apenas teria de esperar umas horas. Esta espera satisfazia-o em absoluto. Nunca na sua vida se sentira tão bem, tão calmo, tão sereno, tão de acordo consigo próprio — nem mesmo durante a sua estada na montanha — como nestas horas de pausa artesanal que passava em plena noite junto das suas vítimas e as velava em espera. Eram os únicos momentos em que no seu cérebro sinistro se formavam pensamentos quase alegres.

Estes pensamentos não se reportavam, curiosamente, ao futuro. Não se centravam no perfume que recolheria dali a umas horas, no perfume feito de vinte e cinco auras de jovens, nem em projectos futuros, na felicidade ou no sucesso. Não. Rememorou o passado. Recordou as etapas da sua vida, desde os tempos de Madame Gaillard e a pilha de madeira húmida e quente na sua frente, até à viagem daquele dia que o trouxera a esta aldeiazinha de La Napoule, cheirando a peixe. Recordou-se do curtidor Grimal, de Giuseppe Baldini; do marquês de Taillade-Espinasse. Recordou a cidade de Paris, o seu fedor imenso e multivariado, recordou a jovem ruiva da Rua des Marais, o campo, a ligeira brisa, as florestas. Recordou, igualmente, a montanha em Auvergne (era uma recordação a que jamais se esquivava), a atmosfera vazia de seres humanos, a sua caverna. Recordou também os seus sonhos. Recordou todas estas coisas com um enorme prazer. Ao reavivá-las desta forma, parecia-lhe mesmo ser um homem especialmente favorecido pela sorte e que o destino lhe reservara caminhos decerto tortuosos, mas finalmente justos: senão, como seria possível que tivesse encontrado o caminho que desemboca neste quarto imerso na obscuridade e no objectivo dos seus desejos? Pensando bem, ele era de facto um indivíduo protegido pela Providência!

Sentiu-se invadido por uma onda de humildade e de gratidão.

— Agradeço-te — sussurrou a meia voz. — Agradeço-te, Jean-Baptiste Grenouille, por seres exactamente como és!

Era, na realidade, enorme a emoção que a si próprio inspirava.

Em seguida, cerrou as pálpebras — não para dormir, mas para se abandonar em pleno à tranquilidade desta noite sagrada. A paz invadia-lhe o coração, mas parecia, igualmente, reinar à sua volta. Cheirava o sono tranquilo da criada no quarto ao lado e o sono de profundo contentamento de Antoine Richis, do outro lado do corredor; cheirava como dormiam serenamente o estalajadeiro e os criados, os cães, os animais no estábulo, a aldeia em peso e o mar. O vento parara. Tudo estava silencioso. Nada perturbava a paz.

Num dado momento o pé descaiu-lhe um pouco e roçou o pé de Laure. Não propriamente no pé, mas apenas no tecido que o envolvia, untado por baixo de uma camada de gordura que se impregnava do perfume da jovem, deste maravilhoso perfume, deste perfume que lhe pertencia.

46

Quando os pássaros começaram a cantar — por conseguinte, um bom bocado antes do romper do dia — levantou-se e terminou o seu trabalho. Desdobrou o pano e deslocou-o da morta, como se fosse um emplastro. A gordura separava-se bem da pele. Havia apenas nos recantos alguns restos que permaneciam colados e que ele teve de raspar com a espátula. Limpou os outros vestígios de pomada com a própria combinação de Laure, com a qual lhe friccionou, por fim, o corpo da cabeça aos pés, tão conscientemente, que se lhe formaram na pele mínimos grãos de sebo, contendo as últimas migalhas e a última poeira do seu perfume. Só agora ela estava, de facto, morta para ele, murcha, pálida e amolecida como restos de flores.

Meteu a combinação no grande pedaço de pano que utilizara para a odorização, o único local onde a jovem sobrevivia, juntou--lhe a camisa de noite e os cabelos e enrolou tudo num pequeno pacote apertado que pôs debaixo do braço. Não se deu ao trabalho de cobrir o cadáver que se encontrava sobre a cama. E, embora a obscuridade da noite começasse a dar lugar ao crepúsculo azul--acinzentado da manhã e os objectos do quarto tomassem contornos, não deitou um só olhar na direcção da cama, para a ver com os olhos ao menos uma vez na vida. A sua figura não lhe interessava. Para ele, a jovem deixara de existir como corpo; existia apenas como um perfume imaterial. E este perfume era o que conservava debaixo do braço e levaria consigo.

Trepou, silenciosamente, para o parapeito da janela e desceu a escada. Lá fora, o vento tinha-se levantado de novo e o céu descobria-se, derramando uma luz fria e de um azul-escuro sobre a paisagem.

Meia hora mais tarde, a criada acendeu a lareira da cozinha. Quando foi apanhar lenha diante da casa, avistou a escada encostada à parede, mas estava ainda demasiado ensonada para reagir. Pouco depois das seis horas, o Sol ergueu-se. Enorme e de um vermelho-dourado, surgiu do mar entre as duas ilhas de Lérins. Não havia uma só nuvem. Iniciava-se um radioso dia primaveril.

Richis, cujo quarto se encontrava virado para oeste, acordou às sete horas. Era a primeira vez, desde há meses, que dormia maravilhosamente e, contra os seus hábitos, permaneceu na cama durante mais um quarto de hora, espreguiçando-se e suspirando de prazer e escutando os agradáveis rumores que lhe chegavam da cozinha. Quando, finalmente, saltou da cama, escancarou a janela, viu o bom tempo que fazia no exterior, aspirou o ar fresco e perfumado da manhã e escutou o quebrar das ondas na areia. Sentia-se extraordinariamente bem-disposto; estendeu os lábios e pôs-se a assobiar uma alegre melodia.

Continuou a assobiar enquanto se vestia e assobiava ainda quando saiu do quarto e atravessou, com largas passadas, o corredor até ao quarto da filha. Bateu à porta. Voltou a bater suavemente para não a assustar. Não obteve resposta. Sorriu. Compreendia perfeitamente que ela ainda estivesse a dormir.

Introduziu a chave na fechadura e fê-la girar suavemente, muito suavemente, com a preocupação de não a acordar, quase desejoso de a encontrar ainda adormecida, para a despertar com um beijo, mais uma vez, o último, antes de a entregar a outro homem.

A porta cedeu, ele entrou e a luz do Sol bateu-lhe em pleno rosto. O quarto estava inundado por uma claridade prateada, tudo irradiava e, por momentos, viu-se forçado a fechar os olhos, ofuscado pelo brilho.

Quando voltou a abri-los, avistou Laure, estendida na cama, nua e morta, de cabeça rapada e com o corpo de uma brancura resplandecente. Tudo se passava como no pesadelo que tivera em Grasse, há duas noites, que esquecera e cujo contexto agora se lhe reavivava na memória com a força de um raio. Tudo se passava como nesse sonho, com a mera diferença de uma luz muito mais intensa.

47

A notícia do assassínio de Laure Richis espalhou-se tão rapidamente em Grasse como se se tivesse anunciado: «O rei morreu», ou «Rebentou a guerra», ou «Os piratas desembarcaram na costa», e desencadeou um terror análogo e pior. O medo que se havia cuidadosamente esquecido, voltava a marcar uma presença virulenta, à semelhança do Outono precedente e com todos os sintomas anexos: pânico, indignação, ira, suspeitas histéricas, desespero. As pessoas não saíam de casa, fechavam as filhas, barricavam-se, desconfiavam umas das outras e perdiam o sono. Todos pensavam que tudo iria continuar como dantes, na proporção de um crime por semana. O tempo dava a sensação de haver recuado seis meses.

O medo era ainda mais paralisante do que há seis meses na medida em que o súbito regresso de um perigo que se julgava há muito superado, espalhava entre as pessoas um sentimento de impotência e perturbação. Se a própria excomunhão do bispo de nada servira! Se Antoine Richis, o grande Richis, o habitante mais rico da cidade, o vice-cônsul, este homem poderoso e ponderado que dispunha de todos os meios possíveis, não conseguira proteger a sua própria filha! Se a mão do assassino nem sequer recuara ante a beleza sagrada de Laure — dado que, na realidade, ela aparecia como uma santa aos olhos de todos os que a tinham conhecido, sobretudo agora, depois de morta! Qual era, dadas as circunstâncias, a esperança de escapar ao criminoso? Ele era mais impiedoso do que a peste, porque da peste podia fugir-se e deste criminoso não, como o provava o exemplo de Richis. Ele possuía, visivelmente, qualidades sobrenaturais. Tinha, indubitavelmente, feito um pacto com o Diabo, se não fosse o Diabo em figura de gente. Muitos, sobretudo os espíritos mais simples, não divisaram outro recurso que não o de ir à igreja e rezar, cada um ao santo patrono do seu ofício: os serralheiros a Santo Aloísio, os tecelões a São Crispim; os jardineiros a Santo António e os perfumistas a São José. Iam acompanhados das mulheres e das filhas, rezavam juntos, comiam e dormiam na igreja e nem sequer a abandonavam durante o dia, convencidos de que encontrariam na protecção da comunidade desesperada e sob o olhar da Virgem a única segurança possível frente ao monstro, se é que existia a mínima segurança.

Ao verificarem que a Igreja já falhara uma vez, outras mentes mais retorcidas formaram seitas ocultas, contrataram por uma quantia elevada uma conhecida feiticeira de Gourdon, desceram a uma das numerosas cavernas calcárias do subsolo da região de Grasse e ali celebraram missas negras numa tentativa de obter os favores do Diabo. Outros ainda, sobretudo membros da alta burguesia e da nobreza esclarecida, preferiram os mais modernos métodos científicos: mandaram magnetizar as casas e hipnotizar as filhas, formaram nos salões círculos silenciosos de meditação colectiva e tentaram, assim emitindo fluidos comuns de pensamento, influenciar o espírito do criminoso através da telepatia. As corporações organizaram uma procissão expiatória de ida e volta de Grasse à aldeia de La Napoule. Os monges de cinco conventos da cidade instauraram um ofício divino ininterrupto com cânticos permanentes, de tal forma que, de dia e de noite, ora num canto ora noutro da cidade, se escutava um *lamento* contínuo. Já quase não se trabalhava.

Era nesse clima de febril inactividade que a população de Grasse esperava quase impacientemente o próximo assassínio. Ninguém duvidava de que estivesse iminente. E cada um ardia no íntimo por saber a notícia, com a única esperança de que se referisse a qualquer outro.

Desta vez as autoridades da cidade, da região e da província não se deixaram arrastar pelo histerismo que reinava na população. Pela primeira vez desde que este assassino de jovens se manifestara, instaurou-se uma colaboração planificada e frutífera entre bailios e prebostes de Grasse, de Draguignan e de Toulon, entre os magistrados, a Polícia, a Intendência, o Parlamento e a Marinha.

Os motivos desta cooperação solidária entre as entidades oficiais resultavam por um lado do medo de uma agitação em peso dos habitantes e por outro do facto de, desde o assassínio de Laure Richis, se dispor, finalmente, de elementos que permitiam uma busca sistemática do criminoso. Este fora visto. Tratava-se, visivelmente, desse curtidor, mais que suspeito, que dormira, na noite do crime, no estábulo da hospedaria de La Napoule e, que no dia seguinte de manhã, desaparecera sem deixar rasto. Segundo as declarações concordantes do estalajadeiro, do palafreneiro e de Richis tratava-se de um homenzinho de aspecto insignificante, com uma capa castanha e uma mochila de pano grosso. Se bem que, à excepção disto, a memória das três testemunhas se revelasse estremamente vaga e, por exemplo, fossem incapazes de descrever as feições do indivíduo, a cor dos cabelos ou a sua maneira de falar, o estalajadeiro conseguiu mesmo assim afirmar que, se não se enganava, apercebera na atitude e no andar do desconhecido algo de incomodativo, um coxear, como se tivesse uma ferida na perna ou um pé aleijado.

Munidos destas indicações e por volta do meio-dia, no dia do crime, dois destacamentos da Polícia Montada começaram a perseguição do criminoso: um seguiu pela costa e o outro foi pelo interior. Os arredores mais próximos de La Napoule foram passados a pente fino por voluntários. O Tribunal de Grasse enviou dois comissários a Nice com o objectivo de se informarem sobre este curtidor. Nos portos de Fréjus, de Cannes e de Antibes controlavam-se todos os barcos que partiam e, na fronteira de Sabóia, colocaram-se barragens em todas as estradas e os viajantes eram obrigados a identificar-se. Um mandato de captura com a descrição do suspeito foi afixado para os que sabiam ler em todos os portões das cidades de Grasse, de Vence e de Gourdon e nos portais das igrejas das aldeias. Os pregoeiros públicos liam o texto três vezes por dia. Esta história do pé aleijado consolidou, na realidade, a teoria de que o criminoso era o Diabo em figura de gente e contribuiu mais para aumentar o pânico da população do que para reunir informações úteis.

Foi preciso o presidente do Tribunal de Grasse, por iniciativa de Richis, anunciar uma recompensa de um montante considerável (duzentas libras) por quaisquer indicações susceptíveis de permitir a captura do culpado, para que alguns curtidores de Grasse, Opio e Gourdon fossem denunciados. Um deles tinha realmente a infelicidade de ser coxo. Mau-grado um alibi confirmado por diversas testemunhas, já se encarava a hipótese de o torturar, quando, no décimo dia após o crime, um membro da Guarda Municipal se apresentou no Tribunal e fez a seguinte declaração aos juízes: chamava-se Gabriel Tagliasco e era sargento da Guarda; ao meio-dia do dia do crime, encontrava-se como habitualmente de serviço na Porta da Alameda e um indivíduo que correspondia, com bastante precisão, à descrição de que actualmente tomara conhecimento, dirigira-lhe a palavra e perguntara-lhe, por várias vezes e de maneira insistente, qual a estrada que o vice-cônsul tomara ao sair da cidade, de manhã, com a sua caravana; não tinha ligado a menor importância a este facto nem nessa altura nem depois e, decerto, não se teria recordado do indivíduo (que nada tinha de especial), se não o tivesse voltado a ver por acaso, ali mesmo, em Grasse, na Rua de la Louve, diante do *atelier* do mestre Druot e de Madame Arnulfi. Nessa ocasião, apercebeu-se que o homem que entrava no *atelier* coxeava bastante.

Uma hora depois, Grenouille era preso. O estalajadeiro de La Napoule e o seu palafreneiro, chamados a Grasse para identificar os outros suspeitos, nele reconheceram de imediato o curtidor que passara a noite na hospedaria; era ele e nenhum outro, aquele tinha de ser o criminoso procurado.

Procederam-se a buscas no *atelier* e na cabana do olival por detrás do convento franciscano. A um canto, e mal dissimuladas, encontrou-se a camisa de noite, a combinação e a cabeleira ruiva de Laure Richis. E quando se escavou o solo, foram trazidas, progressivamente, à luz do dia, as roupas e as cabeleiras das restantes vinte e quatro jovens. Encontrou-se o cacete em madeira que tinha servido para matar as vítimas e a mochila de pano. As provas eram esmagadoras. Fizeram-se soar os sinos das igrejas. O presidente do Tribunal mandou afixar e tornar público que o sinistro assassino de jovens, que era procurado há cerca de um ano, fora finalmente capturado e metido na prisão.

48

De início as pessoas não acreditaram neste comunicado. Consideraram-no uma manobra das autoridades para camuflar a sua incompetência e tentar acalmar o exaspero perigoso da opinião pública. Ainda se mantinha presente na memória de todos o momento em que o criminoso havia partido supostamente para Grenoble. Desta vez o medo encontrava-se demasiadamente enraizado no espírito das pessoas.

Para que a opinião pública se transformasse, foi necessário que, no dia seguinte, se expusessem publicamente, diante do prebostado, os elementos comprovativos; era um espectáculo atroz, este monte de vinte e cinco vestidos e de vinte e cinco escalpes, pendurados em estacas e alinhados ao fundo da praça, em frente da catedral...

As pessoas desfilaram às centenas ao longo desta macabra galeria. Ao reconhecerem os vestidos, os pais das vítimas choravam de dor. O resto da multidão, em parte devido ao gosto pelo espectacular, em parte para se convencer, exigiu ver o assassino. Os gritos de chamada tornaram-se em breve tão fortes e a agitação tão ameaçadora na pequena praça a abarrotar de gente, que o presidente resolveu mandar buscar Grenouille ao fundo da cela e apresentá-lo à janela do primeiro andar do prebostado.

Quando Grenouille apareceu à janela, a multidão deixou de gritar. De um momento para o outro reinou um silêncio tão completo como o de um ardente dia de Verão, ao meio-dia, quando todos se encontram no campo ou acocorados à sombra das casas. Ninguém se mexia, nem pigarreava, nem sequer se ouvia a respiração. A multidão conservou-se assim durante uns minutos de boca aberta e olhos arregalados. Ninguém conseguia acreditar que este homenzinho insignificante, baixo e encolhido, lá em cima na janela, este verme, esta coisinha miserável, este nada de nada, pudesse ter cometido mais de duas dezenas de crimes. Não tinha, muito simplesmente, ar de criminoso. Ninguém saberia dizer, naturalmente, *como* se poderia ter imaginado o criminoso, este demónio, mas uma coisa era certa: não assim! E, no entanto, embora o criminoso não correspondesse de forma alguma ao que as pessoas haviam imaginado e que fosse por conseguinte de recear que a sua exibição não chegasse para convencer, a simples presença física deste homem à janela e o facto de ser ele e nenhum outro que se apresentava como assassino, produziu paradoxalmente um efeito convincente. «Não *é* possível», pensavam todos... e sabiam, ao mesmo tempo, que era de facto essa a realidade.

A bem dizer, foi só quando os guardas puseram o homenzinho para trás, só quando ele deixou de estar presente e visível, e passou a existir na mente das pessoas como uma recordação, ainda recente e quase, dir-se-ia, um conceito, o conceito de um abominável assassino, foi só nessa altura que a estupefacção das pessoas deu lugar à reacção adequada: as bocas fecharam-se e estes milhares de olhos readquiriram vida. E, em seguida, ressoou um grito único e trovejante de raiva e de vingança: «Queremo-lo!» E apressaram-se a tomar de assalto o prebostado, para o estrangularem com as suas próprias mãos, desfazerem-no, cortarem-no em pedaços. Os guardas tiveram a maior dificuldade em trancar o portão e repelir a populaça. Grenouille foi imediatamente levado de volta ao calabouço. O presidente apareceu à varanda e prometeu que o processo seria instaurado rapidamente e com uma severidade exemplar. Decorreram, todavia, várias horas antes que a multidão se dispersasse e vários dias antes que a cidade retomasse a calma.

O processo de Grenouille realizou-se, de facto, sem delongas, não só porque as provas eram esmagadoras, mas porque o próprio acusado, ao ser ouvido, confessou de imediato os crimes que lhe eram atribuídos.

Apenas quando o interrogaram sobre os motivos não soube dar respostas satisfatórias. Repetia, incessantemente, que precisara dessas jovens e que por isso as matara. Para que é que precisara delas, e, aliás, o que significava «precisar»? Ante esta pergunta, mantinha-se em silêncio. Submeteram-no à tortura, suspenderam-no pelos pés durante horas a fio, encheram-no de água, trataram-no a pontapé, mas sem o mínimo resultado. O indivíduo parecia ser insensível à dor física, não emitia um queixume e, quando voltavam a interrogá-lo, a resposta era sempre a mesma: «Precisava delas.» Os juízes concluíram que se tratava de um doente mental. Puseram termo ao caso e resolveram encerrar o processo sem mais interrogatórios.

O único impedimento que ainda se levantava era um conflito de ordem jurídica entre o magistrado de Draguignan, sob cuja jurisdição se encontrava La Napoule, e o Parlamento de Aix: ambos queriam tomar conta do caso. Contudo, os juízes de Grasse não se deixaram desapossar. Eram eles que tinham capturado o culpado, fora na sua comarca que se havia cometido a maioria dos crimes e seriam eles a sofrer a ira da populaça caso abandonassem o criminoso às mãos de outro tribunal. O seu sangue devia correr em Grasse.

O veredicto foi pronunciado em 15 de Abril de 1766 e lido ao acusado na cela: «O perfumista Jean-Baptiste Grenouille», dizia a sentença, «será conduzido nas próximas quarenta e oito horas até ao pátio diante das portas da cidade e, ali, de rosto virado para o céu, será atado a uma cruz de madeira e receberá, ainda em vida, doze pancadas com uma barra de ferro que lhe quebrarão as articulações dos braços, das pernas, das ancas, dos ombros, após o que permanecerá nesta cruz até que a morte sobrevenha.» O indulto tradicional que consistia em, após se terem quebrado os membros do preso, estrangulá-lo com uma corda, foi expressamente proibido ao carrasco, mesmo que a agonia se prolongasse durante dias. O corpo seria depois lançado na vala comum sem qualquer sinalização do local.

Grenouille escutou esta leitura sem pestanejar. O oficial de diligências perguntou-lhe qual era a sua última vontade.

— Nada — respondeu Grenouille, que tinha tudo aquilo de que precisava.

Um padre entrou na cela para o ouvir em confissão, mas voltou a sair passado um quarto de hora, sem resultados concretos. Ao ouvi-lo pronunciar o nome de Deus, o condenado olhara-o com um ar de total incompreensão, como se escutasse este nome pela primeira vez, após o que se estendera de novo na tarimba, onde adormecera profundamente. Qualquer palavra mais seria desprovida de sentido.

Nos dois dias seguintes, muita gente acorreu para ver de perto o célebre criminoso. Os guardas deixavam dar uma espreitadela pela portinhola gradeada e cobravam seis soldos por pessoa. Um gravador em cobre, que quis fazer um esboço, teve de pagar dois francos. Contudo, o assunto do dia revelou-se uma desilusão. O prisioneiro, com as mãos e os pés atados, passava o tempo deitado a dormir. Conservava-se de rosto virado para a parede e não reagia quando batiam à porta nem quando o interpelavam. O acesso à cela era totalmente interdito aos visitantes e, apesar das ofertas aliciantes, os guardas não se atreveram a desobedecer às ordens. Receava-se que o preso fosse prematuramente assassinado por um dos pais das suas vítimas. Era esse também o motivo por que não tinha o direito a receber comida. Poderiam tê-la envenenado. Durante todo o tempo que passou na prisão, as refeições de Grenouille provinham directamente do palácio episcopal e o superintendente da prisão devia prová-las antes dele. A bem dizer, durante estes dois dias, quase nada comeu. Conservou-se deitado e a dormir. Por vezes, as algemas tilintavam e, quando o guarda acorria a fim de espreitar pela portinhola, via Grenouille beber uma golada de água da garrafa, voltar a deitar-se na tarimba e adormecer logo em seguida. Este homem parecia estar tão fatigado da vida que nem sequer pretendia passar as suas últimas horas acordado.

Entretanto, procediam-se aos preparativos para a execução junto às portas da cidade. Carpinteiros construíram um cadafalso, de três metros de comprimento por três de largura e dois de altura, com um corrimão e uma sólida escada; nunca se vira um outro tão imponente em Grasse. E, em seguida, uma tribuna em madeira para as mais altas personalidades e uma paliçada para a populaça que deveria ser mantida a uma distância conveniente; os lugares às janelas das casas, situadas à esquerda e à direita da Porta da Alameda, tinham sido há muito alugados por preços exorbitantes. E no próprio hospício de caridade que se localizava um pouco de viés, o ajudante do carrasco negociara com os doentes o aluguer dos seus quartos e realugara-os aos curiosos com um lucro significativo. Os vendedores de limonada preparavam água de regoliz, a fim de estarem aprovisionados; o gravador em cobre modelou centenas de gravuras, a partir do esboço que fizera do criminoso na prisão e que a sua imaginação soubera tornar um pouco mais atraente; os bufarinheiros afluíram às dúzias à cidade e os padeiros faziam fornadas de recordações em maçapão.

O carrasco, o senhor Papon, que há anos não era encarregado de quebrar os membros a um criminoso, encomendou uma pesada barra em ferro de quatro faces e começou a exercitar-se no matadouro com cadáveres de animais. Apenas tinha direito a doze pancadas e devia quebrar, infalivelmente, as doze articulações, sem atingir as partes nobres do corpo, como o tronco ou a cabeça: uma tarefa difícil que exigia a maior destreza manual.

Os habitantes aprontavam-se para o acontecimento como se se tratasse de um dia de festa. Era óbvio que ninguém trabalharia. As mulheres passavam a ferro os seus trajes festivos, os homens escovavam a poeira dos casacos e engraxavam as botas, de forma a mirarem-se nelas. Todos os que desempenhassem um cargo militar ou da função pública, todos os que fossem magistrados, advogados, notários, chefes de uma confraria ou qualquer outra coisa de importante, vestiriam o seu uniforme ou fato de ocasião, colocariam faixas e correntes, usariam as condecorações e poriam uma peruca de um branco imaculado. Os crentes planeavam reunir-se para um ofício divino *post festum*, os filhos de Satã contavam render-lhe homenagem com uma missa negra e a nobreza esclarecida reunir-se-ia para sessões de magnetismo nos palácios dos Cabris, dos Villeneuve e dos Fontmichel. Nas cozinhas, os fornos já trabalhavam, ia-se buscar vinho às adegas e ramos de flores ao mercado, enquanto na catedral o organista e o coro da igreja ensaiavam.

Na casa Richis, na Rua Droite, tudo estava silencioso. Richis proibira quaisquer preparativos para este «dia da libertação», como o povo chamava ao dia da execução do assassino. Tudo isto o enojava. O medo súbito que renascera entre as pessoas enojara-o como também o enojava a sua alegria febril. As próprias pessoas no seu todo o enojavam. Não fora assistir à apresentação pública do culpado e das suas vítimas na praça da catedral, nem ao processo, nem ao repugnante desfile dos basbaques ávidos de sensações diante da cela do condenado. Para a identificação da cabeleira e da roupa da filha tinha pedido ao juiz que se deslocasse a sua casa, fizera um breve e digno depoimento e pedira também que lhe deixassem estes objectos a título de relíquias, o que lhe havia sido, aliás, concedido. Levou-os para o quarto de Laure, pousou em cima da cama a camisa de noite rasgada e a combinação, espalhou os cabelos ruivos na almofada e, em seguida, sentou-se diante do leito e não mais abandonou este quarto, nem de dia nem de noite, como se, mediante esta vela absurda, pretendesse reparar o seu descuido da noite em La Napoule. Sentia-se tão enojado, enojado com o mundo e consigo próprio, que era mesmo incapaz de chorar.

Também o assassino lhe inspirava nojo. Não queria voltar a imaginá-lo como ser humano, mas doravante apenas como uma vítima destinada ao sacrifício. Apenas queria vê-lo na altura da execução, quando estivesse crucificado e sofresse as doze pancadas que lhe quebrariam as articulações; então, queria vê-lo, queria vê-lo bem de perto e reservara um lugar na primeira fila. E, quando a multidão se tivesse dispersado ao cabo de umas horas, subiria ao cadafalso, sentar-se-ia ao seu lado e velaria, durante dias e noites se preciso fosse, fitando nos olhos o assassino da sua filha, infiltrando-lhe nos olhos, gota a gota, todo o nojo que vivia no seu íntimo, despejando todo o seu nojo sobre a sua agonia como um ácido, até que essa coisa morresse...

E depois? O que faria depois? Ignorava-o. Talvez retomasse a sua vida habitual, talvez se casasse, talvez fizesse um filho, talvez nada fizesse, talvez morresse. Era-lhe completamente indiferente. Parecia-lhe tão absurdo reflectir no assunto como no que faria depois da sua própria morte: nada, obviamente. Nada que de momento pudesse saber.

49

A execução estava marcada para as cinco da tarde. Os primeiros espectadores apareceram logo de manhã, a fim de garantir os lugares. Trouxeram cadeiras, banquinhos, almofadas, comidas, bebidas e os filhos. Quando, por volta do meio-dia, a população rural afluiu em massa de todos os cantos do horizonte, a praça já estava tão cheia de gente que os recém-chegados tiveram de se instalar nos jardins e nos campos do outro extremo da praça e a todo o comprimento da estrada de Grenoble. Os mercadores faziam bom negócio, comia-se, bebia-se e tudo fervilhava como numa feira. Não tardaram a encontrar-se ali reunidas perto de dez mil pessoas, mais do que para a Festa da Rainha do Jasmim, mais do que para a maior procissão, mais do que alguma vez se vira em Grasse. Avistavam-se de pé até ao alto das colinas. Estavam empoleiradas nas árvores, encarrapitadas nos muros e nos telhados, comprimiam-se em número de dez e doze em cada janela. Apenas no centro da praça, protegido pela paliçada e como que separado da massa humana, restava ainda um pequeno espaço livre para a tribuna e para o cadafalso que pareceu, repentinamente, muito pequeno, semelhante a um brinquedo ou a um teatro de marionetas. E conservava-se ainda livre uma passagem, desde o local de execução até à Rua Droite, passando pela Porta da Alameda.

Pouco depois das três horas apareceram o senhor Papon e os seus ajudantes. Soaram aplausos. Transportaram a cruz de Santo André, em madeira, até ao cadafalso e içaram-na à altura conveniente, apoiando-a em quatro pesados suportes. Um marceneiro fixou o conjunto com pregos. Cada gesto dos carrascos e do marceneiro suscitava os aplausos da multidão. Quando, em seguida, Papon se aproximou com a sua barra em ferro, deu a volta à cruz, mediu os passos e aplicou golpes fictícios, ora de um ora de outro lado, soou uma verdadeira ovação.

Às quatro horas, a tribuna começou a encher-se. Havia muita gente importante para admirar: ricos cavalheiros com lacaios, belas damas, grandes chapéus e vestidos maravilhosos. Estava presente toda a nobreza citadina e rural. Os membros do Parlamento apresentaram-se num cortejo, liderado pelos dois cônsules. Richis estava vestido de negro, desde as meias ao chapéu. Atrás deles vinham os magistrados, conduzidos pelo presidente do Tribunal. O desfile era fechado pelo bispo, transportado numa liteira aberta, com vestes roxas e um chapeuzinho verde. Os que ainda não se tinham descoberto, fizeram-no. Reinava uma atmosfera solene.

Em seguida e durante dez minutos, nada aconteceu. As personalidades tinham-se instalado, o povo aguardava sem se mexer, ninguém comia e todos se mantinham na expectativa. Papon e os seus ajudantes estavam como que pregados no alto do cadafalso. O Sol pairava, grande e amarelo, sobre o Esterel. Da bacia de Grasse subia uma leve brisa trazendo o perfume de flores de laranjeira. Fazia muito calor e o silêncio era inconcebível.

Por fim e quando imperou a sensação de que esta tensão não poderia durar mais tempo sem explodir num grito vindo de milhares de gargantas, num frenesim ou qualquer outra agitação em massa, o silêncio foi quebrado por cascos de cavalo e um ranger de rodas.

Descendo a Rua Droite apareceu um veículo fechado, pertencente ao tenente da Polícia e puxado por quatro cavalos. Franqueou a porta da cidade e meteu, à vista de todos, pela estreita passagem que conduzia ao local da execução. Fora o tenente da Polícia que impusera esta forma de actuação, sem a qual achava não poder garantir a segurança do condenado. Não era este o processo habitual. A prisão situava-se a uns cinco minutos e se, por qualquer motivo, o condenado não estivesse em condições de percorrer a pé este curto trajecto, uma carroça puxada por um burro poderia perfeitamente resolver o problema. Nunca se assistira à chegada de alguém, para a sua própria execução, com cocheiro, lacaios vestidos de libré e uma escolta de cavaleiros.

A multidão não deu, porém, qualquer indício de agitação. Mostrou-se, pelo contrário, satisfeita por se passar finalmente alguma coisa. Achava que esta chegada da carruagem era uma feliz ideia, um pouco como no teatro, em que os espectadores apreciam a representação de uma peça conhecida de uma forma nova e surpreendente. Muitos acharam mesmo que esta entrada em cena se impunha. Um criminoso tão extraordinariamente abominável merecia um tratamento de excepção. Não se poderia arrastá-lo algemado até este lugar e eliminá-lo como a um vulgar salteador de estrada. Assim nada teria de espectacular. Fazê-lo passar, desta maneira, dos coxins de uma grande carruagem à cruz de Santo André, era de uma crueldade incomparavelmente mais imaginativa.

O veículo deteve-se entre o cadafalso e a tribuna. Os lacaios saltaram para o chão, abriram a portinhola e desdobraram a pequena escada. O tenente da Polícia desceu seguido de um oficial da Guarda e por último apareceu Grenouille. Vestia uma casaca azul, uma camisa branca, meias de seda branca e escarpins pretos. Não estava algemado. Ninguém o agarrava pelo braço. Desceu da carruagem como um homem livre.

E foi nessa altura que se produziu um milagre. Ou qualquer coisa que se assemelhou a um milagre: foi de tal maneira incompreensível, inédito e inacreditável que todas as testemunhas teriam depois falado de milagres, caso jamais alguém se tivesse referido ao assunto. Contudo, assim não sucedeu, dado que todos, sem excepção, vieram a sentir vergonha de haverem participado.

Aconteceu que as dez mil pessoas aglomeradas na praça e colinas em redor sentiram, de imediato, a convicção inabalável de que esse homenzinho de casaca azul que acabara de descer da carruagem, *não podia de forma alguma ser um criminoso.* Não que duvidassem da sua identidade! Era, obviamente, a mesma pessoa que, poucos dias antes, na praça da catedral, tinham avistado à janela do prebostado e que se então lhes caísse nas mãos teriam linchado com um ódio de morte. Era o mesmo homem que, dois dias antes, fora condenado segundo um processo legal com provas esmagadoras e com base na sua própria confissão. O mesmo homem, por conseguinte, cuja execução pelo carrasco esperavam gulosamente há um minuto atrás. Era ele, indubitavelmente!

E todavia... ao mesmo tempo não era ele, não podia ser ele, aquele não podia ser um criminoso. O homem que se encontrava, de pé, no local da execução era a inocência em pessoa. Todos o sabiam, nesse momento, desde o bispo ao vendedor de limonada, desde a marquesa à pequena lavadeira, desde o presidente do Tribunal ao rapaz da rua.

Também Papon o sabia. E as suas rudes mãos, que apertavam a barra de ferro, tremeram. Sentiu-se repentinamente tomado de uma tal fraqueza nos braços robustos, uma tal moleza nos joelhos, uma tal angústia no coração, que parecia uma criança. Jamais conseguiria erguer aquela barra, jamais encontraria força para a aplicar sobre esse homem inocente. Ah, como temia o instante em que o fariam subir! As pernas cederam-lhe e teve de se apoiar a essa barra assassina para não cair de joelhos, a tal ponto se sentia debilitado, o grande, o robusto Papon!

O mesmo podia afirmar-se em relação aos dez mil homens, mulheres, crianças e velhos que ali se encontravam reunidos; todos sentiam uma fraqueza idêntica à da jovem que sucumbe ao fascínio do seu apaixonado. Invadia-os um enorme sentimento de simpatia, de ternura, de um violento e pueril afecto, sim, Deus o sabe, de amor pelo pequeno facínora; e não podiam nem nada queriam fazer contra isso. Assemelhava-se a um desejo de chorar impossível de reprimir, que se reteve durante muito tempo e sobe do mais íntimo, derretendo milagrosamente todos os obstáculos, inundando e liquidificando tudo. Esta gente dissolvia-se por completo de corpo e alma, apenas sentia dentro dela o coração, semelhante a uma coisa abandonada, que cada um depositava para o melhor e o pior entre as mãos do homenzinho vestido de casaca azul: amavam-no.

Há uns bons minutos que Grenouille se mantinha de pé em frente da portinhola da carruagem e não se mexia. O lacaio, que se encontrava ao seu lado, caíra de joelhos e continuava a inclinar-se até que chegou àquela postura de total prostração que é habitual no Oriente diante do sultão ou de Alá. E, mesmo assim, continuava a tremer e pretendia descer ainda mais baixo, achatar-se no solo, afundar-se nele e desaparecer. Queria mergulhar até ao outro extremo do mundo pela força da devoção. O oficial da Guarda e o tenente da Polícia, homens de temperamento duro e cuja função teria sido nesse momento a de conduzirem o condenado ao cadafalso e entregarem-no ao carrasco, deixaram de poder actuar de forma coerente. Choravam e tiravam os chapéus, voltavam a pô-los, atiravam-nos ao chão, caíam nos braços um do outro, acobardavam-se, agitavam desesperadamente os braços torciam as mãos, sacudidos por convulsões e esgares como se executassem uma dança.

As altas individualidades, sentadas mais longe, entregavam-se mais discretamente às suas emoções. Cada um dava livre curso ao que lhe ia no íntimo. Havia damas que fixavam Grenouille cerrando os punhos no regaço e gemendo de volúpia; e outras às quais o ardente desejo que sentiam por este maravilhoso efebo (era assim que o viam) as levava, pura e simplesmente, a desmaiar. Havia cavalheiros que se punham violentamente em pé, voltavam a sentar-se e levantavam-se de novo, resfolegando como touros e crispando a mão em redor do punho da espada como se quisessem desembainhá-la; e, mal começavam a desembainhá-la, voltavam a metê-la na bainha, o que produzia um tilintar geral e uma verdadeira balbúrdia; e outros erguiam, silenciosamente, os olhos para o céu e crispavam as mãos para rezar; e o bispo balouçava o tronco para diante como se estivesse agoniado e batia com a fronte nos joelhos, até que o chapeuzinho verde rolou por terra; mas não estava de forma alguma agoniado, sendo apenas aquela a primeira vez na vida que conhecia o êxtase místico, porque um milagre acontecera aos olhos de todos e o próprio Deus havia paralisado o braço do carrasco, revelando ao mundo que aquele que se julgava ser um criminoso, era um anjo. Ah, que coisas aconteciam ainda no século XVIII! Como o Senhor era grande! E como se era mesquinho e incoerente ao pronunciar uma excomunhão sem nela acreditar e apenas para apaziguar o povo! Ah, quanto orgulho e descrença! E eis que o Senhor produzia um milagre! Ah, que maravilhosa humilhação, que delicioso vexame, que graça imensa a de, enquanto bispo, ser desta forma castigado por Deus!

O povo, que se encontrava por detrás da barricada, abandonava-se, porém, de uma forma cada vez mais ostensiva, à espantosa embriaguez afectiva que o aparecimento de Grenouille desencadeara. Aqueles que, ao visitá-lo, apenas haviam sentido piedade e ternura, mostravam-se agora invadidos pela concupiscência; aqueles que, inicialmente, o tinham admirado e desejado, entravam, agora, em êxtase. Todos consideravam o homem da casaca azul como o ser mais belo, mais sedutor e mais perfeito que poderiam imaginar: as freiras viam nele o Salvador em pessoa; os adeptos de Satã, o radioso príncipe das trevas; os filósofos, o Ente supremo; as jovens, um príncipe encantado; os homens, um reflexo ideal de si próprios. E todos se sentiam postos a nu e tocados no ponto mais sensível, no próprio centro do seu erotismo. Era como se este homem possuísse dez mil mãos invisíveis e, em cada uma das dez mil pessoas que o rodeavam, tivesse colocado a mão no sexo e o acariciasse exactamente da forma que todos eles, homens e mulheres, haviam desejado nas suas fantasias mais secretas.

Aconteceu, assim, que a execução prevista de um dos criminosos mais abomináveis da sua época degenerou na maior bacanal que o mundo havia conhecido desde o século II antes de Cristo; esposas virtuosas arrancavam os corpetes, desnudando os seios com gritos histéricos, e atiravam-se para o chão, com as saias erguidas; os homens avançavam aos tropeções de olhos alucinados neste campo de carne exposta e voluptuosa, retiravam das calças, com dedos trémulos, os sexos como que endurecidos por qualquer geada invisível, deixavam-se cair com um gemido onde quer que fosse, copulavam nas posições e configurações mais inacreditáveis, o velho com a virgem, o jornaleiro com a mulher do advogado, o pequeno aprendiz com a freira, o jesuíta com a franco-maçónica, tudo à mistura, como ali se encontrava. A atmosfera pesava com o suor adocicado do gozo e transbordava de gritos, gemidos e grunhidos das dez mil bestas humanas. Era infernal.

Grenouille mantinha-se de pé e sorria. Ou melhor, aos olhos das pessoas que o viam, parecia sorrir da forma mais inocente, mais afável, mais maravilhosa e mais sedutora do mundo. Nos lábios não se lhe desenhava, porém, um sorriso mas um terrível esgar cínico, reflectindo toda a amplitude do seu triunfo e do seu desprezo. Ele,

Jean-Baptiste Grenouille, nascido sem odor no lugar mais fedorento do mundo, saído do lixo, da lama e da podridão, ele que crescera sem amor e vivera sem o calor de uma alma humana, meramente impulsionado pela revolta e pelo nojo, pequeno, corcunda, coxo, feio, mantido à distância, abominável tanto por dentro como por fora — ele havia conseguido tornar-se simpático aos olhos do mundo. O que era isso de «tornar-se simpático»? Ele era amado! Venerado! Adorado! Tinha levado a cabo este feito prometaico. A centelha divina que os outros homens recebem logo no berço e da qual só ele fora desprovido, conquistara-a mediante uma imensa luta efectuada com extradorinária subtileza. E mais! Fizera-a brotar no seu próprio íntimo. Era maior ainda do que Prometeu. Criara para si próprio uma aura mais radiosa e eficaz do que alguém possuíra antes dele. E não a devia a ninguém, a um pai, a uma mãe, e menos ainda a uma divindade benfeitora; devia-a apenas a *si próprio*. Ele era, na realidade, o seu próprio deus e um deus mais glorioso do que esse deus tresandando a incenso que habitava as igrejas. Aos seus pés encontrava-se prostrado um bispo em carne e osso e que gemia de prazer. Os ricos e os poderosos, as damas e os cavalheiros arrogantes morriam de admiração, ao passo que toda a gente em redor, inclusive os pais, as mães, os irmãos e as irmãs das suas vítimas, celebrava orgias em sua honra e em seu nome. Bastava um sinal para que todos renegassem o seu deus e o adorassem a ele, o Grande Grenouille.

Sim, ele *era* o Grande Grenouille! Era bem visível nesse momento. Era-o agora, na realidade, como nunca o fora nos sonhos em que se amava a si próprio. Neste momento, vivia o maior triunfo da sua vida. E sentia que este triunfo se tornava assustador.

Tornava-se assustador, na medida em que não podia usufruí-lo um segundo que fosse. No momento em que descera da carruagem para a praça inundada de sol, revestido do perfume capaz de causar amor nas pessoas, do perfume no qual trabalhara dois anos, do perfume que toda a vida ansiara por possuir... desde esse momento em que vira e cheirara como ele actuava irresistivelmente e, espalhando-se à velocidade do vento, cativava a gente em seu redor; desde esse momento, voltara a ser invadido pelo seu nojo pelos homens, o que lhe estragava tão profundamente o seu triunfo que não sentia qualquer alegria, nem sequer o mínimo sentimento de satisfação. Aquilo que desde sempre tinha constituído a sua ambição, ou seja, que os outros o amassem, tornava-se-lhe insuportável no instante do sucesso, porque ele não os amava, odiava-os. E apercebeu-se, subitamente, de que jamais encontraria a sua satisfação no amor mas no ódio, o ódio que transmitisse aos outros e que os outros lhe transmitissem.

Contudo, o ódio que sentia pelos homens não encontrava correspondência. Naquele instante, quanto mais os odiava, mais eles o adoravam como a um deus, porque dele apenas captavam a aura de que se revestira, a sua máscara odorífera, o seu perfume roubado e este era, na verdade, digno de adoração.

Neste momento, agradar-lhe-ia soberanamente varrê-los a todos da superfície da terra, a esses estúpidos seres humanos, fedorentos, erotizados, tal como outrora havia eliminado os odores hostis do país da sua alma negra como o carvão. E desejaria que eles se apercebessem a que ponto os odiava e que, por este motivo, em prol do único sentimento que alguma vez experimentara, o exterminassem, como aliás havia sido a sua primeira intenção. Queria exteriorizar-se *uma* vez na vida. Queria uma vez na vida ser como todos os outros homens e exteriorizar o que lhe ia no íntimo: eles exteriorizavam o seu amor e a sua imbecil veneração e ele exteriorizaria o seu ódio. Queria que, por uma vez, uma só vez, tomassem em atenção o seu verdadeiro eu e receber de um outro ser humano uma resposta ao seu único sentimento verdadeiro: o ódio.

Contudo, não foi assim. Não poderia ser. E hoje menos do que nunca, pois usava a máscara do melhor perfume do mundo e sob essa máscara não tinha rosto, mas apenas a sua total ausência de odor. Foi então que se sentiu invadido por uma náusea súbita, ao sentir que o nevoeiro voltava a subir em si.

Como outrora na caverna, em sonho-no-seu-sono, no-seu-coração-na-sua-imaginação subia repentinamente o nevoeiro, o insuportável nevoeiro do seu próprio odor que lhe era impossível cheirar, porque ele não tinha odor. E, como nessa altura, foi invadido por um medo e uma angústia infinitas e julgou que morreria asfixiado. Só que, contrariamente à vez anterior, não se tratava de um sonho, nem do sono, mas era a realidade pura e simples. E, contrariamente à vez anterior, não estava só na caverna, mas em pé numa praça, frente a dez mil pessoas. E, contrariamente à vez anterior, de nada lhe serviria gritar para acordar e libertar-se, nem voltar costas para se refugiar no mundo quente e salvador. Pois este aqui e agora *era* o mundo e este aqui e agora constituía a realização do seu sonho. E fora ele que assim o quisera.

O terrível nevoeiro envenenador continuava a subir do fundo da sua alma, enquanto à sua volta as pessoas gemiam, entregues às convulsões do orgasmo e da orgia. Um homem precipitou-se na sua direcção. Saltara da primeira fila da tribuna das altas individualidades tão bruscamente que o chapéu preto lhe caíra da cabeça e voava através da praça com as vestes negras agitadas pelo vento, semelhante a um corvo ou a um anjo vingador. Era Richis.

«Ele vai matar-me», pensou Grenouille. «É o único que não se deixa enganar pela minha máscara. Não pode deixar-se enganar. O perfume da sua filha está colado a mim e atraiçoa-me tão claramente como o sangue. Ele tem de me desmarcarar e matar-me. Tem de o fazer.»

E abriu os braços para receber o anjo que se abatia sobre ele. Parecia-lhe sentir o golpe do punhal ou da espada a trespassar-lhe o peito e a lâmina a atravessar todas as couraças do perfume e o nevoeiro envenenador para se enterrar a fundo no seu coração frio... Finalmente, finalmente, algo no seu coração, algo que não fosse ele próprio! Já quase se sentia liberto.

E, no entanto, Richis apertou-o fortemente de encontro ao peito e não era um anjo vingador; era um Richis emocionado e soluçando convulsivamente que o envolvia nos braços e se enroscava literalmente nele, como se nada mais encontrasse a que se agarrar num mar de felicidade. Nenhum punhal libertador, nem um golpe a atravessar-lhe o coração, nem sequer uma maldição ou um grito de ódio. Em vez disso, a face molhada pelas lágrimas de Richis de encontro à sua e uma boca trémula que pronunciava num gemido dolorido: «Perdoa-me, meu filho, perdoa-me, meu querido filho!»

Foi então que Grenouille sentiu que o olhar lhe fugia e o mundo exterior se transformava em trevas. O nevoeiro prisioneiro condensou-se num líquido ardente, à semelhança do leite que ferve e vem por fora. Inundou-o e esmagou-o com uma insuportável pressão de encontro à parede interior do seu corpo, sem encontrar saída. Ele queria fugir, fugir por qualquer meio, mas fugir para onde?... Queria desfazer-se, explodir, para não ser asfixiado por si próprio. Finalmente, caiu prostrado e sem sentidos.

50

Quando recuperou a consciência, estava deitado na cama de Laure Richis. As suas relíquias, camisas e cabeleira haviam sido retiradas. Uma vela ardia na mesa-de-cabeceira. Através da janela entreaberta ouvia, ao longe, o júbilo da cidade em festa. Antoine Richis estava sentado num banquinho junto à cama e velava. Tomara entre as suas a mão de Grenouille e acariciava-a.

Antes mesmo de abrir os olhos, Grenouille analisou a atmosfera. Voltava a reinar na sua alma a habitual noite fria de que necessitava para tornar a sua consciência glacial e límpida e virá-la para o exterior: ali, cheirava ao seu perfume. Tinha-se modificado. As notas agudas haviam enfraquecido um pouco, embora a nota central, formada pelo odor de Laure, se destacasse de uma forma ainda mais maravilhosa, à semelhança de um fogo suave, sombrio e crepitante. Sentia-se em segurança. Sabia que, durante algumas horas, se manteria protegido, e abriu os olhos.

Richis tinha o olhar pousado no seu. Havia neste olhar uma infinda ternura, comoção e a profundidade cega e estupidificante do que ama.

— Agora, tudo se irá resolver — sorriu, agarrando com mais força a mão de Grenouille. — Os juízes anularam o veredicto. Todas as testemunhas desmentiram as declarações. És livre. Podes fazer o que quiseres. Contudo, quero que fiques perto de mim. Perdi uma filha e quero ganhar um filho. Tu pareces-te com ela. Tens a sua beleza, os seus cabelos, a sua boca, a sua mão... Nunca te larguei a mão que se parece com a dela. E quando te fixo nos olhos, tenho a impressão de que ela me olha. Tu és o seu irmão e quero que te tornes o meu filho, a minha alegria, o meu orgulho, o meu herdeiro. Os teus pais ainda são vivos?

Grenouille sacudiu negativamente a cabeça e o rosto de Richis adquiriu um vermelho semelhante ao da crista de um peru, tal o seu contentamento.

— Serás, então, meu filho? — gaguejou, dando um salto do banquinho para se sentar na beira da cama e apertar, assim, a outra mão de Grenouille. — Quererás? Queres? Queres-me para teu pai? Não respondas. Não digas nada. Não fales. Ainda estás demasiado fraco. Faz-me apenas um sinal com a cabeça.

Grenouille acenou concordando e a felicidade de Richis brotou como um suor vermelho por todos os poros da pele. Inclinou-se sobre Grenouille e beijou-o na boca.

— Agora dorme, meu querido filho — disse, voltando a endireitar-se. — Velarei à tua cabeceira, até teres adormecido. Causas-me uma imensa felicidade — acrescentou ainda, depois de o ter contemplado longamente e preso de um mudo fascínio.

Grenouille descaiu ligeiramente os cantos da boca, como vira fazer aos seres humanos, quando sorriam. Em seguida, fechou os olhos. Esperou uns momentos antes de começar a respirar mais calma e profundamente, como é hábito dos que adormecem. Sentia o olhar cheio de amor com que Richis o contemplava. Houve um momento em que adivinhou que Richis voltava a inclinar-se sobre ele para o beijar, após o que desistiu com receio de o acordar. Por fim, a vela foi soprada e Richis saiu do quarto nos bicos dos pés.

Grenouille permaneceu deitado até deixar de escutar o mínimo ruído na casa e na cidade. Quando nessa altura se levantou, já a manhã ameaçava romper. Vestiu-se e saiu furtivamente do quarto, percorreu silenciosamente o corredor, desceu a escada e atravessou o salão, chegando ao terraço.

Dali, avistava-se o horizonte para lá das muralhas, via-se a bacia de Grasse e, quando o tempo estava claro, devia mesmo ser possível distinguir o mar. De momento, pairava na atmosfera um leve nevoeiro, ou melhor, um vapor por cima dos campos e os odores que lhe chegavam desse lado, a erva, giestas e rosas, eram como que lavados, puros, simples, de uma simplicidade reconfortante. Grenouille atravessou o jardim e escalou o muro.

Quando chegou à praça, viu-se de novo forçado a abrir caminho através dos odores humanos, antes de chegar a campo raso. A praça e as vertentes contíguas assemelhavam-se ao gigantesco acampamento de um exército desmantelado. Os corpos jaziam aos milhares, embriagados e esgotados pelos excessos da festa nocturna; alguns nus, outros seminus e em parte cobertos por roupas escassas, sob as quais se haviam refugiado como debaixo de lençóis. Tresandava a vinho azedo, aguardente, a suor e a mijo, a caca de criança e a carne carbonizada. Aqui e ali, fumegavam aindas as fogueiras dos assados, junto das quais se tinha bebido e dançado. De vez em quando ainda se escutava, por entre estes milhares de roncos, a fala pastosa de um bêbado ou uma gargalhada. Talvez alguns ainda velassem, afundando no álcool os últimos resquícios de consciência que lhes flutuavam na mente. Ninguém, contudo, viu Grenouille, que saltava por cima dos corpos espalhados, com passos ao mesmo tempo rápidos e cautelosos, como se atravessasse um lodaçal. E os que o viram, não o reconheceram. Já não cheirava bem. O milagre terminara.

Quando chegou ao extremo da praça, não seguiu pela estrada de Grenoble, nem pela de Cabris, mas tomou o rumo oeste, através dos campos, sem se voltar para trás. Quando o Sol se ergueu, grande, amarelo e dardejante, há muito que ele desaparecera.

Os habitantes de Grasse acordaram com a boca a saber a papel de música. Mesmo os que não tinham bebido, sentiam um peso de chumbo na cabeça e uma náusea insuportável no estômago e na alma. Na praça, debaixo do sol ardente, honestos camponeses procuravam as roupas que haviam arrancado do corpo nos excessos orgíacos; virtuosas matronas procuravam os maridos e os filhos; pessoas que nunca se tinham visto desprendiam-se, assustadas, dos abraços mais íntimos, enquanto amigos, vizinhos, esposos, se encontraram, de súbito, face a face, em público e desconfortavelmente nus.

Para muitos constituiu uma experiência tão cruel, tão completamente inexplicável e inconciliável com os seus verdadeiros princípios morais que no mesmo instante da sua realização a apagaram literalmente da memória e foram por isso incapazes de a recordar depois. Outros, que possuíam menor controlo dos seus mecanismos mentais, esforçavam-se por desviar o olhar, por não escutar ou pensar noutra coisa, o que não era nada fácil dado a vergonha ser demasiado pública e generalizada. Os que tinham voltado a encontrar as suas coisas e a família eclipsaram-se o mais rápida e discretamente possível. Por volta do meio-dia, a praça apresentava-se totalmente vazia, como se alguém a tivesse varrido.

Os habitantes da cidade apenas voltaram a sair de casa — aqueles que o fizeram — ao anoitecer e para fazer as compras mais urgentes. Apenas se faziam vagos cumprimentos de passagem e só se falava da chuva e do bom tempo. Nem uma palavra sobre os acontecimentos da véspera e da noite anterior. A espontaneidade e o à-vontade precedentes haviam cedido lugar a um comportamento púdico. E todos agiam da mesma forma, porque todos eram culpados. Nunca existira melhor entendimento entre os habitantes de Grasse como nessa altura. Vivia-se como sobre algodão em rama.

Alguns foram, na verdade, obrigados, quanto mais não fosse devido às suas funções, a ocupar-se mais directamente do que tinha acontecido. A continuidade da vida pública, a inviolabilidade da lei e da ordem exigiam que se tomassem medidas rápidas. Os vereadores reuniram-se logo ao princípio da tarde. Estes cavalheiros, inclusive o vice-cônsul, abraçaram-se fraternalmente como se este gesto de conspiração reconstituísse de novo a sua assembleia. Resolveu-se em seguida e por unanimidade, sem que se fizesse referência aos acontecimentos e ainda menos ao nome de Grenouille, que «a tribuna e o cadafalso instalados na praça fossem imediatamente desmontados e que a praça e os campos vizinhos pisados se repusessem no estado normal». Desbloquearam-se para tal cento e sessenta libras.

A essa mesma hora, o Tribunal reunia-se no prebostado. Os magistrados concordaram, sem debate, que se considerasse encerrado «o caso G.», se fechasse o *dossier* e se arquivasse sem referência, abrindo-se um novo processo contra o assassino não identificado de vinte e cinco jovens virgens da região de Grasse. O tenente da Polícia recebeu instruções para começar imediatamente as buscas.

No dia seguinte, encontrou-se a solução. Com base em fortes suspeitas, prendeu-se Dominique Druot, mestre perfumista na Rua de la Louve, em cuja cabana se tinha, afinal, descoberto as roupas e as cabeleiras de todas as vítimas. Os juízes não se deixaram enganar pelas suas mentiras iniciais. Submetido a interrogatório durante vinte e quatro horas, confessou tudo e pediu mesmo que o executassem rapidamente, o que lhe foi concedido logo no dia seguinte. Enforcaram-no ao alvorecer, sem grande alarido, sem cadafalso nem tribuna, com a presença somente do carrasco, de alguns magistrados, de um médico e de um padre. Após a morte ter sido consumada, verificada e se ter realizado um processo verbal, exumaram de imediato o cadáver. O caso ficava assim encerrado.

De qualquer maneira, a cidade já o esquecera e tão completamente que os viajantes que por lá passaram nos dias seguintes e pretenderam inteirar-se, acidentalmente, sobre o famoso assassino de jovens de Grasse, não conseguiram encontrar uma única pessoa no seu juízo perfeito capaz de os informar. Apenas alguns loucos do hospício de caridade, conhecidos doentes mentais, continuavam a palrar e contavam que tinha havido uma grande festa na Praça da Alameda e que, nessa ocasião, os haviam feito sair dos quartos.

E a vida não tardou a normalizar-se. As pessoas trabalhavam duramente, dormiam bem, dirigiam os seus negócios e mantinham-se no caminho recto. A água continuava a gorgolejar de inúmeras fontes e nascentes, inundando as ruelas de lama. A cidade encontrava-se no seu lugar habitual, sombria e orgulhosa, encarrapitada nas colinas sobre a fértil bacia. O tempo estava quente. O mês de Maio não tardaria a chegar. Colher-se-iam rosas.

QUARTA PARTE

51

Grenouille caminhava de noite. Tal como no início da sua viagem, desviava-se das cidades, evitava as estradas, estendia-se no solo para dormir ao romper do dia, levantava-se à hora do crepúsculo e partia novamente. Comia o que encontrava pelo caminho: ervas, cogumelos, flores, aves mortas, vermes. Atravessou a Provença, passou o Ródano num barco roubado a sul de Orange, seguiu o curso do Ardèche metendo pelas Cevenas e depois o do Allier, rumo a norte.

Em Auvergne, passou próximo do Plomb du Cantal. Avistou-o a oeste, enorme e prateado sob o luar e farejou o vento frio que dele lhe chegava. Não sentiu, porém, qualquer desejo, de se dirigir até lá. Abandonara-o a nostalgia de viver na caverna. Tal experiência fora realizada e revelara-se inviável. À semelhança da outra experiência, a de viver entre os homens. Tanto se asfixiava num lado como no outro. Não tinha o mínimo desejo de viver. Queria chegar a Paris e morrer. Era isso que queria.

De vez em quando metia a mão no bolso e cerrava os dedos em volta do frasco que continha o seu perfume. A garrafinha estava ainda praticamente cheia. Para o seu aparecimento público em Grasse apenas consumira uma gota. O resto chegaria para enfeitiçar o mundo inteiro. Se quisesse, em Paris, conseguiria as ovações não só de dezenas mas de centenas de milhares de pessoas; ou poderia dirigir-se tranquilamente a Versalhes e fazer com que o rei lhe beijasse os pés; escrever uma carta perfumada ao Papa e apresentar-se como o novo Messias; em Notre-Dame, diante dos reis e imperadores, ungir-se a si próprio como imperador supremo, até mesmo como Deus na Terra... Supondo que um deus precisava de se ungir.

Podia fazer tudo isso, se quisesse. Tinha o poder para tal. Tinha-o na palma da mão. Um poder superior ao poder do dinheiro ou ao poder do terror ou ao poder da morte: o poder invencível de suscitar amor nos homens. Só havia uma coisa que este poder não abrangia: não conseguia que Grenouille emanasse odor. E embora o seu perfume o fizesse aparecer como um deus aos olhos do mundo, se ele não podia cheirar-se a si próprio e jamais saber quem era, estava-se nas tintas: para o mundo, para ele próprio e para o seu perfume.

A mão que apertara o frasco conservara um odor muito subtil e quando a levava ao nariz e a cheirava, sentia-se triste e, durante uns segundos, esquecia-se de avançar e ficava parado a cheirar. «Ninguém sabe como este perfume é realmente bom», pensava. «Ninguém sabe como foi bem *fabricado*. Os outros apenas ficam subjugados pela sua acção, mas desconhecem que é um perfume que age sobre eles e os enfeitiça. O único que alguma vez o conheceu em toda a sua beleza real, fui eu, porque fui eu que o criei. E ao mesmo tempo sou o único que ele não pode enfeitiçar. Sou o único para o qual ele não tem sentido.»

«Talvez no dia em que estive próximo do muro», pensou noutra ocasião quando já chegara à Borgonha, «por baixo do jardim onde brincava a jovem ruiva e o seu perfume flutuou até mim... ou antes, a promessa do seu perfume, pois o perfume que ela teria mais tarde ainda não existia; talvez o que senti nessa altura se assemelhasse ao que sentiram as pessoas na Praça da Alameda, quando as inundei com o meu perfume?» Contudo, logo rejeitou a ideia. «Não. Foi uma coisa diferente, porque eu sabia que desejava o perfume e não a jovem. Contudo, as pessoas julgavam desejar-*me* e o que desejavam verdadeiramente permaneceu para elas um mistério.»

Em seguida, deixou-se de pensamentos, porque pensar não era o seu forte e já estava, aliás, no Orléanais.

Atravessou o Loire em Sully. Um dia depois tinha nas narinas o odor de Paris. No dia 25 de Junho de 1767 entrou na cidade pela Rua Saint-Jacques, às seis horas da manhã.

O dia não tardou a aquecer, transformando-se no dia mais quente desse ano. Os milhares de odores e fedores emanavam como que saídos de furúnculos rebentados. Não corria uma aragem. Os legumes expostos nas bancas do mercado murcharam antes mesmo do meio-dia. A carne e o peixe apodreceram. Nas ruas a atmosfera poluída mantinha-se imóvel. O próprio Sena parecia ter deixado de correr, parecia ter parado e emanar apenas fedor. Era um dia semelhante àquele em que Grenouille nascera.

Atravessou a Ponte Nova, chegou à margem direita, atingiu em seguida o Mercado das Halles e o Cemitério dos Inocentes. Parou debaixo das arcadas dos ossários ao longo da Rua aux Fers. O terreno do cemitério estendia-se aos seus olhos como um campo de batalha bombardeado, devassado, remexido, semeado de fossas, a abarrotar de crânios e de ossos, sem uma árvore, um arbusto ou um rebento: um vazadouro da morte.

Não se avistava vivalma. O fedor a cadáver era tão intenso que mesmo os coveiros se tinham afastado. Só voltaram a aparecer depois do pôr do Sol para cavar, à luz das tochas, noite dentro, as valas destinadas aos mortos do dia seguinte.

E foi depois da meia-noite — os coveiros já haviam partido — que o lugar se encheu de toda a escumalha imaginável: ladrões, assassinos, meliantes, putas, desertores, jovens marginais. Acenderam uma pequena fogueira para cozinhar e absorver o fedor.

Quando Grenouille saiu debaixo das arcadas e se foi juntar a esta gente, de início não lhe prestaram a menor atenção. Pôde aproximar-se da fogueira sem que o incomodassem, como se fosse um deles. O facto serviu, posteriormente, para lhes confirmar a ideia de que se tratava decerto de um espírito, de um anjo ou de qualquer outro ser sobrenatural. Isto porque, habitualmente, reagiam de imediato à aproximação de um estranho.

Ora, o homenzinho com a sua casaca azul, aparecera ali subitamente, como se tivese saído da terra agarrando um frasquinho a que tirara a rolha. Foi a primeira coisa de que todos se recordaram: estava ali um indivíduo que desrolhava uma garrafinha. E, em seguida, aspergira-se dos pés à cabeça com o conteúdo desta garrafinha e logo surgira envolto numa aura de beleza, como um fogo radioso.

Nesse momento, recuaram por uma questão de respeito e porque ficaram estupefactos. Contudo, nesse mesmo momento, já sentiam que este movimento de recuo era antes uma preparação para o ataque, que o seu respeito se transformava em desejo e a estupefacção em entusiasmo. Sentiam um fascínio por este homem que tinha uma aparência de anjo. Um horrível turbilhão atraía-os na sua direcção, um fluxo irresistível ao qual nenhum homem ao cimo da terra teria conseguido opor-se e nenhum teria vontade de o fazer, pois esse fluxo minava a vontade e transformava-se em atracção para ele: na direcção do homenzinho.

Formaram um círculo de vinte ou trinta à sua volta e agora cada vez apertavam mais o círculo. O círculo em breve deixou de poder contê-los na totalidade e começaram a empurrar, a apertar, a acotovelar-se, a dar encontrões, pois cada um queria estar mais próximo do centro.

Em seguida e de um só golpe, a última barreira quebrou-se dentro deles e com ela o círculo. Precipitaram-se para o anjo, caíram-lhe em cima, prostraram-no por terra. Cada um queria tocar, cada um pretendia a sua parte, possuir uma pequena pluma, uma pequena asa, uma centelha do seu fogo radioso. Arrancaram-lhe as roupas, os cabelos, arrancaram-lhe a pele, cravaram-lhe as unhas e os dentes na carne, atacaram-no como hienas.

Contudo, um corpo humano é duro e não se esquarteja facilmente; os próprios cavalos têm dificuldade em fazê-lo. Não tardou, igualmente, a divisar-se o brilho dos punhais que se abateram e cortaram; machados e facas silvaram ao atingir as articulações, ao quebrar os ossos que estalavam. Num curto espaço de tempo, o anjo foi desmantelado em trinta bocados e cada membro da horda empunhou o seu bocado e, cheio de uma gula voluptuosa, afastou-se para o devorar. Meia hora depois, Jean-Baptiste Grenouille havia desaparecido da superfície da terra até à última fibra.

Quando, após terem terminado o seu repasto, os canibais se reencontraram à volta da fogueira, ninguém pronunciou palavra. Um ou outro soltava um arroto, cuspia um bocadinho de osso, produzia um estalido discreto com a língua, empurrava com o pé para as chamas um minúsculo pedaço de tecido que restava da casaca azul. Estavam todos pouco à vontade e não se atreviam a encarar-se. Aqueles homens e mulheres tinham já na consciência um assassínio ou qualquer crime ignóbil. Mas comer um homem? Nunca na vida se teriam julgado capazes de uma coisa tão horrível. E admiravam-se, mesmo assim, por terem cometido aquele acto com tanta felicidade e não sentirem, à excepção da falta de à-vontade, o mínimo peso na consciência. Pelo contrário! Tinham o estômago um pouco pesado, mas o coração alegre. Nas suas almas tenebrosas surgiu um repentino palpitar de alegria. E nos rostos pairava-lhes um virginal e suave brilho de felicidade. Era indubitavelmente esse o motivo por que receavam erguer os olhos e fitarem-se.

Contudo, quando se arriscaram a fazê-lo, primeiro de fugida e depois abertamente, não conseguiram reter um sorriso. Sentiam-se extraordinariamente orgulhosos. Era a primeira vez que faziam qualquer coisa por amor.

GRANDES NARRATIVAS

1. O Mundo de Sofia, JOSTEIN GAARDER
2. Os Filhos do Graal, PETER BERLING
3. Outrora Agora, AUGUSTO ABELAIRA
4. O Riso de Deus, ANTÓNIO ALÇADA BAPTISTA
5. O Xangô de Baker Street, JÔ SOARES
6. Crónica Esquecida d'El Rei D. João II, SEOMARA DA VEIGA FERREIRA
7. Prisão Maior, GUILHERME PEREIRA
8. Vai Aonde Te Leva o Coração, SUSANNA TAMARO
9. O Mistério do Jogo das Paciências, JOSTEIN GAARDER
10. Os Nós e os Laços, ANTÓNIO ALÇADA BAPTISTA
11. Não É o Fim do Mundo, ANA NOBRE DE GUSMÃO
12. O Perfume, PATRICK SÜSKIND
13. Um Amor Feliz, DAVID MOURÃO-FERREIRA
14. A Desordem do Teu Nome, JUAN JOSÉ MILLÁS
15. Com a Cabeça nas Nuvens, SUSANNA TAMARO
16. Os Cem Sentidos Secretos, AMY TAN
17. A História Interminável, MICHAEL ENDE
18. A Pele do Tambor, ARTURO PÉREZ-REVERTE
19. Concerto no Fim da Viagem, ERIK FOSNES HANSEN
20. Persuasão, JANE AUSTEN
21. Neandertal, JOHN DARNTON
22. Cidadela, ANTOINE DE SAINT-EXUPÉRY
23. Gaivotas em Terra, DAVID MOURÃO-FERREIRA
24. A Voz de Lila, CHIMO
25. A Alma do Mundo, SUSANNA TAMARO
26. Higiene do Assassino, AMÉLIE NOTHOMB
27. Enseada Amena, AUGUSTO ABELAIRA
28. Mr. Vertigo, PAUL AUSTER
29. A República dos Sonhos, NÉLIDA PIÑON
30. Os Pioneiros, LUÍSA BELTRÃO
31. O Enigma e o Espelho, JOSTEIN GAARDER
32. Benjamim, CHICO BUARQUE
33. Os Impetuosos, LUÍSA BELTRÃO
34. Os Bem-Aventurados, LUÍSA BELTRÃO
35. Os Mal-Amados, LUÍSA BELTRÃO
36. Território Comanche, ARTURO PÉREZ-REVERTE
37. O Grande Gatsby, F. SCOTT FITZGERALD
38. A Música do Acaso, PAUL AUSTER
39. Para Uma Voz Só, SUSANNA TAMARO
40. A Homenagem a Vénus, AMADEU LOPES SABINO
41. Malena É Um Nome de Tango, ALMUDENA GRANDES
42. As Cinzas de Angela, FRANK McCOURT
43. O Sangue dos Reis, PETER BERLING
44. Peças em Fuga, ANNE MICHAELS
45. Crónicas de Um Portuense Arrependido, ALBANO ESTRELA
46. Leviathan, PAUL AUSTER
47. A Filha do Canibal, ROSA MONTERO
48. A Pesca à Linha – Algumas Memórias, ANTÓNIO ALÇADA BAPTISTA
49. O Fogo Interior, CARLOS CASTANEDA
50. Pedro e Paula, HELDER MACEDO
51. Dia da Independência, RICHARD FORD
52. A Memória das Pedras, CAROL SHIELDS
53. Querida Mathilda, SUSANNA TAMARO
54. Palácio da Lua, PAUL AUSTER
55. A Tragédia do Titanic, WALTER LORD
56. A Carta de Amor, CATHLEEN SCHINE
57. Profundo como o Mar, JACQUELYN MITCHARD
58. O Diário de Bridget Jones, HELEN FIELDING
59. As Filhas de Hanna, MARIANNE FREDRIKSSON
60. Leonor Teles ou o Canto da Salamandra, SEOMARA DA VEIGA FERREIRA
61. Uma Longa História, GÜNTER GRASS
62. Educação para a Tristeza, LUÍSA COSTA GOMES
63. Histórias do Paranormal – Volume I, Direcção de RIC ALEXANDER
64. Sete Mulheres, ALMUDENA GRANDES
65. O Anatomista, FEDERICO ANDAHAZI
66. A Vida É Breve, JOSTEIN GAARDER
67. Memórias de Uma Gueixa, ARTHUR GOLDEN
68. As Contadoras de Histórias, FERNANDA BOTELHO
69. O Diário da Nossa Paixão, NICHOLAS SPARKS
70. Histórias do Paranormal – Volume II, Direcção de RIC ALEXANDER
71. Peregrinação Interior – Volume I, ANTÓNIO ALÇADA BAPTISTA
72. O Jogo de Morte, PAOLO MAURENSIG
73. Amantes e Inimigos, ROSA MONTERO
74. As Palavras Que Nunca Te Direi, NICHOLAS SPARKS
75. Alexandre, O Grande – O Filho do Sonho, VALERIO MASSIMO MANFREDI
76. Peregrinação Interior – Volume II, ANTÓNIO ALÇADA BAPTISTA
77. Este É o Teu Reino, ABILIO ESTÉVEZ
78. O Homem Que Matou Getúlio Vargas, JÔ SOARES
79. As Piedosas, FEDERICO ANDAHAZI
80. A Evolução de Jane, CATHLEEN SCHINE
81. Alexandre, O Grande – O Segredo do Oráculo, VALERIO MASSIMO MANFREDI
82. Um Mês com Montalbano, ANDREA CAMILLERI
83. O Tecido do Outono, ANTÓNIO ALÇADA BAPTISTA
84. O Violinista, PAOLO MAURENSIG
85. As Visões de Simão, MARIANNE FREDRIKSSON
86. As Desventuras de Margaret, CATHLEEN SCHINE
87. Terra de Lobos, NICHOLAS EVANS
88. Manual de Caça e Pesca para Raparigas, MELISSA BANK
89. Alexandre, o Grande – No Fim do Mundo, VALERIO MASSIMO MANFREDI
90. Atlas de Geografia Humana, ALMUDENA GRANDES
91. Um Momento Inesquecível, NICHOLAS SPARKS
92. O Último Dia, GLENN KLEIER
93. O Círculo Mágico, KATHERINE NEVILLE
94. Receitas de Amor para Mulheres Tristes, HÉCTOR ABAD FACIOLINCE
95. Todos Vulneráveis, LUÍSA BELTRÃO
96. A Concessão do Telefone, ANDREA CAMILLERI
97. Doce Companhia, LAURA RESTREPO
98. A Namorada dos Meus Sonhos, MIKE GAYLE
99. A Mais Amada, JACQUELYN MITCHARD
100. Ricos, Famosos e Beneméritos, HELEN FIELDING
101. As Bailarinas Mortas, ANTONIO SOLER
102. Paixões, ROSA MONTERO
103. As Casas da Celeste, THERESA SCHEDEL
104. A Cidadela Branca, ORHAN PAMUK
105. Esta É a Minha Terra, FRANK McCOURT
106. Simplesmente Divina, WENDY HOLDEN
107. Uma Proposta de Casamento, MIKE GAYLE
108. O Novo Diário de Bridget Jones, HELEN FIELDING
109. Crazy – A História de Um Jovem, BENJAMIN LEBERT
110. Finalmente Juntos, JOSIE LLOYD e EMLYN REES
111. Os Pássaros da Morte, MO HAYDER
112. A Papisa Joana, DONNA WOOLFOLK CROSS
113. O Aloendro Branco, JANET FITCH
114. O Terceiro Servo, JOEL NETO
115. O Tempo nas Palavras, ANTÓNIO ALÇADA BAPTISTA
116. Vícios e Virtudes, HELDER MACEDO
117. Uma História de Família, SOFIA MARRECAS FERREIRA
118. Almas à Deriva, RICHARD MASON
119. Corações em Silêncio, NICHOLAS SPARKS
120. O Casamento de Amanda, JENNY COLGAN
121. Enquanto Estiveres Aí, MARC LEVY
122. Um Olhar Mil Abismos, MARIA TERESA LOUREIRO
123. A Marca do Anjo, NANCY HUSTON
124. O Quarto do Pólen, ZOË JENNY
125. Responde-me, SUSANNA TAMARO
126. O Convidado de Alberta, BIRGIT VANDERBEKE

GRANDES NARRATIVAS

127. A Outra Metade da Laranja,
JOANA MIRANDA
128. Uma Viagem Espiritual,
BILLY MILLS e NICHOLAS SPARKS
129. Fragmentos de Amor Furtivo,
HÉCTOR ABAD FACIOLINCE
130. Os Homens São como Chocolate,
TINA GRUBE
131. Para Ti, Uma Vida Nova,
TIAGO REBELO
132. Manuela,
PHILIPPE LABRO
133. A Ilha Décima,
MARIA LUÍSA SOARES
134. Maya,
JOSTEIN GAARDER
135. Amor É Uma Palavra de Quatro Letras,
CLAIRE CALMAN
136. Em Memória de Mary,
JULIE PARSONS
137. Lua-de-Mel,
AMY JENKINS
138. Novamente Juntos,
JOSIE LLOYD e EMLYN REES
139. Ao Virar dos Trinta,
MIKE GAYLE
140. O Marido Infiel,
BRIAN GALLAGHER
141. O Que Significa Amar,
DAVID BADDIEL
142. A Casa da Loucura,
PATRICK McGRATH
143. Quatro Amigos,
DAVID TRUEBA
144. Estou-me nas Tintas para os Homens Bonitos,
TINA GRUBE
145. Eu até Sei Voar,
PAOLA MASTROCOLA
146. O Homem Que Sabia Contar,
MALBA TAHAN
147. A Época da Caça,
ANDREA CAMILLERI
148. Não Vou Chorar o Passado,
TIAGO REBELO
149. Vida Amorosa de Uma Mulher,
ZERUYA SHALEV
150. Danny Boy,
JO-ANN GOODWIN
151. Uma Promessa para Toda a Vida,
NICHOLAS SPARKS
152. O Romance de Nostradamus – O Presságio,
VALERIO EVANGELISTI
153. Cenas da Vida de Um Pai Solteiro,
TONY PARSONS
154. Aquele Momento,
ANDREA DE CARLO
155. Renascimento Privado,
MARIA BELLONCI
156. A Morte de Uma Senhora,
THERESA SCHEDEL
157. O Leopardo ao Sol,
LAURA RESTREPO
158. Os Rapazes da Minha Vida,
BEVERLY DONOFRIO
159. O Romance de Nostradamus – O Engano,
VALERIO EVANGELISTI
160. Uma Mulher Desobediente,
JANE HAMILTON
161. Duas Mulheres, Um Destino,
MARIANNE FREDRIKSSON
162. Sem Lágrimas Nem Risos,
JOANA MIRANDA
163. Uma Promessa de Amor,
TIAGO REBELO
164. O Jovem da Porta ao Lado,
JOSIE LLOYD & EMLYN REES
165. € 14,99 – A Outra Face da Moeda,
FRÉDÉRIC BEIGBEDER
166. Precisa-se de Homem Nu,
TINA GRUBE
167. O Príncipe Siddharta – Fuga do Palácio,
PATRICIA CHENDI
168. O Romance de Nostradamus – O Abismo,
VALERIO EVANGELISTI
169. O Citroën Que Escrevia Novelas Mexicanas,
JOEL NETO
170. António Vieira – O Fogo e a Rosa,
SEOMARA DA VEIGA FERREIRA
171. Jantar a Dois,
MIKE GAYLE
172. Um Bom Partido – Volume I,
VIKRAM SETH
173. Um Encontro Inesperado,
RAMIRO MARQUES
174. Não Me Esquecerei de Ti,
TONY PARSONS
175. O Príncipe Siddharta – As Quatro Verdades,
PATRICIA CHENDI
176. O Claustro do Silêncio,
LUÍS ROSA
177. Um Bom Partido – Volume II,
VIKRAM SETH
178. As Confissões de Uma Adolescente,
CAMILLA GIBB
179. Bons na Cama,
JENNIFER WEINER
180. Spider,
PATRICK McGRATH
181. O Príncipe Siddharta – O Sorriso do Buda,
PATRICIA CHENDI
182. O Palácio das Lágrimas,
ALEV LYTLE CROUTIER
183. Apenas Amigos,
ROBYN SISMAN
184. O Fogo e o Vento,
SUSANNA TAMARO
185. Henry & June,
ANAÏS NIN
186. Um Bom Partido – Volume III,
VIKRAM SETH
187. Um Olhar à Nossa Volta,
ANTÓNIO ALÇADA BAPTISTA
188. O Sorriso das Estrelas,
NICHOLAS SPARKS
189. O Espelho da Lua,
JOANA MIRANDA
190. Quatro Amigas e Um Par de Calças,
ANN BRASHARES
191. O Pianista,
WLADYSLAW SZPILMAN
192. A Rosa de Alexandria,
MARIA LUCÍLIA MELEIRO
193. Um Pai Muito Especial,
JACQUELYN MITCHARD
194. A Filha do Curandeiro,
AMY TAN
195. Começar de Novo,
ANDREW MARK
196. A Casa das Velas,
K. C. McKINNON
197. Últimas Notícias do Paraíso,
CLARA SÁNCHEZ
198. O Coração do Tártaro,
ROSA MONTERO
199. Um País para Lá do Azul do Céu,
SUSANNA TAMARO
200. As Ligações Culinárias,
ANDREAS STAÏKOS
201. De Mãos Dadas com a Perfeição,
SOFIA BRAGANÇA BUCHHOLZ
202. O Vendedor de Histórias,
JOSTEIN GAARDER
203. Diário de Uma Mãe,
JAMES PATTERSON
204. Nação Prozac,
ELIZABETH WURTZEL
205. Uma Questão de Confiança,
TIAGO REBELO
206. Sem Destino,
IMRE KERTÉSZ
207. Laços Que Perduram,
NICHOLAS SPARKS
208. Um Verão Inesperado,
KITTY ALDRIDGE
209. D'Acordo,
MARIA JOÃO LEHNING
210. Um Casamento Feliz,
ANDREW KLAVAN
211. A Viagem da Minha Vida
– Pela Índia de Mochila às Costas,
WILLIAM SUTCLIFFE
212. Gritos da Minha Dança,
FERNANDA BOTELHO
213. O Último Homem Disponível,
CINDY BLAKE
214. Solteira, Independente
e Bem Acompanhada,
LUCIANA LITTIZZETTO
215. O Estranho Caso do Cão Morto,
MARK HADDON
216. O Segundo Verão das Quatro Amigas
e Um Par de Calças,
ANN BRASHARES
217. Não Sei como É Que Ela Consegue,
ALLISON PEARSON
218. Marido e Mulher,
TONY PARSONS
219. Inês de Castro,
MARÍA PILAR QUERALT HIERRO
220. Não Me Olhes nos Olhos,
TINA GRUBE
221. O Mosteiro e a Coroa,
THERESA SCHEDEL
222. A Rapariga das Laranjas,
JOSTEIN GAARDER
223. A Recusa,
IMRE KERTÉSZ
224. A Alquimia do Amor,
NICHOLAS SPARKS
225. A Cor dos Dias – Memórias e Peregrinações,
ANTÓNIO ALÇADA BAPTISTA
226. A Esperança Reencontrada,
ANDREW MARK
227. Eu e as Mulheres da Minha Vida,
JOÃO TOMÁS BELO
228. O Golpe Milionário,
BRAD MELTZER
229. A Noiva Prometida,
BAPSI SIDHWA
230. Jack, o Estripador – Retrato
de Um Assassino
PATRICIA CORNWELL
231. O Livreiro de Cabul,
ÅSNE SEIERSTAD
232. Ali e Nino – Uma História de Amor,
KURBAN SAID
233. A Rapariga de Pequim,
CHUN SHU
234. Não Se Escolhe Quem Se Ama,
JOANA MIRANDA
235. Às Duas por Três,
CECÍLIA CALADO
236. Mulheres, Namorados, Maridos e Sogras,
LUCIANA LITTIZZETTO
237. Estranho Encontro,
BENJAMIN LEBERT
238. Pai ao Domingo,
CLAIRE CALMAN
239. Perdas e Ganhos,
LYA LUFT
240. Sete Casas,
ALEV LYTLE CROUTIER
241. A Noiva Obscura,
LAURA RESTREPO
242. Santo Desejo,
PEDRO ALÇADA BAPTISTA
243. Uma Mãe quase Perfeita,
PAOLA MASTROCOLA
244. Romance em Amesterdão,
TIAGO REBELO
245. Nem Só Mas Também,
AUGUSTO ABELAIRA
246. Ao Sabor do Vento,
RAMIRO MARQUES
247. A Agência n.º 1 de Mulheres Detectives,
ALEXANDER McCALL SMITH
248. Os Homens em Geral Agradam-me Muito,
VÉRONIQUE OVALDÉ
249. Os Jardins da Memória,
ORHAN PAMUK
250. Três Semanas com o Meu Irmão,
NICHOLAS SPARKS e MICAH SPARKS

GRANDES NARRATIVAS

251. Nunca É Tarde para Recomeçar,
CATHERINE DUNNE
252. A Cidade das Flores,
AUGUSTO ABELAIRA
253. Kaddish para Uma Criança
Que não Vai Nascer,
IMRE KERTÉSZ
254. 101 Dias em Bagdad,
ÅSNE SEIERSTAD
255. Uma Família Diferente,
THERESA SCHEDEL
256. Depois de Tu Partires,
MAGGIE O'FARRELL
257. Homem em Fúria,
A. J. QUINNELL
258. Uma Segunda Oportunidade,
KRISTIN HANNAH
259. A Regra de Quatro,
IAN CALDWELL e DUSTIN
THOMASON
260. As Lágrimas da Girafa,
ALEXANDER McCALL SMITH
261. Lucia, Lucia,
ADRIANA TRIGIANI
262. A Mulher do Viajante no Tempo,
AUDREY NIFFENEGGER
263. Abre o Teu Coração,
JAMES PATTERSON
264. Um Natal Que não Esquecemos,
JACQUELYN MITCHARD
265. Imprimatur – O Segredo do Papa,
FRANCESCO SORTI e RITA MONALDI
266. A Vida em Stereo,
PEDRO DE FREITAS BRANCO
267. O Terramoto de Lisboa
e a Invenção do Mundo,
LUIS ROSA
268. Filhas Rebeldes,
MANJU KAPUR
269. Bolor,
AUGUSTO ABELAIRA
270. A Profecia da Curandeira,
HERMÁN HUARACHE MAMANI
271. O Códice Secreto,
LEV GROSSMAN
272. Olhando o Nosso Céu,
MARIA LUÍSA SOARES
273. Moralidade e Raparigas Bonitas,
ALEXANDER McCALL SMITH
274. Sem Nome,
HELDER MACEDO
275. Quimera,
VALERIO MASSIMO MANFREDI
276. Uma Outra Maneira de Ser,
ELIZABETH MOON
277. Encontro em Jerusalém,
TIAGO REBELO
278. Lucrécia e o Papa Alexandre VI,
JOHN FAUNCE
279. Mãe e Filha,
MARIANNE FREDRIKSSON
280. Os Segredos dos Conclaves,
ATTO MELANI
281. Contigo Esta Noite,
JOANA MIRANDA
282. Dante e os Crimes do Mosaico,
GIULIO LEONI
283. A Bela Angevina,
JOSÉ-AUGUSTO FRANÇA
284. O Segredo da Última Ceia,
JAVIER SIERRA
285. Está Uma Noite Quente de Verão,
ISABEL RAMOS
286. O Terceiro Verão das Quatro Amigas
e Um Par de Calças,
ANN BRASHARES
287. Quem Ama Acredita,
NICHOLAS SPARKS
288. O Melhor Que Um Homem Pode Ter,
JOHN O'FARRELL
289. A Gata e a Fábula,
FERNANDA BOTELHO
290. Incertezas do Coração,
MAGGIE O'FARRELL
291. Crepúsculo Fatal,
NELSON DEMILLE
292. Como da Primeira Vez,
MIKE GAYLE
293. A Inconstância dos Teus Caprichos,
CRISTINA FLORA
294. A Year in the Merde – Um Ano em França,
STEPHEN CLARKE
295. A Última Legião,
VALERIO MASSIMO MANFREDI
296. As Horas Nuas,
LYGIA FAGUNDES TELLES
297. O Ícone Sagrado,
NEIL OLSON
298. Na Sua Pele,
JENNIFER WEINER
299. O Mistério da Atlântida,
DAVID GIBBINS
300. O Amor Infinito de Pedro e Inês,
LUIS ROSA
301. Uma Rapariga Cheia de Sonhos,
STEVE MARTIN
302. As Meninas,
LYGIA FAGUNDES TELLES
303. Jesus e Maria Madalena,
MARIANNE FREDRIKSSON
304. És o Meu Segredo,
TIAGO REBELO
305. O Enigma Vivaldi,
PETER HARRIS
306. A Vingança de Uma Mulher
de Meia-Idade,
ELIZABETH BUCHAN
307. Jogos de Vida e Morte,
BEN RICHARDS
308. A Mulher Que Viveu por Um Sonho,
MARIA ROSA CUTRUFELLI
309. Um Amor Irresistível – Gordon,
EDITH TEMPLETON
310. Paranóia,
JOSEPH FINDER
311. À Primeira Vista,
NICHOLAS SPARKS
312. Nas Asas de Um Anjo,
MIGUEL ÁVILA
313. Verão no Aquário,
LYGIA FAGUNDES TELLES
314. Scriptum – O Manuscrito Secreto,
RAYMOND KHOURY
315. José e os Outros – Almada e Pessoa,
Romance dos Anos 20,
JOSÉ-AUGUSTO FRANÇA
316. O Espião de Deus,
JUAN GÓMEZ-JURADO
317. As Mulheres de Mozart,
STEPHANIE COWELL
318. O Espírito do Amor,
BEN SHERWOOD
319. O Segredo dos Beatles,
PEDRO DE FREITAS BRANCO
320. Sete Mulheres, Sete Histórias,
MERCEDES BALSEMÃO, VERA
DESLANDES PINTO BASTO, VERA
PINTO BASTO, MARIA JOÃO
BORDALLO, TERESA AVILLEZ
EREIRA, MARIA HELENA MAIA,
MARIA TERESA SALEMA
321. Os Nossos Dias ao Ritmo do Rock,
MIKAEL NIEMI
322. A História Secreta de A Noiva Judia,
LUIGI GUARNIERI
323. Atracção Perigosa,
DOUGLAS KENNEDY
324. Em Nome do Amor,
MEG ROSOFF
325. O Leque Secreto,
LISA SEE
326. O Que Faz Bater o Coração dos
Homens?,
LUCIANA LITTIZZETTO
327. Erasmus de Salónica,
ANTÓNIO PAISANA
328. Três Metros Acima do Céu,
FEDERICO MOCCIA
329. Assassinatos na Academia Brasileira de Letras
JÔ SOARES
330. O Fabuloso Teatro do Gigante,
DAVID MACHADO
331. De Mãos Dadas com o Amor,
JAN GOLDSTEIN
332. A Outra Face do Amor,
CATHERINE DUNNE
333. Escuta a Minha Voz,
SUSANNA TAMARO
334. As Naves de Calígula,
MARIA GRAZIA SILIATO
335. Juntos ao Luar,
NICHOLAS SPARKS
336. A Vida Nova,
ORHAN PAMUK
337. A Chave Mestra,
AGUSTÍN SÁNCHEZ VIDAL
338. A Obra-Prima Desaparecida,
JONATHAN HARR
339. O Tempo dos Amores Perfeitos,
TIAGO REBELO
340. Imperium,
ROBERT HARRIS
341. Os Amantes e Outros Contos,
DAVID MOURÃO-FERREIRA
342. Amanhã Será Melhor,
FAÏZA GUÈNE
343. A Criança Que não Queria Falar,
TOREY HADEN
344. Bocage – A Vida Apaixonada
de Um Genial Libertino,
LUÍS ROSA
345. Um Novo Sentido Para a Vida,
LOLLY WINSTON
346. O Elogio do Fracasso,
JOÃO TEIXEIRA FREIRE
347. Diário de Um Escândalo,
ZÖE HELLER
348. A Medida do Mundo,
DANIEL KEHLMANN
349. Inês de Castro – A Estalagem dos
Assombros,
SEOMARA DA VEIGA FERREIRA
350. Uma Vida em Mil Pedaços,
JAMES FREY
351. O Décimo Terceiro Conto,
DIANE SETTERFIELD
352. O Pescador de Girassóis,
ANTÓNIO SANTOS